W0237187

Karl-Heinz Göttert ist Professor für Germanistik an der Universität zu Köln. Er hat zahlreiche Bücher geschrieben, darunter zwei historische Kriminalromane im Emons Verlag, die viel Authentisches verwerten und unter anderem Wissenschaft in spannende Handlung verwandeln: »Die Stimme des Mörders« und »Das Ohr des Teufels«.

Dieses Buch ist ein Roman, und alle darin geschilderten Ereignisse sind frei erfunden. In besonderem Maße gilt das für Handlungen und Äußerungen der auftretenden oder erwähnten Personen, auch wenn einige von ihnen nicht der Phantasie des Autors entsprungen sind. Darüber hinaus sind Ähnlichkeiten mit lebenden oder toten Personen rein zufällig.

Karl-Heinz Göttert

Anschlag auf den Telegraphen

Emons Verlag

© Hermann-Josef Emons Verlag
Alle Rechte vorbehalten
Umschlagzeichnung: Heribert Stragholz
Druck und Bindung: Clausen & Bosse GmbH, Leck
Printed in Germany 2004
ISBN 3-89705-336-5

www.emons-verlag.de

Den Beiträgern der Kölnischen Zeitung,
die mich von Januar bis März 1848
so wundervoll informiert haben,
ohne jemals ihre Namen preiszugeben

PROLOG

»Dieses verfluchte Wetter – wenn nur der Nebel nicht wäre!«

Adam Schilling trat vom Fernrohr zurück, nachdem er sich davon überzeugt hatte, dass die Telegraphenstation von Schlebusch ebenso vom Grau verschluckt war wie die in Köln. Sein Beobachtungsposten in Flittard lag am Rhein, weil der Weg von Berlin nach Köln nun einmal über den Rhein führt. Der Rhein aber hüllte sich Ende September in Nebel, nahm keine Rücksicht auf die neueste Technik der Nachrichtenübermittlung, spottete förmlich über die haushohen Masten mit ihren hölzernen Armen auf drei Etagen, die Figuren bilden konnten, mit denen sich Worte und Sätze ausdrücken ließen – wenn, ja, wenn man sie sehen konnte. Adam Schilling war Telegraphist auf der Linie Berlin-Koblenz, von Berlin her gesehen genau der fünfzigste Posten in der langen Kette der Posten, die jeweils etwa zehn Kilometer auseinander lagen. Meist war Köln der Adressat der Nachrichten, wenn es nicht noch ein paar Stationen weiter ging, bis Koblenz, zum Hauptsitz des preußischen Verteidigungswesens im Westen, dem zweiundsechzigsten und letzten Posten.

»Nebel! Dass ein bisschen Nebel ein Wunderwerk zunichte machen kann! Dieser verfluchte Rhein. Wenn er kein Hochwasser bringt, bringt er Nebel!«

Adam Schilling hatte mit sich selbst geredet, was zwar häufig vorkam, aber nicht in seinem Dienstzimmer im ersten Stock des Telegraphengebäudes. Normalerweise war der zweite Telegraphist anwesend, der den Mechanismus der beweglichen Arme auf sein Kommando hin bediente. Adam Schilling war Obertelegraphist, für die Beobachtung und das richtige Ablesen der Nachbarstationen zuständig, ein Kunststück bei Regen oder gar in einem Gewitter, wenn er die Augen zusammenkneifen musste, um zu erkennen, welche Winkel die hölzernen Arme denn nun genau bildeten. Es war schon vorgekommen, dass sich von den drei Etagen zwei einwandfrei identifizieren ließen, aber die dritte im Wetter verschwamm, sich nicht entscheiden ließ, ob die Arme nun nach oben, nach unten oder zur

Seite zeigten oder ob sie glatt am Mast anlagen und deshalb dem Blick entschwanden. Heute hätte er zudem nicht nur beobachten, sondern auch senden, die empfangene Nachricht weitergeben müssen. Denn der Untertelegraphist Georg Ewald lag mit schwerem Husten in seinem Bett, rang buchstäblich mit dem Leben, weil er ohnehin lungenkrank war und jeder neue Anfall sein Ende sein konnte. Adam Schilling würde vermutlich bald einen Nachfolger für Ewald bekommen, ihn einweisen müssen, was einige Arbeit bedeutete und auch einige Eingewöhnung. Denn zwei Männer tagtäglich so eng in ein Turmzimmer gepfercht, dessen Mitte der Mast mit den Apparaturen, den sechs Kurbeln für jeden Arm, beherrschte, während es ansonsten an Möbeln bis auf zwei Stühle und eine Truhe zur Aufbewahrung des Codebuchs mangelte – das war nicht leicht. Mit Ewald stritt er sich zwar nie, aber viel zu sagen hatten sie sich schon lange nicht mehr.

Adam Schilling ließ sich auf den Stuhl am Fenster, zur Straßenseite, nieder, las auf seiner Taschenuhr 17 Uhr ab und glaubte fest, dass der Arbeitstag vorbei sei. An Wetterbesserung war kaum zu denken, die Dämmerung nahte bei bedecktem Himmel unverkennbar, binnen kurzem würde die Welt um ihn in dunkler Watte versinken. Ein Tag ohne Nachrichten also, ohne Neuigkeiten aus Berlin und ohne Neuigkeiten für Berlin. Am Vormittag, bei guter Sicht, hatte es nichts zu tun gegeben, und am Nachmittag, bei schlechter, konnte nichts mehr getan werden. So war das eben, eigentlich hätte Adam Schilling daran gewöhnt sein müssen seit 1834, seit die Telegraphenlinie existierte und er als erster Telegraphist nach Flittard kam – vor dreizehn Jahren. Aber er gewöhnte sich nicht daran, wollte sich nicht eingestehen, dass die Natur stärker sein konnte als die Technik. Adam Schilling stand nämlich mit Leib und Seele auf der Seite der Technik.

Nur war es an diesem Nachmittag nicht der Nebel allein, der ihm die überlegenen Kräfte der Natur demonstrierte. Er rang auch mit der eigenen Natur, mit dem Schlaf, der ihn schon kurz nach Mittag fast übermannt hätte. Alle paar Minuten aufstehen, ins fest installierte einäugige Fernrohr zuerst Richtung Schlebusch blicken, der Berliner Seite, dann nach höchstens vier Schritten quer durchs Zimmer Richtung Köln, zur Station hoch oben auf dem Turm von Sankt Pantaleon – das ermüdete. Deshalb also zwei Personen, dachte er, als er sich selbst im Dahindämmern gerade noch aufrappelte, den trotz des hohen Kragens auf die Brust gesunkenen Kopf wieder aufrichtete. Schon der militärischen Dienstuniform wegen schämte er sich dieser ganz und gar unmilitärischen Regung. Denn Adam Schilling war eine durchaus imponierende Erscheinung in preußisch blauem Rock und weißer Hose, mit Schirmmütze auf dem Kopf und vor allem dem Säbel an der linken Seite, in wohl verzierter Scheide mit dicker Troddel. Nur half das alles wenig. Wieder und wieder sank der Kopf auf die Brust, mit äußerster Anstrengung hob er ihn, um durchs Fenster auf das im Dämmer verschwindende Feld vor seinem einsam gelegenen Haus zu sehen.

So glaubte er, dass er träume, als er eine seltsam riesige Schlange sich über seinen Gartenzaun wälzen sah, merkte nicht, dass es eigentlich keine Schlange war, sondern zwei Körper, die nacheinander erst den Zaun hochkletterten, ihn überquerten und sachte zu Boden glitten, um sich seinem Haus zu nähern. Noch weniger merkte er, dass diese Gestalten mit einem Brecheisen die Haustür öffneten, dass sie das völlig dunkle Treppenhaus heraufstiegen, die nur angelehnte Tür zum Beobachtungszimmer aufstießen, für einen kurzen Moment den mittlerweile endgültig eingeschlafenen Schilling betrachteten, bis sich der Größere der beiden nach zwei, drei Schritten vor seinem Opfer aufpflanzte und ihm den Befehl entgegenschleuderte: »Aufstehen und hinlegen!«

Voller Entsetzen schrak Schilling hoch, versuchte seinen Säbel zu ziehen, sah sich aber sofort von dem anderen Kerl daran gehindert, während der erste noch lauter brüllte: »Hast du nicht verstanden? Hinlegen, habe ich gesagt!«

Schilling riss sich von dem Arm los, der ihn gepackt hielt, und ergab sich in sein Schicksal. Der Wortführer hatte unterdessen den Raum gemustert und die Truhe mit verschließbaren Schubladen entdeckt. »Den Schlüssel! Gib sofort den Schlüssel!«, brüllte er.

Dabei nahm er eine drohende Haltung ein, die Adam Schilling jedoch nicht einschüchterte. Wütend gab der größere Mann seinem Begleiter den Befehl, mit dem Brecheisen die Truhe zu öffnen. Der ging hin, setzte sein Werkzeug im schmalen Spalt der obersten Schublade an und begann eine Hebelbewegung, dass das Holz knackte. Vielleicht hätte Schilling irgendwelche anderen Handlungen ertragen, hätte die Banditen nach Geld oder sonstigen Werten suchen lassen. Aber nicht nach dem Allerheiligsten des Beobachtungspostens, dem Codebuch. So sprang er auf, riss den Säbel aus der Scheide und war mit einem Schritt bei dem Banditen an der Truhe. Der sah den Säbel, zog das Brecheisen aus dem Spalt, duckte sich unter dem Stich weg, der ihm gegolten hatte, und schleuderte das Ende seines Arbeitsgeräts in einem Halbkreis mit solcher Gewalt gegen den Kopf seines Gegners, dass dieser auf der Stelle zuerst in die Knie, dann zur Seite sank und schließlich reglos auf dem Boden liegen blieb. Aus dem Gesicht schoss ein Blutstrom. Die Verletzung war so grässlich, dass der Angreifer zuerst erstarrte, dann das immer noch in der Luft gehaltene Brecheisen sinken ließ und seinen Kumpanen hilfesuchend ansah. Der blickte mit aufgerissenen Augen auf den Leichnam. Für Sekunden wusste auch er nicht, was zu tun sei. Dann fasste er sich und schrie im gleichen Ton, in dem er zuvor sein Opfer angeherrscht hatte: »Weg! Nichts wie weg!«

Adam Schilling hörte nicht mehr, wie die beiden die Treppe herabstürzten und das Haus verließen. Und er sah auch nicht mehr, dass der Himmel aufriss, der Nebel mit einem Schlag verschwunden war. Und er sah noch weniger, dass der Signalmast in Schlebusch in Bewegung geriet, sich hölzerne Arme aus ihrer Ruhestellung erhoben, auf der obersten, dann auf der mittleren, zuletzt auf der unteren Ebene zur rechten und linken Seite des Mastes Winkel bildeten, die Zeichen in die Luft schrieben, Zeichen für die Einer, Zehner und Hunderter von Zahlen, die zusammen für Wörter und ganze Sätze standen, Zeichen, denen weitere Zeichen folgten, immer im vorgeschriebenen Minutentakt, um dem Beobachter in Flittard genügend Zeit zur Identifizierung zu lassen, bis die Arme endlich gleichsam erlahmten und damit anzeigten, dass das Ende der Nachricht erreicht war. Adam Schilling bemerkte auch nicht, dass ein Signal folgte, das eine Antwort anmahnte, was denn los sei in Flittard, wo noch nie die Reaktion ausgeblieben war, nicht ein einziges Mal in dreizehn Jahren, worauf schließlich, als auch dieses Zeichen unbeantwortet blieb, obwohl die Helligkeit des Tages noch ausreichte, der dortige Telegraphist einen Boten ins Dorf sandte, um einen Reiter zu beauftragen, in Flittard nach dem Rechten zu sehen. Der kam zum Haus, bemerkte die zerstörte Tür, ging mit großer Unruhe die Stufen hinauf und fand den auf so furchtbare Weise Erschlagenen.

Wieder kurze Zeit später war diese Nachricht in Schlebusch, wo ein anderer Reiter sich nach Köln aufmachte, weil der Luftweg der inzwischen eingetretenen Dunkelheit wegen ausschied. So erreichte auf ganz untechnische Art und Weise, nach ermüdendem Ritt, die schreckliche Botschaft den Inspekteur der Telegraphenlinie bei Sankt Pantaleon. Da der Kollege von Adam Schilling in Flittard zu krank war, um den Dienst zu übernehmen, musste der Untertelegraphist von Schlebusch vorübergehend in die Flittarder Wohnung, aber erst, nachdem die Leiche entfernt und die Bluttat so weit wie möglich unsichtbar gemacht worden war. Die Verbindung zwischen Berlin und Köln blieb deshalb für den nächsten Tag unterbrochen, was indessen nicht auffiel, weil wieder Nebel herrschte. Am darauf folgenden Tag – es war inzwischen der 29. September 1847 – schaute wie immer ein Telegraphist alle paar Minuten nach Köln und nach Schlebusch. Nur noch das Wetter bestimmte, ob Nachrichten ankamen oder nicht.

ERSTES KAPITEL *In dem Werner Schilling am Morgen des Heiligendreikönigstages auf die letzten Monate zurückblickt, sich in die Kölnische Zeitung vertieft und darin etwas über einen elektrischen Telegraphen findet*

Werner Schilling hatte die Tage zwischen Weihnachten und Neujahr bei der Familie seiner Schwester verbracht, seiner einzigen Schwester, die seit vier Jahren mit einem wohlhabenden Wuppertaler Fabrikanten verheiratet war. Annette, die schon immer sehr an ihrem Bruder hing, hatte darauf bestanden, denn sie wusste, wie elend sich Werner seit dem Tod des Vaters fühlte. Nicht, dass man es ihm angesehen hätte: Werner war ein gesunder Bursche, schlank, nicht gerade muskulös bei seinem Studentendasein, ein Blondschopf mit blauen Augen, feinen Gesichtszügen und noch feinerem Mienenspiel, das sein Sprechen stets außerordentlich lebendig machte. Seinen Philosophenbart trug er mehr aus Bequemlichkeitsgründen, um sich nicht täglich rasieren zu müssen, hielt ihn aber kurz, wozu wöchentliches Beschneiden genügte. Das hervorstechendste Merkmal war wohl sein Gang: Er wirkte schlicht hölzern, unrhythmisch, weil das rechte Bein ungelenk, fast steif war, was ihn nicht direkt behinderte, aber doch das Laufen erschwerte. Schon von ferne war er für jeden, der ihn kannte, daran leicht zu identifizieren. Hin und wieder musste er sich deswegen Spott anhören. Natürlich gehörte das Laufen nicht gerade zu seinen Leidenschaften.

Am Tisch, beim Sitzen, fiel dies freilich nicht auf, und seine Schwester, die gerade wieder schwanger war, achtete ohnehin schon lange nicht mehr auf solche äußeren Merkmale. Sie war froh, ihren Bruder bei sich zu haben, weil sich ihr Mann sofort nach Weihnachten aus beruflichen Gründen auf Reise begeben hatte und sie sich in ihrem Haus allein immer etwas unwohl fühlte – trotz Dienstmädchen, Kindermädchen für die bereits geborenen zwei Töchter, trotz Wirtschafterin und den damit verbundenen Hilfen. Was fehlte, war das unbeschwerte Schwatzen der Vergangenheit, das Necken und Hin- und Herspringen von einem Thema zum anderen, wozu immer auch Erinnerungen an die verstorbene Mutter gehörten, die für eine unbeschwerte Kindheit gesorgt hatte. In Flittard war eigentlich gut leben gewesen: Der Vater immer oben im Telegraphenzimmer, ganz Amtsperson, die Mutter bei ihnen unten, in der Küche, im Garten, höchstens zu kurzen Besorgungen im Dorf. Gerade hatten sie wieder darüber gesprochen und sich gegenseitig mit ihren Erinnerungen an die unwichtigsten Einzelheiten übertroffen – an einen aus dem Nest gefallenen Spatz, für den sie wochenlang auf Fliegenfang unterwegs waren, an ein Spiel im Heu bei einem der Bauern, das mit jenem bösen Sturz endete, der für Werners leichtes Hinken verantwortlich war, und so fort. Aber sie entrannen der wirklich wichtigen Erinnerung doch nur für kurze Momente. Abend für Abend meldete sich mitten in solchen Erzählungen der Tod des Vaters, der fürchterliche Mord.

Das für beide unfassbare Ereignis war ohne jede Aufklärung geblieben. Ein Überfall von irgendeinem Landstreicher, einem Hungerleider, von denen es ganze Heerscharen gab, hatte der Gendarm gemutmaßt, der von Köln geschickt worden war. Der zuständige Inspekteur der Telegraphenlinie hatte sich zu keiner Stellungnahme bewegen lassen, drängte im Gegenteil darauf, keine Mutmaßungen anzustellen. Dass im Haus nichts fehlte, brauchte kein Widerspruch zur Landstreicherthese zu sein. Adam Schilling hielt seinen Säbel in der Hand, als man ihn fand. Es hatte also einen Kampf gegeben, und die Wunde am Kopf war so grässlich, dass sich eine überstürzte Flucht ohne Mitnahme irgendeiner Beute durchaus erklärte. Werner glaubte an die Version. Seine Schwester vermutete eher einen Racheakt, aber sie musste eingestehen, dass jeder konkrete Verdacht fehlte.

»Seit Vater allein lebte, nach dem Tod von Mutter, hat er seine Station kaum verlassen. Mit wem hätte er Streit haben sollen?« So lautete einmal sein Einwand. »Du denkst ja wohl nicht an den Untertelegraphisten. Nicht nur, dass der damals krank in seinem Haus im Dorf zu Bett lag: Ewald war Vater selbst in gesundem Zustand körperlich in keiner Weise gewachsen.«

Die Schwester wusste keine Antwort und behielt trotzdem ihre Meinung bei. Weiter kam man nicht. Und so war Werner Schilling am 5. Januar, einem Mittwoch, zu Fuß in seine Kölner Wohnung zurückgekehrt, hatte wie ein Toter geschlafen, um dann vom Glockengeläut am Heiligendreikönigstag geweckt zu werden. Werner liebte Glocken, ließ sich oft regelrecht den Kopf voll dröhnen, nur nicht an diesem Morgen, wo er gern noch länger geschlafen, sich von seinem Fußmarsch erholt hätte. Denn Werner hatte unterwegs mächtig gelitten, vor allem dank des Rucksacks voller Kleidungsstücke und sonstiger Mitbringsel, auf denen die Schwester bestand. Außerdem war der Weg ungewöhnlich beschwerlich gewesen. Die winterliche Schneedecke erwies sich vielerorts als vereist, was nur beim zugefrorenen Rhein ein Vorteil war. So konnte er ihn von Deutz her leicht überqueren, wobei er wie jeder Kölner die Stelle bevorzugte, wo sich in der warmen Jahreszeit die Schiffsbrücke befand. Die Kaiserpforte am anderen Ufer passierte er bereits in der Abenddämmerung, lief die Friedrich-Wilhelm-Straße und Obenmarspforten entlang und erreichte endlich Unter Goldschmied. Dort bewohnte er ein Zimmer, das als Arbeits-, Schlaf- und Wohnraum diente und über entsprechende Möbel verfügte: einen Tisch mit Stuhl, ein Bett, einen Schrank, eine Truhe, einen Koksofen. Mehr ließ sich nicht unterbringen, und mehr bedurfte es auch nicht. Natürlich war es dort eiskalt. Er hatte den schon vorsorglich eingerichteten Ofen angezündet, sich so dicht an ihn gesetzt, dass er die Flammen prasseln hörte, erst nach und nach die Reisekleidung abgelegt – den weiten Mantel, die dicke Wolljacke darunter, die ledernen Stiefel – und war bei niedergebranntem Feuer ins Bett gesunken. Und jetzt das Festgeläute.

Aber da Werner Glocken mochte, söhnte er sich nach kurzem Unmut mit der Ruhestörung aus und begann die einzelnen Geläute zu bestimmen – seine klingende Stadt, wie er immer sagte. Die verschiedenen Läutemotive kannte er, die drei Anfangstöne des *Te deum* von Sankt Laurenz wenige Schritte von seinem Haus entfernt genauso wie die des *Gloria* von Sankt Alban etwas weiter südlich. Von Klein Sankt Martin her erschallte das *Magnificat*, und längst hatten auch die Domglocken eingesetzt mit ihren feierlich tiefen Tönen, die sich leicht unterscheiden ließen von den hellen Klängen von Sankt Maria ad Gradus zu Füßen der Kathedrale. Auch Sankt Maria im Kapitol im Süden, im Osten Groß Sankt Martin und Sankt Brigida, im Westen Sankt Kolumba und Sankt Andreas trugen bei zum großen Klangteppich, der sich auf den ersten Ton hin von überall her gebildet hatte. Ja, die Heiligen Drei Könige sollten gefeiert werden, die

Kölner liebten ihre Schutzpatrone. Selbst mancher zugezogene Protestant, manch angesichts der schlechten Zeiten ungläubig Gewordener erfreute sich an diesem kostenlosen Konzert, das ja eigentlich ein Ruf war – eine Einladung über viele Kilometer in alle Windrichtungen. Werner hatte oft mit seinem Vater darüber gesprochen, ihn geneckt, dass die optische Telegraphie doch besser durch diese akustische ersetzt werden sollte, weil den Glocken sowohl die Dunkelheit wie der Nebel egal seien. Und Signale senden konnten sie auch: mit Schlägen in verschiedener Folge, was man durchaus zu einem Alphabet hätte entwickeln können. Immer hatte der Vater dann losgepoltert: »Und die Geheimhaltung, wenn jeder Esel mithört? Wir haben einen Turm und Fernrohre, kein Mensch in Flittard bekommt mit, wie sich in Schlebusch oder auf Sankt Pantaleon die hölzernen Arme bewegen – ganz abgesehen von der Verschlüsselung!«

Werner schossen die Tränen in die Augen bei der Erinnerung an den Vater, mit dem er so oft und so gern gestritten hatte. Niemals konnten sie sich einig werden, aber wie verbunden waren sie miteinander in ihren Streitereien! Werner wusste, wie stolz der Vater auf ihn war, dass er das Gymnasium geschafft und zuletzt die Bonner Universität besucht hatte, um sich auf seinen Beruf vorzubereiten. Denn Werner wollte Journalist werden, Zeitungsmann, insoweit ebenfalls mit Nachrichten umgehen wie der Vater, nur eben mit der älteren Form technischer Übermittlung, dem Druck, der in der Zeitung eine ganz neue Dimension gewonnen hatte. Zur Kölnischen Zeitung bestand bereits Kontakt. Er hatte Probeartikel abgeliefert, von denen freilich noch keiner veröffentlicht worden war. Er sollte sich noch weiter einarbeiten, den journalistischen Stil vervollkommnen, den man an der Universität nicht lernte, deshalb viel lesen, täglich lesen – dann könne es schon etwas mit ihm werden. Damit würde sich auch seine wirtschaftliche Lage verbessern, denn die väterliche Unterstützung war weggefallen, das kleine Erbe musste irgendwann aufgezehrt sein. Der Tod des Vaters war eine Tragödie gewesen, hatte Werner mit seinen dreiundzwanzig Jahren zum Waisen gemacht, auch wenn er ihn für den Moment wirtschaftlich eher stärkte. Der Sprung von der Ausbildung in den Beruf war zu schaffen.

Noch immer dröhnten die Glocken, noch immer gingen die Gedanken von Werner Schilling bald zu seinem Vater, bald zu seinen eigenen Problemen, zur Frage, wann er das Studium wieder aufgreifen würde, wie lange er sich noch in die Kölner Wohnung würde verkriechen können, nachdem er das Zimmer in Bonn nach der Bluttat überstürzt aufgegeben hatte. Dabei lebten die Kölner Freunde aus der Gymnasialzeit fast alle in Bonn. Aber Bonn war ihm nach dem Schicksalsschlag fremd geworden. Philosophie, Literatur – das ganze Studium schien ihm plötzlich unerträglich. Tragödien zu lesen, zu interpretieren, über die Fragen des Lebens zu diskutieren kam ihm grotesk vor angesichts des eigenen Erlebens, der Konfrontation mit der Frage nach dem Sinn des Lebens. Ja, er würde zurückkehren, um Examen zu machen für den künftigen Beruf, aber nicht gleich.

Sein Blick fiel auf die Ausgaben der Kölnischen Zeitung, die seine Hauswirtin, Witwe Eichhoff, seit dem Jahresbeginn auf dem Tisch gestapelt hatte. Werner zog die Zeitung vom 1. Januar hervor und überflog die Übersicht: Rückblick auf das Jahr 1847, Amtliche Nachrichten, dann die einzelnen Regionen: Deutschland, Schweiz, Italien, Niederlande, Belgien, Frankreich, Spanien, Portugal, Großbritannien, Ungarn, Griechenland, Amerika. Schließlich die Vermischten Nachrichten sowie die Börsenkurse. In der Übersicht nicht aufgeführt war das Feuilleton, das es so in keiner anderen deutschen Zeitung gab, abgedruckt stets unter dem berühmten Strich. Im Augenblick konnte man täglich die Novelle »Der Doppelgänger« von Theodor Mügge lesen. Auch die Anzeigen bildeten einen Bereich für sich. Werner versenkte sich für einen Moment in die Übersicht. In Leipzig hatten burschenschaftliche Verbindungen für Unruhe gesorgt, woraufhin die Staatspolizei eingeschritten war. Unter Amsterdam las er, dass das Königreich seine südamerikanische Kolonie Surinam fremdem Handel öffnen wollte. In Paris war die jährliche Thronrede des Königs von dreisten Rufen der Nationalgardisten gestört worden. Ansonsten hatte man an irgendeinem Ort in Frankreich einen Deutschen wegen eines frechen Attentats auf ein Frauenzimmer verhaftet. Warum unter die Nachrichten aus Frankreich die Meldung geraten war, dass amerikanische Abgeordnete zum Papst reisten, notierte er mit einem Kopfschütteln – jemand hatte offenbar nicht aufgepasst in der Redaktion. Die griechisch-türkischen Differenzen standen wieder richtig bei Griechenland. Nichts Besonderes insgesamt. Werner las darauf den Leitartikel zum Jahresrückblick, in dem es hieß: »Deutschland ist in diesem Jahre mächtig in der Achtung des ganzen zivilisierten Europa gestiegen.« Als Grund waren die Fortschritte in der inneren Politik angegeben, die Einrichtung des Vereinigten Landtags in Berlin, mit dem die einzelnen Provinzen ein Instrument der politischen Willensbildung besaßen, das den König und sein Kabinett beraten durfte.

Werner mochte den langen Artikel nicht zu Ende lesen: zu viele Einzelheiten, die ihn nicht interessierten, weil er sich nicht besonders auskannte in der Politik. In der Zeitung vom 2. Januar, einem Sonntag, war unter Deutschland die Rede von der Erkrankung der kaiserlichen Familie in Wien, unter Italien von der Einführung von Perkussionsgewehren bei der Polizei. In Frankreich hatte man eine Getränkesteuer eingeführt – König Louis Philippe beziehungsweise Ludwig Philipp, wie man hier sagte, brauchte also wieder Geld für seinen Luxus. In Den Haag hatte sich das Schauspiel ereignet, dass hundert Mann aus einem Grenadierregiment unter Leitung ihres Leutnants Schlittschuh laufen gegangen waren, nachdem man die Gewehre zu Pyramiden aufgerichtet hatte. In den Vermischten Nachrichten fand er eine Notiz aus dem Berliner Kriminalgericht, wo ein höchst eigenartiger Fall behandelt wurde. Ein Mann war bei einem Spaziergang mit seiner Ehefrau und zwei Kindern, darunter einem unehelichen, in Streit geraten, hatte seine Frau geohrfeigt, ihr den hilflosen Säugling vor die Füße gelegt und sich entfernt, während die Ehefrau mit dem ehelichen Kind die Flucht ergriff. Passanten hatten sich des Säuglings erbarmt, der Mann wurde ergriffen, angeklagt und wegen Kindesaussetzung zu drei Wochen Gefängnis verurteilt, obwohl das Gesetz Kindesaussetzung nur bei Müttern vorsieht.

Werner lächelte trotz des traurigen Falles und ging zum 3. Januar über. Hier las er einen Artikel über die Konkurrenz, die sich die italienische Polizei mit der neu begründeten Guardia Civica, also einer Stadtpolizei, leistete, was dazu führte, dass Verbrecher laufen gelassen wurden und es deshalb zu Fällen von Lynchjustiz kam. Für Köln war gemeldet, dass in Sankt Andreas ein Dieb sechs versilberte Leuchter vom Hauptaltar stahl, die er wohl für massives Silber gehalten hatte. Werner blätterte weiter und hielt sich bei den Anzeigen auf. Hoflieferant Franz Stollwerck bot in seinen Geschäftsräumen in der Schildergasse Fragen- und Antwortbonbons für scherzhafte Unterhaltung an, das Pfund zu vierundzwanzig Silbergroschen, erhältlich auch in den Zweigstellen Blindgasse und Kattenbug. Wie immer im

Januar waren Messina-Apfelsinen angekommen, in der Malzmühle gab es Moselwein, Bordeaux und Champagner. Zum Besten des Turmbaus von Sankt Kunibert war eine Verlosung ausgeschrieben. Es folgten zwei Todesanzeigen, das Wort »entschlief« trieb ihm die Tränen in die Augen, weil er an seinen unglücklichen Vater denken musste, der alles andere als sanft entschlafen war.

Die Glocken beruhigten sich mittlerweile, nur noch vereinzelte Schläge waren zu hören. Werner legte die weiteren Exemplare vom 4. und 5. Januar ungelesen zur Seite und ging zur Wohnungstür, um nachzusehen, ob die Zeitung vom Tage schon da war. Tatsächlich hatte Witwe Eichhoff sie wie immer zusammen mit dem Frühstück auf ein kleines Tischchen direkt neben seiner Tür gelegt. Werner hob mit der einen Hand das Tablett mit Brot, etwas Wurst und dem großen Glas Milch auf, mit der anderen die Zeitung und setzte sich wieder an den Tisch. Der erste Griff galt dem Brot, dann war die Zeitung an der Reihe. Die Übersicht kündigte nichts Besonderes an. Dass in Frankreich der Titel Exzellenz wieder aufkam und in Rom die Cholera wütete, interessierte ihn nur am Rande, am wenigsten die Amtliche Nachricht über die Verleihung des Rothen-Adler-Ordens erster Klasse an Fürst Radziwill. Unter den Vermischten Nachrichten war zu lesen, dass in Itzehoe ein Chirurg seiner Frau wegen eines außerehelichen Verhältnisses zuerst Gift in schwacher Dosis gegeben hatte, sie anschließend zur Ader ließ, bis die Geschwächte fast gestorben wäre. Nur weil der Schwiegervater durch ein Fenster beobachtete, wie der Chirurg etwas unters Essen mischte, dieses Essen an sich brachte und untersuchen ließ, kam die Tat ans Licht.

Werner lächelte wieder trotz des fürchterlichen Ereignisses, weil er sich das Gesicht des Ertappten vorstellte, übersprang dann einige Artikel und las sich fest bei einer Nachricht aus Großbritannien, obwohl sie mit der läppischen Beobachtung begann, dass das gesellige Leben in London mit dem der alten Römer große Ähnlichkeit haben solle, was sich insbesondere auf die verschwenderisch lebende Jugend bezog. Fast hätte er die Zeitung weggelegt, als er förmlich hochschrak. Ein einziges Wort im weiteren Verlauf des Artikels machte Werner hellwach – das Wort »elektrischer Telegraph«. Der Abschnitt lautete: »Der Bank gegenüber ist Neujahr der elektrische Telegraph jedermanns Benutzung freigestellt. Man kann mit demselben Nachrichten nach den meisten Teilen Englands senden. Im Laufe des Tages wurde mit Liverpool, Edinburgh, Glasgow, Newcastle, Leeds, Southampton und mehreren anderen Plätzen korrespondiert. Die Preise, welche die auf vier Jahre berechtigte Gesellschaft sich für diese Mitteilungen geben lässt, erregen ihrer Höhe wegen noch viel Unzufriedenheit; für eine Nachricht nach Liverpool, ungefähr von der Länge dieses Absatzes, mussten mehr als fünf Pfund Sterling bezahlt werden. Es war dazu nur eine Zeit von zehn Minuten erforderlich.«

Das Thema, über das er wie über kein anderes mit dem Vater entzweit war! Genau diese neue Erfindung lag schon eine ganze Weile vor, und niemals hatte der Vater das Geringste davon wissen wollen. »Drähte«, hatte er gesagt, »sie müssen Drähte durch die Luft spannen. Drähte, die jeder mit der billigsten Kneifzange durchschneiden kann. Stell dir vor, wir hätten hier in Flittard einen Draht nach Schlebusch und so weiter bis Berlin – mitten durch den Wald. Schon der erste beste Herbststurm würde genügen, um die Pfosten umzuwerfen – ein einziger würde genügen. Und dann erst in Kriegen oder bei Aufständen! Wer soll denn Tausende von Pfosten bewachen? Nein, nur Verrückten kann so etwas einfallen.«

Was hatte er selbst nicht alles darauf geantwortet! Und jetzt stand es hier schwarz auf weiß in der Zeitung. Die Engländer hatten also nicht nur ernst gemacht mit der Umstellung der Telegraphie vom optischen auf das elektrische System, sie hatten noch dazu die ganze Nachrichtenübermittlung dem zivilen Verkehr übergeben. Auch das war dem Vater eine wahre Horrorvorstellung gewesen: »Die Telegraphie ist der Nachrichtenweg der Obrigkeit«, pflegte er zu sagen. »Damit ist sie militärisch, auch wenn die Nachrichten selbst über militärische Anlässe hinausgehen. Aber die Übermittlung liegt in der Hand von Soldaten. Ich bin ein Soldat, trage Uniform, ich übermittle nicht nur Nachrichten, ich schütze sie. Ich würde meinen Posten mit meinem Leben verteidigen.«

Ja, das hatte er auch getan. Selbst wenn unklar geblieben war, worauf genau der Überfall zielte: Sein Vater hatte den Posten verteidigt, war als Soldat gefallen. Welch ein Wahnsinn! Wie viel besser war da ein Draht. Mochte ihn jemand durchschneiden, dann war ein Draht zerstört, aber kein Menschenleben. Man konnte einen neuen Draht spannen.

Wieder und wieder las Werner die Nachricht, die auf den 3. Januar datiert war. Ein Korrespondent – der Name war wie immer nicht genannt – hatte also an diesem Tag den Text geschrieben, der dann auf dem Postweg mit Wagen, Schiff und Eisenbahn am 5. Januar nach Köln gelangte, wo er gesetzt und gedruckt wurde, um am 6. Januar zu erscheinen. Eine große Leistung, und doch träumte Werner von einer größeren. Wenn man über solche Entfernungen hinweg telegraphieren könnte! Und nicht nur die immer auf Kürze zurechtgestutzten Meldungen, wie der optische Telegraph sie mit seinen umständlichen Winkeln weitergab. Nein, ganze Texte, zerlegt in Buchstaben, gesendet in elektrischen Signalen, aufgefangen in ganz Europa, irgendwann sogar in der ganzen Welt! Freilich stellte das Meer ein schwer lösbares Problem dar. Ein Draht von Calais bis Dover durch die Luft schied ebenso aus wie ein Draht am Meeresboden – bis jetzt. Und wenn man Drähte so anfertigte, dass sie im Wasser liegen konnten? Gut, dass der Vater diese Gedanken nicht mehr mitbekam. Er hätte sich über die Spinnerei aufgeregt und seinen Sohn zuletzt gefragt, ob er unbedingt wolle, dass sein Vater den Beruf verliert. Und dennoch: Werner wollte zwar seinen Vater nicht um den Beruf bringen, aber er wollte seine Gedanken nicht beschnitten sehen. Er träumte weiter von einer Zukunft mit schnellen Nachrichten, die er als Zeitungsmann verbreiten und kommentieren würde. Die ganze zivile Welt verbunden, eine einzige durch Nachrichten verbundene Zivilisation, ja, eine Zivilisation dank Nachrichten – er musste das mit seinen Freunden besprechen.

Werner sprang von seinem Stuhl auf, wusch sich widerwillig in der Kälte am Waschtisch über der Schüssel und kleidete sich zum Ausgehen an, obwohl es viel zu früh war. Aber vielleicht waren die ersten Freunde schon im Wirtshaus »Zum Bieresel«, wo sie sich verabredet hatten, um den Köln-Bonner Kontakt nicht abreißen zu lassen. Man kannte sich schließlich nicht nur von der Universität, sondern noch von den gemeinsamen Kölner Schuljahren her. In den langen Semesterferien im Frühjahr und Herbst sah man sich regelmäßig, auch kurze Besuche wurden genutzt. Werner freute sich darauf wie immer, nur heute ganz besonders. So war er schon zu früher Stunde auf der Straße, auf der bei klirrender Kälte der Schnee zu einer festen Decke gefroren war, bog in die Budengasse ein, die sich erst in der Minoritenstraße, dann in der Breite Straße fortsetzte, und trat fast am anderen Ende ins Wirtshaus ein.

ZWEITES KAPITEL *In dem sich im Wirtshaus »Zum Bieresel« die Bonner Studentenclique trifft, um über die Ereignisse des vergangenen Jahres und die letzten Neuigkeiten zu sprechen*

Im Wirtshaus »Zum Bieresel« war man noch mit Lüften beschäftigt, um den Tabaksqualm der vergangenen Nacht zu vertreiben. Das Fenster zur Straßenseite stand ebenso offen wie das zur Hofseite – entsprechend unfreundlich war die Temperatur im Raum. Als Werner die Gaststube betrat, schloss die Bedienung wenigstens das Fenster zur Straßenseite. Immerhin war der Kachelofen bereits eingeheizt und in seiner Nähe die Wärme spürbar. Werner sah sich suchend um, aber keiner seiner Kameraden war unter den wenigen Gästen zu finden. So setzte er sich an den großen runden Tisch in einer Ecke, nahe beim Kachelofen, bestellte einen heißen Tee ohne Rum und langte nach der Kölnischen Zeitung vom Tage, um die Meldung über den elektrischen Telegraphen aufzuschlagen. Während er sie noch einmal überflog, öffnete sich hinter dem Windfang die Tür, die schweren Vorhänge wurden auseinander geschoben, und herein traten Arnold Hönig und Christian Keyenberg. Beide waren gleichaltrig mit Werner und als Studenten spätestens in dem Moment erkennbar, als sie die Mäntel ablegten und sich in ihren schlichten Anzügen aus braunem Wollstoff mit allerdings grellbunten Halstüchern präsentierten. Arnold war ein gemütlicher Kerl mit üppigem Haar und kräftigem Bart um Backen und Kinn, sodass sein Kopf von weitem aussah wie eine Kugel. Christian wirkte daneben fast wie sein Sohn, mit glatt rasiertem langem Kinn und auch sonst eine schlanke, ganz und gar ins Senkrechte gedehnte Erscheinung, die sich immer federnd, immer unruhig bewegte wie eben ein Kind. Sie hatten Werner während des Wintersemesters nicht gesehen, begrüßten ihn entsprechend überschwänglich und tauschten die allerneuesten Begebenheiten aus.

»Und? Müde gelaufen?«, begann Arnold mit der zu seiner Gestalt wenig passenden hohen, fast fisteligen Stimme. Er kannte die Gehfaulheit Werners nicht nur, er teilte sie auch. »Hast du dich bei deiner Schwester mästen lassen?«

»Wie war Silvester bei euch in der Einsamkeit? Habt ihr Bleigießen veranstaltet?«, schloss sich Christian eine gute Oktave tiefer in rasselndem Bass an, womit der Gegensatz zu seinem Begleiter komplett war. Und noch im gleichen Atemzug fügte er hinzu: »Hier gab es ein großes Besäufnis, die meisten haben anschließend mehr als einmal im Schnee gelegen auf dem Heimweg.«

Werner wollte antworten, als Tür und Windfang sich erneut in Bewegung setzten, zuerst zwei Fremde einließen, dann Friedrich Schaafhausen, einen weiteren Kommilitonen aus Bonn, der sich immer als ein Schaafhausen vorstellte, der nicht mit dem bekannten Kölner Bankier verwandt sei. Dabei stammte gerade er aus begüterter Familie und sah in stets vornehmer Kleidung auch so aus. Heute kam er in schneeweißem Hemd mit blauer Seidenhalsbinde, in einem roten Samtrock mit schrägen Hüfttaschen und weitem Schoß, Kragen und Manschetten in Grün, das Ganze über engen gelben Hosen, die unter den Stiefeln einen Steg besaßen, der für straffen Sitz sorgte – Friedrichs Erscheinen war immer ein Auftritt, auch wenn sich die Freunde längst daran gewöhnt hatten. Gleich hinter ihm folgte Gustav Lindenborn, wiederum der glatte Gegensatz zu seinem Mitankömmling, weil er auf sein Äußeres am allerwenigsten Acht gab und stets in ungebügelten Hemden und Hosen herumlief oder jedenfalls solchen, die die Begegnung mit einem Bügeleisen schon längst wieder vergessen zu haben schienen. Wieder Begrüßung, wieder kursierten Sprüche, ehe Arnold auf die Zeitung aufmerksam wurde, die Werner aufgeschlagen vor sich liegen hatte, und den Artikel erkannte.

»Den hat Zymner geschrieben, du müsstest ihn eigentlich auch kennen, er war nur eine Klasse höher als wir im Gymnasium – der Kerl hat es rasch geschafft, auch wenn er noch nicht lange in London ist. Ich wünschte, ich könnte das Studium auch an den Nagel hängen und würde ins Ausland geschickt. London muss eine phantastische Stadt sein, allerdings« – mit grinsendem Blick auf Werner – »auch etwas groß, man läuft sich dort leicht die Hacken ab. Der Zymner hat mir bei seinem letzten Besuch darüber die Ohren voll geklagt.«

»Hast du überhaupt gelesen, was da drinsteht?«, fragte Werner. »Ich meine nicht diesen Quark über die Ähnlichkeit der Briten mit den alten Römern ...«

»Zeig mal her, natürlich noch nicht, wer wird denn so früh aufstehen?«, erwiderte Christian.

»Ich schon«, sagte Arnold mit einem Blick zu Werner, »ich habe es heute Morgen überflogen, du meinst die Bemerkung zum elektrischen Telegraphen. Ich habe gleich an dich gedacht, obwohl es in einem Potpourri untergebracht ist und beinahe darin untergeht. Erst die Bemerkung über die verschwenderische britische Jugend, dann das mit dem elektrischen Telegraphen, dem ja noch Notizen darüber folgen, ob Juden am Sabbat öffentliche Geschäfte verrichten dürfen und dass man in Exeter die Glocken geläutet hat, weil ein Gegner des Bischofs Karriere machte. Ich frage mich, wer das hier in Köln wissen will. Aber das ist eben die Politik von DuMont: so viel Unpolitisches wie möglich, um nicht auf Politik kommen zu müssen.«

»Aber er versteckt doch die Politik nur dahinter«, erwiderte Christian, »du weißt doch, wie ihm die Zensur auf den Füßen steht. Wir haben eben keine Pressefreiheit.«

Während das Gespräch vorübergehend in eine Diskussion über Politik und Mut mündete, hatte sich wieder die Tür geöffnet, waren die schweren Vorhänge auseinander gezogen worden, und Karl Peter Hagen mit Paul Roesberg erschienen, die beiden letzten Bonner Freunde, die in Köln die Weihnachtsferien verbrachten. Karl Peter und Paul bildeten alles andere als einen Gegensatz, sondern sahen sich ähnlich wie Brüder, was oft Anlass zu Neckereien gegeben hatte – beide hübsche Burschen mit lockigen, ja krausen blonden Haaren, die auch noch den gleichen schmalen Kinnbart trugen, der sich wie eine Sichel unterm Kinn ausnahm und völlig verschwand, wenn die Träger den Kopf auf die Brust sinken ließen. Besonders mit Paul verband Werner eine feste Freundschaft, die nicht zuletzt darauf beruhte, dass das Roesberg'sche Haus immer offen und während der Schulzeiten ein beliebter Treffpunkt gewesen war. Wieder fand die übliche Begrüßung statt, wieder musste Werner berichten, wie es ihm ergangen war, wobei die schon vorher Eingetroffenen jeweils sekundierten. Auch die Meldung über den elektrischen Telegraphen wurde kurz angesprochen. Dann plätscherte das Gespräch über allerlei Bonner Ereignisse dahin, während sich Werner noch einmal in den Artikel versenkte, bis sich Paul seiner erbarmte. »Nun lasst doch die Bagatellen, ihr seht doch, dass Werner etwas loswerden möchte.«

Dieser ergriff dankbar das Wort: »Ihr balgt euch über Politik und merkt nicht, dass die Welt nicht von der Politik verändert wird, sondern von der Technik. Und damit meine ich nicht den elektrischen Telegraphen als solchen. In diesem Artikel gibt es ein Wort, das eine wahre Revolution bedeutet, das Wort ›jedermann‹: ›Der Bank gegenüber ist Neujahr der elektrische Telegraph jedermanns Benutzung freigestellt.‹ In Frankreich haben sie einst geschrien: ›Freiheit, Gleichheit, Brüderlichkeit‹, und lassen sich inzwischen wieder von einem König eine Thronrede zu Neujahr gefallen, in der alles behandelt wird, nur nicht die wirklichen Probleme. Hier in diesem Artikel von diesem Zymner, der wahrscheinlich keine Ahnung davon hat, worüber er schreibt, geht es um eine Republik ganz anderer Art. Wenn sie wirklich jemals errichtet sein sollte, wird es eine Menschheit geben, in der jeder mit jedem verbunden ist – durch Technik.«

Für einen Augenblick herrschte im sonst so redseligen Kreis Betroffenheit, weil man Werners Aussage für übertrieben pathetisch, ja etwas kindisch hielt, ihn aber nach dem Tod des Vaters noch immer schonen wollte. Dann war es Karl Peter, der die Initiative ergriff.

»Lieber Werner, deine Telegraphiebegeisterung in Ehren, du weißt, dass wir deine Meinung nicht teilen. Der optische Telegraph hat einst Napoleon geholfen, seine Truppenbewegungen in ganz Europa zu koordinieren. Als Prinz Karl von Österreich in Frankreich einfallen wollte, weil er dachte, dass Napoleon in Spanien festhinge, war es der Telegraph, der erst das Heer sammeln half und dann den armen Karl in sein Wien zurücktrieb, wo er kleinlaut den Friedensvertrag unterschrieb. So weit zur Eignung des Telegraphen für die Förderung der Republik. Dass die Preußen mit uns in Köln verbunden sind, hat auch keinen anderen Grund als den, die Kontrolle zu verbessern –«

»Wenn er denn funktioniert«, fiel ihm Christian ins Wort. »Aber er funktioniert ja nicht. Zymner hat mir nach seinem ersten Londonaufenthalt eine ganz andere Anekdote vom Telegraphen erzählt, in der Napoleon übrigens ebenfalls indirekt vorkommt. Als Wellington von Plymouth aus seinen Sieg nach London telegraphieren ließ, kam dort an: ›Wellington besiegte …‹ – alles andere wurde vom englischen Nebel verschlungen. Erst am nächsten Tag folgte der Rest der

Meldung: ›… die Franzosen.‹ Bis dahin wäre jeder Reiter schneller gewesen.«

»Aber ich spreche ja gar nicht vom optischen Telegraphen bei uns«, wandte Werner erregt ein, »ich spreche doch vom elektrischen.«

»Ja, für fünf Pfund Sterling eine Botschaft von London nach Liverpool«, fiel Christian ein. »Weißt du, wer sich so etwas leisten kann? Das sind Geschäftsleute und Fabrikanten, die auf diese Weise ihren Profit noch mehr erhöhen. Erst die optische Telegraphie für die Politiker, dann die elektrische für die Geldsäcke. Bislang sind wir Menschen noch nicht vorgekommen.«

»Das ist doch nur der Beginn«, wandte Werner ein. »An der unteren Elbe hat ein Kaufmann auch bei uns immerhin schon 1837 eine optische Linie installiert, und zwar für kaufmännische Zwecke, übrigens im gleichen Jahr, als man in England die Eisenbahnstrecke nach Birmingham schon mit elektrischer Telegraphie ausstattete. Die Köln-Aachener Eisenbahn hat für ihre Meldezwecke seit 1843 ebenfalls den elektrischen Telegraphen. Aber auch davon rede ich ja nicht. Ich rede von der Ausdehnung auf den *öffentlichen* Gebrauch. *Das* wird die Welt verändern.«

»Wie soll sich die Welt nur dadurch verändern, dass noch mehr geredet werden kann?«, sagte Karl Peter. »Wir könnten Handeln besser gebrauchen. Die Privilegien des Adels werden nun abgelöst von neuen Privilegien der Großbürger.«

»So kann man es nicht sagen«, meinte Friedrich, dem Werner Leid tat. »Werner hat schon Recht: Erfindungen brauchen ihre Zeit. Der Buchdruck war auch am Anfang eine Sache der Reichen, und jetzt gibt es Zeitungen für jedermann.«

»Sollen wir nicht das Thema wechseln?«, fragte Christian, dem die Diskussion so früh am Morgen auf den Magen zu schlagen drohte. »Ich denke …«

In diesem Moment öffnete sich wieder der Windfang, in dem Ägidius Lengfeld erschien und mit lautem Hallo begrüßt wurde, weil er förmlich eingeschneit war. Erst in der Gaststube nahm er den Zylinder vom Kopf, schüttelte sich dann, dass die Flocken flogen und augenblicklich Pfützen auf dem Boden bildeten. Lengfeld, der sich immer schon seines Vornamens wegen geschämt hatte und deshalb als Einziger stets mit seinem Nachnamen angeredet wurde, war der älteste der Anwesenden. Er hatte nach den von ihm unfreiwillig ausgedehnten Gymnasialjahren sofort die Buchhandlung des kränkelnden Vaters auf der Hohe Straße übernommen und war so der Erste in der Gruppe, der seinen Lebensunterhalt wirklich selbst verdiente. Entsprechend trat er in ausgesucht bürgerlicher Kleidung auf: stets in Gehrock mit Weste und Seidenhalstuch, das weiße Hemd mit hohem Kragen, wobei er die Farben dezent wählte: der Rock braun, die Weste braun-gelb, die Hose in dunkelgrün kariertem Wollstoff.

»Wie war das Weihnachtsgeschäft?«, fragte Paul. »Wäre eine Runde für alle zum Dank drin?«

Lengfeld winkte der Bedienung, erkundigte sich, ob nach dem heißen Tee jetzt ein Bier genehm sei, und bestellte tatsächlich für alle.

»Das Weihnachtsgeschäft? Ja, das eine oder andere Geschenk stammte auch aus meiner Buchhandlung. Aber in diesen schlechten Zeiten sind die Kassen überall knapp.«

»Und wie hast du diese Anzeige hier in der Kölnischen Zeitung bezahlt?«

Triumphierend hielt Werner, der unterdessen weiter in der Zeitung geblättert hatte und bis zum Anzeigenteil vorgedrungen war, den Zeigefinger auf die Stelle und las unter dem Johlen sämtlicher Zuhörer den Text vor: »Die Blähungen, besonders in ihren Beziehungen zu Hypochondrie, Hysterie, Krämpfen, Nervenleiden und anderen gefährlichen und hartnäckigen Krankheiten dargestellt. Eine gemeinnützige und gemeinfassliche Lehre von der Entstehung, Verhütung und Heilung der Blähungen sowie aller in ihrem Gefolge auftretenden krampfhaften Leiden. Nebst Angabe eines bisher unbekannten Mittels zur Heilung aller Blähungsbeschwerden ...«

Lengfeld wollte schon das Gesicht missmutig verziehen, entschloss sich jedoch, die Sache lieber von der heiteren Seite zu nehmen.

»Schau doch nur richtig hin, die Anzeige ist überhaupt nicht von mir. Sie stammt vom Verlag, neben meiner Buchhandlung sind Kollegen in Siegen und Düren genannt. Ich wundere mich auch, dass sich das auszahlt. Würden die Kölner weniger Sauerkraut und vor allem weniger Zwiebeln essen, würden sie auch weniger furzen.«

Der derbe Spruch wurde bejubelt, genauso wie die Runde Bier, die in diesem Moment aufgetragen wurde.

»Ich habe andere Probleme als diese Blähungen«, nahm Lengfeld die Rede auf. »Ständig soll ich revolutionäres Schrifttum verkaufen, das gewisse Verleger an der Vorzensur vorbeiproduziert haben. Ihr kennt ja die Gesetzeslage: Bücher mit mehr als sechzehn Bogen unterliegen nur der Nachzensur, können also erst einmal ausgeliefert werden, ehe die Polizei sie mir im Laden beschlagnahmt. Ihr bekommt das alles nicht mit, weil ihr an braven Universitäten brav studiert. Im wahren Leben geht es anders zu.«

»Hier bei uns in Köln?«, fragte Gustav. »Wer will denn hier mit Revolutionen kommen?«

»Davon werdet ihr noch mehr mitbekommen, als euch lieb ist«, antwortete Lengfeld, indem er sich umdrehte, ob er belauscht würde. Als er sah, dass die anderen Gäste weit genug weg saßen, und außerdem der Lärmpegel mittlerweile hoch genug war, um jedes Wort schon am Nachbartisch unverständlich zu machen, fuhr er fort: »Es zieht sich etwas zusammen. Du, Paul, müsstest es doch auch von deiner Schwester kennen, die in demokratischen, um nicht zu sagen kommunistischen Kreisen verkehrt. Man will sich die Bevormundung aus Berlin nicht gefallen lassen. Die Kölner waren nie wirklich preußisch, auch wenn uns die Preußen die Franzosen vom Hals geschafft haben. Aber die französische Verwaltung war so schlecht nicht, wir haben lange nach französischen Gesetzen gut gelebt und leben jetzt eher in Provisorien. Die nächsten Zusammenstöße wird es wahrscheinlich im Karneval geben. Ich bin gespannt, wie weit sich das preußische Militär die Verunglimpfungen der Kölner diesmal gefallen lässt. Soviel ich weiß, sind schon etliche Verbote geplant.«

»... die dann per Telegraph ergehen«, ergänzte Christian, der Werner einen Gefallen tun wollte.

»Ach ja, habt ihr das heute gelesen? In England gibt es jetzt einen elektrischen Telegraphen für jedermann«, sagte Lengfeld.

Alles lachte, bis jemand dem verdutzten Buchhändler erklärte, dass man sich die ganze Zeit darüber unterhalten hätte und Werner der Einzige sei, der sich Gutes von der neuen Technik erwartete.

»Da hat er doch ganz Recht«, sagte Lengfeld und schlug Werner freundschaftlich auf die Schulter. »Dieser Mast auf Sankt Pantaleon erinnert mich immer an einen Galgen, an dem statt eines Gehängten nur die hölzernen Arme im Wind flattern. Die Weiterentwicklung zum elektrischen Telegraphen war mehr als überfällig. Übrigens auch des Missbrauchs wegen.«

»Deshalb nun gerade nicht«, fiel Werner ein, »mein Vater hat die Drähte immer für gefährdeter gehalten.«

Lengfeld lachte. »Er hat den Roman der letzten Saison, ›Der Graf von Monte Christo‹ von Alexandre Dumas, nicht gelesen, an dem ich viel verdient habe, seit die Übersetzung aus dem Französischen vorliegt.«

Die Runde spitzte wieder die Ohren, nachdem die meisten schon die Lust am Thema verloren hatten und nur aus Rücksicht auf Werner ruhig geblieben waren. Karl Peter meldete sich zuerst:

»Klar, du meinst die Szene, in der der Graf den Telegraphenwärter mit 50.000 Francs besticht, die falsche Botschaft nach Paris zu senden, dass in Spanien Krieg ausgebrochen ist. Der betrügerische Baron Danglars, der den Grafen einst um seinen Reichtum brachte, verkauft darauf seine spanischen Anleihen, die prompt im Wert ins Bodenlose fallen. Nach Aufdeckung der falschen Nachricht schießen sie dagegen in die Höhe, und Danglars hat eine Million Francs verloren.«

»Aber wie soll das denn gehen?«, fiel Werner ein. »Ich weiß genau, dass die Telegraphisten auf den französischen Linien grundsätzlich kein Codebuch hatten. Sie haben immer nur Botschaften empfangen und gesendet, die sie selbst nicht verstanden – aus Sicherheitsgründen natürlich. Das war für Napoleon keine Frage.«

»Genau, in einem Zahlencode«, meldete sich Karl Peter wieder zu Wort. »Davon ist auch bei Dumas die Rede. Und auch davon, dass die Telegraphisten ihre eigene Botschaft nicht verstanden. Der Graf von Monte Christo bringt die drei in Zahlen codierten Zeichen selbst mit.«

»Und woher hat er diese Zeichen bekommen?«

»Das ist nicht gesagt.«

»Eben, da sieht man wieder, wie in Romanen gestunken und gelogen wird. Die Bestechung eines Telegraphenbeamten mag ja hingehen. Aber für die codierten Zeichen hätte der Graf erstens ganz andere Summen aufbringen müssen und zweitens kaum jemanden gefunden, der sein Leben dafür zu ruinieren bereit gewesen wäre. Denn die Wächter über das Codebuch an den Endstationen der Linien waren gut bezahlt und gut ausgesucht. Napoleon wusste, welche Gefahr drohte. Die Preußen haben das geändert, weil wir hier nie eine Revolution hatten und keiner an so etwas dachte. In jeder Telegraphenstation gibt es ein Codebuch. Allerdings ist es streng verwahrt, in einem Schrank verschlossen. Mein Vater hat es nie herausgeholt. Es wäre ja auch gar keine Zeit zur Entschlüsselung gewesen. Jede

Nachricht wird abgelesen, Zeichen für Zeichen aufgeschrieben und dann sofort an den nächsten Posten weitergegeben. Die Entschlüsselung findet nur in den Expeditionsbüros in Berlin, Köln und Koblenz statt. Ich weiß, dass dies Stunden dauern kann. Das System ist ziemlich kompliziert, es wird ja auch bei uns nicht in Buchstaben gesendet, sondern in einem Zahlencode.«

Die Runde hatte geduldig zugehört, weil jedem derselbe Gedanke gekommen war, nur Werner offensichtlich nicht. Lengfeld war es dann, der sich traute, ihn auszusprechen:

»Hat man das eigentlich beim Tod deines Vaters untersucht?«

»Wie meinst du?«, fragte Werner irritiert.

»Na ja, ob der Mord etwas mit dem Telegraphieren zu tun hatte.«

»War das Codebuch noch da?«, setzte Arnold nach.

Für einen Augenblick herrschte betretenes Schweigen. Werner war völlig verunsichert. »Nein, niemand hat an so etwas gedacht, soviel ich weiß.«

»Hat etwas im Haus gefehlt?«, fragte Lengfeld.

»Nein, nichts.«

»Eben, und unsere Polizei kommt natürlich nicht darauf, dass das etwas bedeuten könnte.«

»Mein Vater sah so schlimm aus, sein Kopf war völlig zerschmettert«, sagte Werner mit gesenkter Stimme. »Man hat geglaubt, der Mörder habe selbst Panik bekommen und sei deshalb weggelaufen, ohne etwas zu stehlen.«

»Ja, das sieht der Polizei ähnlich«, meinte Lengfeld nach einer kurzen Pause.

»Aber lasst doch Werner in Ruhe«, schaltete sich Gustav ein, der die ganze Zeit beklommen geschwiegen hatte. »Seht ihr denn nicht, dass alles wieder hochkommt? Und was soll jetzt besser sein? Meint ihr, man könnte den Mörder mit dieser Vermutung fassen?«

Wieder entstand eine Pause.

»Die Polizei vielleicht nicht«, brach Werner das Schweigen, wobei ein seltsamer Unterton die Anwesenden irritierte, sodass man sich betreten ansah. An Lengfeld gewandt, fuhr Werner fort: »Das mit dem Grafen von Monte Christo interessiert mich trotzdem. Du leihst mir doch das Buch?«

»Natürlich, komm nur morgen Vormittag vorbei«, antwortete Lengfeld.

So war das Thema zur Erleichterung der Versammlung beendet, und man wandte sich Alltäglichem zu, neckte sich mit Fragen nach Frauenabenteuern, angeblichen eher als tatsächlichen, und erzählte sich von Plänen für das neue Jahr. Jeder hatte sich etwas vorgenommen, nur Werner hielt sich zurück, was man seiner Betroffenheit über den Tod des Vaters zuschrieb. Man wusste, dass er schwer an diesem Schicksalsschlag trug, hoffte, dass er bald das Studium wieder aufnehmen würde, um irgendwann bei der Kölnischen Zeitung in Brot zu kommen. Aber Werner hatte nun ein neues, ein ganz konkretes Problem, von dem niemand etwas ahnte. Es war ihm urplötzlich klar geworden, dass sich der Mörder seines Vaters vielleicht doch noch finden ließe, falls die Theorie stimmte, die Lengfeld mehr oder weniger zufällig aufgestellt hatte.

Gegen Mittag verließ er als Erster die Runde, alle grüßten lärmend hinter ihm her, weil sie ein schlechtes Gewissen hatten. Werner stapfte durch den frisch gefallenen Schnee, während nur noch vereinzelt Flocken vom Himmel rieselten, und war bald zu Hause. Er wollte sich über Mittag noch etwas ausruhen. So legte er sich mit dem Mantel aufs Bett, weil er keine Lust hatte, den Ofen anzuzünden, und schlief augenblicklich ein.

DRITTES KAPITEL *In dem Werner die Telegraphisten von Sankt Pantaleon besucht und eine interessante Information erhält*

In den nächsten Tagen lebte Werner wie in einer anderen Welt. Der Gedanke, dass die Ermordung seines Vaters womöglich ein Anschlag auf den Telegraphen war, dass der Mörder also keineswegs ein Landstreicher gewesen sein musste, von denen es Heerscharen gab, sondern jemand, der in irgendeiner Weise die Linie nach Berlin stören oder nutzen wollte – das engte den Kreis der Täter so erheblich ein, dass man ihm vielleicht wirklich auf die Spur kommen konnte. Und wenn Lengfeld sich irrte, wenn sich das Ganze als ein Hirngespinst entpuppte? Warum hat nichts gefehlt im Haus? Läuft ein Einbrecher wirklich weg, wenn er eine solche Wunde sieht? Ja, die Wunde war grässlich. Selbst im Sarg, nach Waschen und Herrichten durch den Flittarder Schreinermeister, der sich auch um die Bestattungen kümmerte, war der Anblick ein Schock gewesen. Er hatte nur ganz kurz hingesehen, wobei der Kopf seines Vaters sogar zur linken Seite gedreht war und der anwesende Pfarrer die Angehörigen von rechts herantreten ließ. Der Schwester hatte man gesagt, sie möge in der Tür stehen bleiben, nicht zum Sarg kommen. Ein Onkel der Familie, der Bruder des Vaters, war als Erster zum Sarg gegangen und nicht lange geblieben. Er, Werner, war der Nächste gewesen, er war lange geblieben, hatte sich über den Vater gebeugt und letzte Abschiedsworte gesprochen. Der Schock kam bei ihm erst später.

All dies lag nun schon Monate zurück, aber auf die kleinste Anregung hin tauchten die Gedanken wieder auf, ließen sich kaum vertreiben. Meist hatte er es mit Ablenkung versucht, sich mit Zeitungsplänen befasst. Wieder und wieder ging er in die Redaktion der Kölnischen Zeitung in der Breite Straße, um anzufragen, ob er etwas schreiben könne. Stets hatte man ihm Hoffnung gemacht, aber erst ganz zuletzt gesagt, er solle sich selbst etwas aussuchen. Werner verfiel auf den Krönungsball im Café Royal von Franz Stollwerck am 18. Januar, das große Ereignis vor Karneval. Der mittlerweile 147. Jahrestag der Krönung von Herzog Friedrich zum preußischen König hatte zwar in Köln alles andere als Tradition, sondern wurde eher als unangenehme Erinnerung an die preußische Herrschaft empfunden. Aber es war nun einmal ein großes Fest im großen Saal, bei dem sich die führende Schicht der Stadt gern sehen ließ. Ein nicht ganz einfacher Artikel: nicht zu viel Jubel über den Anlass, aber auch nicht zu wenig Herausstellung von Glanz, den die Kölner entfalteten.

Werner hatte die Zeitung jeden Tag daraufhin studiert, wie sich die Stimmung in der Stadt entwickelte, welchen Ton er anschlagen musste. Viel war nicht passiert seit dem Heiligendreikönigstag. Am 8. Januar erschien ein Leitartikel über den Fürsten von Leiningen, der Deutschlands Standesherren ermahnte, vom hohen Ross ihrer Privilegien herabzusteigen und sich den öffentlichen Angelegenheiten zu widmen. Ausdrücklich war vom schlechten Bild die Rede, das der Adel böte, »tot für größere Zwecke, unbekannt der Masse und namenlos trotz aller Namen«. Es wurde vorgerechnet, dass die standesherrlichen Besitzungen allein in Westfalen und am Niederrhein 94 Quadratmeilen mit 280.000 Einwohnern betrügen, in ganz Deutschland 450 Quadratmeilen mit 1⅓ Millionen Einwohnern. Und dabei sei das Einzige, worin sich diese Standesherren seit Gründung des Deutschen Bundes hervorgetan hatten, die Anbringung von Protesten und Reklamationen gewesen.

Ein mutiger Artikel, Donnerwetter, dachte Werner, während er die Auslandsmeldungen überflog. In der Schweiz brodelte es, weil sich die meisten Kantone gegen eine Zentralisierung wehrten. In Spanien und Großbritannien wurde ums Budget gerungen. Die wichtigste Meldung aber kam aus Frankreich und bezog sich auf das Ereignis, dass französische Truppen in Algerien den tapferen Beduinenführer Add-el-Kader geschlagen und gefasst hatten. Man brüstete sich in Paris mit einem glorreichen Sieg, der sich in Wirklichkeit einer gewaltigen Truppenüberlegenheit und einem Wüten in Algerien verdankte, das jeder Zivilisation spottete. Noch am Sonntag war das Thema den Leitartikel wert, in dem die Unverschämtheit der französischen Presse gegeißelt wurde, die die Unterwerfung der Marokkaner als große Tat feierten.

Ansonsten war wenig Interessantes zu finden. Dass es in Berlin Gerüchte gegeben hatte, der Kölner Abgeordnete für die Versammlung des Vereinigten Ausschusses wolle unter Protest den Sitzungen fernbleiben, wurde zu den üblichen Manövern gerechnet, die Rheinländer in ein schlechtes Licht zu stellen. Dabei stand der Artikel direkt über einem anderen zum Enthaltsamkeitsverein des Barons von Seld, der aus den Kölnern offenbar alkoholverachtende Heilige machen wollte. Lächelnd ging Werner die Anzeigen durch. Diesmal wurde für Reibekuchenessen und lebende Seekrebse geworben, für Mainzer Käse und italienische Apfelsinen. Jemand hatte zwischen Hohe Straße und Dom am Dreikönigstag seine Spitzenmanschetten verloren und lobte Finderlohn aus. Besonders witzig war eine Anzeige, die einem zugelaufenen Wachtelhund galt, den der Finder gegen Einrückungsgebühren und Futtergeld zurückgeben wollte, während ein paar Zeilen tiefer der Besitzer eine Suchanzeige aufgegeben hatte. Die Zeitung ist doch ein wundervolles Nachrichtenorgan, dachte Werner, wie sind die Menschen früher bloß ohne Zeitung ausgekommen?

Die Sonntagszeitung, eben eingetroffen, stand wieder ganz im Zeichen von Meldungen über den armen Add-el-Kader, unter anderem mit einer Feier seiner Vorführung als Gefangener in Algier. Werner hatte keine Lust, Genaueres zu lesen, lehnte sich in seinem Stuhl zurück und kehrte in seinen Gedanken zum Gespräch im »Bieresel« zurück. Mittlerweile hatte er sich den Roman »Der Graf von Monte Christo« bei Lengfeld ausgeliehen und lange gelesen, bis er an die Stelle kam, die von der Bestechung des Telegraphisten handelte. Der Autor konnte wirklich keinen blassen Schimmer haben, dachte er, wie er da seine Geschichte konstruierte. Weil er sich über die Dachse in seinem Garten ärgert, die ihm die Pfirsiche fressen, nimmt der Telegraphist 50.000 Francs für ein neues Leben in einem neuen Haus, weil er natürlich nach Entdeckung des Betrugs entlassen wird. Und nichts zu den drei Zahlen, die die falsche Nachricht enthalten. Wobei wohl drei Zahlen kaum ausreichten, um die Botschaft vom Krieg in Spanien so genau wiederzugeben – Unwahrscheinlichkeiten über Unwahrscheinlichkeiten.

Während Werner daran zurückdachte, kam ihm ein Gedanke. Er kannte den Kölner Kollegen seines Vaters, den Obertelegraphisten auf dem Turm von Sankt Pantaleon. Es war selten, aber doch mit einiger Regelmäßigkeit vorgekommen, dass sich die Telegraphisten zu einem Erfahrungsaustausch trafen, immer abwechselnd in Köln und in Flittard. Wenn man tagtäglich alle paar Minuten nach dem Nachbarturm Ausschau hielt, wenn man die Meldungen ablas und weitergab, sah man zwar nie etwas von den Menschen hinter den Meldungen, aber man wusste genau, wer es war, der die hölzernen Arme in Bewegung setzte. Und es gab durchaus Anlass für Besprechungen: ob die Zeit reichte, während der ein Zeichen stehen blieb, ob man bei schlechtem Wetter nicht doch länger warten sollte bis zur Einstellung des nächsten und so fort. Der Vater hatte sogar betont, dass die Treffen ganz einfach notwendig seien, damit in Erinnerung blieb, mit wem man da in Verbindung stand. Es war eben doch eine eigenartige Form der Kommunikation: ein Sprechen ohne Bedeutung, immer nur mit dem Bewusstsein, dass die Zeichen, die man weitergab, für etwas standen, für etwas besonders Wichtiges, ja viel Wichtigeres, als es im Alltag jemals eine Rolle spielte. Diesen Kölner Kollegen, Herrn Lindenborn, wollte Werner aufsuchen, ihn fragen, was er von der Möglichkeit hielt, dass der Tod seines Vaters ein Anschlag auf den Telegraphen gewesen sein könnte.

*

So machte er sich denn gegen Mittag auf, als die Sonne flach in die Stadt hineinschien, ohne sie wirklich erwärmen zu können. Die geschlossene Schneedecke war festgestampft von all den Passanten und machte das Fortkommen nur wenig beschwerlicher als sonst, bot dafür den ungeheuren Vorteil, dass Dreck und Abfälle zugedeckt waren, auch viel vom üblichen Gestank, besonders in den weiter vom Zentrum entfernt liegenden Stadtteilen. Über die Hohe Straße ging er zum Waidmarkt, dann die Bäche entlang Richtung Weyertor, wo Gerber allerdings gerade ihre Felle ausgeschlagen hatten, womit Gerüche verbunden waren, die einem den Atem nehmen konnten. Er bog in die Straße Am Weidenbach ein, die rechts auf die Kaserne, links auf die ehemalige Stiftskirche zulief, die sich immer noch inmitten von Feldern und weitläufigen Weingärten befand. An die Kirche zur Linken angelehnt, hatten die Preußen einen riesigen Festungsbauhof errichtet, die Kirche selbst war Garnisonskirche geworden, nachdem die Stiftsherren in den napoleonischen Zeiten vertrieben worden waren. Es war also ein ruhiger Platz geworden, der sich förmlich anbot für den Telegraphen. Der massige Mittelturm der Kirche ragte hoch auf zwischen den baufällig gewordenen und deshalb niedergelegten Flankentürmchen und gab den Blick frei nach Flittard und Niederzündorf. Man hatte 1834 nur wenig Umbauarbeit leisten müssen, als man die Haube in ein Telegraphenzimmer umwandelte und den Mast mit seinen hölzernen Armen als Krönung aufpflanzte. Das Expeditionsbüro war in einem Haus direkt vor der Kirche untergebracht, das früher zur Verwaltung der Stiftsgüter diente. Es bot Platz genug für die Entschlüsselung und auch noch eine Wohnung für den Obertelegraphisten und seine Familie. Von hier konnte ein berittener Melder die zu Papier gebrachte Depesche aus Berlin zum Regierungspräsidenten von Köln bringen beziehungsweise umgekehrt für Berlin bestimmte Meldungen beim Telegraphisten zur Sendung abgeben. Werner wusste von seinem Vater um diese Umstände, er kannte auch den Glockenstrang, mit dem man seinen Besuch in der Telegraphenstube signalisieren konnte.

Die Anmeldung funktionierte, der Untertelegraphist, Herr Disch, kam die Treppe herab und öffnete die Tür. Er erkannte den Sohn des Flittarder Telegraphisten sofort.

»Ach, Sie sind es, Herr Schilling, kommen Sie nur rasch herauf, wir erwarten bei diesem strahlenden Wetter Nachrichten aus Berlin.«

Werner wunderte sich darüber, dass keine Fragen nach seinem Begehr gestellt wurden, und ging hinter Herrn Disch her, der trotz der engen Uniformhose die Stufen doppelt nahm, was Werner seines Beines wegen nicht nachahmen konnte und entsprechend buchstäblich hinterherhinkte. Im Turmzimmer angekommen, erblickte Werner den Obertelegraphisten, einen kleinen, aber trotz seines schon vorgerückten Alters äußerst kräftigen Mann mit etwas vierschrötigem Gesicht. In tadelloser Uniform mit hoher Schirmmütze schaute er gerade durchs Fernrohr nach Flittard, wandte sich beim Geräusch der Eintretenden aber sofort um.

»Werner, du einmal wieder hier? Na, das freut mich. Du kannst immer reinschauen, damit du nicht vergisst, wie es hier bei uns ausschaut. Nach Flittard gehst du wohl nicht mehr.«

»Nein, das ist Vergangenheit«, antwortete Werner und schaute aus dem Fenster auf das verschneite Köln, auf die Kirchtürme, die wie Schneestangen aus einem Feld hervorragten. »Darf ich?«

Auf das sofortige Nicken hin war er ans Fernrohr getreten und erblickte den Flittarder Turm, auf dem sich nichts regte, sämtliche Arme in ihrer Ruhestellung am Mast liegend.

»Man glaubt bei diesem Wetter, dass die Stationen noch viel weiter auseinander hätten liegen können. Aber ich weiß, nicht immer scheint die Sonne. Und bei Regen ist die Entfernung schon fast zu groß.«

Herr Lindenborn nickte, schien gedankenverloren, weil er sich wohl über den Besuch wunderte, stellte aber keine Frage.

»Und nach Süden, nach Niederzündorf, sieht man dorthin genauso gut?«

»Überzeuge dich nur«, antwortete Herr Lindenborn mit einer Handbewegung zum gegenüberliegenden Fernrohr.

Werner ging am Signalmast vorbei zum zweiten Fernrohr und blickte hindurch. »Nicht ganz so gut, weil etwas Gegenlicht herrscht und der Schnee es wohl reflektiert«, stellte er fachmännisch fest. »Aber man könnte ablesen, wenn es etwas zum Ablesen gäbe. Was ist denn los heute, hat niemand Lust, mit Köln zu plaudern? Auch die protestantischen Gottesdienste in Berlin sind doch längst zu Ende.«

Herr Lindenborn quittierte den kleinen Scherz mit einem gutmütigen Lachen und entschied sich dann doch dafür, die Situation zu klären.

»Du bist doch nicht hierher gekommen, um uns zu kontrollieren. Du hast doch etwas auf dem Herzen. Was ist es denn? Nur heraus mit der Sprache!«

Werner trat vom Fernrohr zurück, ging zum Signalmast und griff behutsam nach einem der Einstellgriffe aus Porzellan, der rundum gedreht werden konnte, um die hölzernen Balken in die gewünschte Position zu bringen. Die Zimmerdecke verbarg zwar die Sicht auf den Mast auf dem Dach, aber die Einstellung wurde laufend kontrolliert, damit nicht ein halb richtig gebildeter Winkel den Ablesenden auf der nächsten Station irritierte.

»Ein intelligent ausgedachtes Gerät, wirklich perfekt – wenn das Wetter mitmacht und große Ereignisse am Tag geschehen –«

»Ach, sag schon, dass du ein ›Elektriker‹ bist«, fiel ihm Herr Lindenborn ins Wort, »ihr jungen Leute geht mit der Zeit, wollt immer etwas Neues, weil ihr das Alte nicht aufgebaut habt. Wir sind hier immer gut zurechtgekommen, auch wenn wir uns wie die meisten anderen europäischen Staaten an das etwas langsamere, aber sicherere englische System angelehnt haben. Von Köln nach Berlin brauchen wir im Allgemeinen anderthalb Stunden – einfache Signale wie das für ›Ruhe‹ gehen in wenigen Minuten durch. Koblenz ist nicht mehr so wichtig wie anfangs, als es darum ging, Nachrichten von Paris schneller nach Berlin zu befördern. Von Paris bis Koblenz geht es per Stafette, dann fliegt die Nachricht durch die Luft – insgesamt in annähernd dreißig Stunden. Warum unbedingt noch schneller? Wenn die Pariser wieder einmal Revolution machen sollten, was Gott verhüte, dann erfahren wir es auf jeden Fall früh genug. Und so oft revolutionieren sie nun auch wieder nicht. Die Franzosen selbst sollen übrigens mit der Umstellung auf das elektrische System seit drei Jahren erhebliche Schwierigkeiten haben. Dabei hatten sie in Europa von Anfang an das größte optische Netz, insgesamt zuletzt fünfhundertvierunddreißig Stationen, die neunundzwanzig Städte miteinander verbinden. Immerhin sind die ›Optiker‹ umgeschult, also nicht einfach entlassen worden.«

»Umgeschult? Auf ein derart anderes System?«

»So anders ist es nicht. Man hat Apparate gebaut, in denen Zeiger elektrisch diejenigen Winkel bilden, die wir hier mit unseren hölzernen Armen einstellen. Am Ablesen hat sich also nichts geändert, man konnte deshalb ohne weiteres die gleichen Leute wieder verwenden. Ich hoffe, das machen sie hier auch, wenn es eines Tages so weit ist.«

»Natürlich, das hoffe ich auch. Aber ich wollte mich mit Ihnen eigentlich über etwas ganz anderes unterhalten.«

»Was, nicht über Elektrizität?«

»Nein, durchaus über Optik. Nur geht es mir nicht um die Technik des Systems, es geht mir um die Sicherheit.«

»Welche Sicherheit?«

»Ich dachte an Anschläge. Ich habe neulich den Roman ›Der Graf von Monte Christo‹ gelesen ...«

»Ach, diesen Blödsinn mit einem Trottel von einem Telegraphisten, der unseren Berufsstand beleidigt. Wo jeder Fachmann weiß, dass es außerdem vorne und hinten nicht stimmt, weil niemand an den Code kommt. An den Endstationen wird das Buch sicher bewacht, und auf den Stationen ist keines vorhanden.«

»Aber bei uns gibt es sie, zwar verschlossen ...«

»Sehr fest verschlossen und von zwei Beamten mit Säbel geschützt.«

Dabei griff Herr Lindenborn an seinen Gürtel und zog mit gespielt wildem Blick die Waffe halb aus der Scheide.

»Herr Lindenborn«, fuhr Werner fort, indem er in die Anrede so viel Beschwichtigung hineinlegte wie möglich. »Es hat möglicherweise einen Versuch gegeben, an ein Codebuch heranzukommen beziehungsweise einen Telegraphisten zu zwingen, irgendetwas nach Codebuch zu senden.«

Werner hielt inne, weil Herr Lindenborn ein so ungläubiges, ja wütendes Gesicht machte, dass er vor Weiterem zurückschrak. So kam die nächste Äußerung etwas abrupt heraus.

»Ich meine den Mord an meinem Vater.«

»Wer hat das gesagt?«

»Das tut nichts zur Sache, ich dachte nur, es sei eine Möglichkeit. Und weil es eine Möglichkeit ist, wollte ich Sie etwas fragen.«

Herr Lindenborn beruhigte sich, weil die Anspielung auf den Vater dem Gespräch eine völlig neue Wendung gegeben hatte. Er sann offenbar darüber nach, wie sein Gegenüber auf diesen Verdacht gekommen sein könnte, sodass Werner weitersprechen konnte:

»Ich wollte Sie fragen, ob Sie etwas Verdächtiges bemerkt haben. Hat sich jemand nach dem Telegraphen erkundigt, sich irgendwie das System erklären lassen? Oder hat es auch hier vielleicht den Versuch gegeben, in dieses Zimmer oder unten ins Büro einzudringen?«

Herr Lindenborn war immer noch nicht fähig zu antworten. Er schüttelte nur den Kopf. Dann sammelte er sich.

»Also eingebrochen? Nein, nirgendwo, soviel ich weiß. Nicht bei uns und auch nicht sonst wo auf unserer Linie. Eingebrochen auf keinen Fall. Aber eine Anfrage? Wenn ich mich recht besinne, hat es so etwas wirklich gegeben. Ich hatte es nur für einen Augenblickseinfall, eine Laune gehalten.«

»Bitte, sagen Sie es mir ganz genau.«

»Es war im Spätsommer, kurz vor dem Mord an deinem Vater. Ich saß mit Freunden im Biergarten am Rhein. Als wir etliche Gläser geleert hatten, ist jemand auf uns zugekommen, der wie ein Arbeiter aussah – in Bluse und Hose, ein Blusenmann eben, wie wir sagen –, aber gewandt ausdrücken konnte er sich durchaus. Er erkundigte sich zuerst, ob ich der Obertelegraphist von Sankt Pantaleon sei, und hat mich dann nach und nach ausgefragt.«

»Haben Sie ihm Näheres erklärt?«

»Wenn ich das so genau noch wüsste. Bestimmt nichts Geheimes. Aber es war die Rede vom Code und vom Codebuch. Er wollte wissen, wie wir das handhaben, wie schwierig es ist, wie lang es dauert und so fort. Da fällt mir ein, er wollte auch Genaueres über den Code selbst wissen, ob es ein Buchstabencode oder sonst etwas ist. Da habe ich nicht mehr geantwortet. Du weißt ja, es ist kein Buchstabencode, sondern wir verwenden wie die Franzosen Zahlen für ganze Sätze. Nein, das habe ich auf keinen Fall erklärt, auch nicht nach den paar Gläsern Bier.«

»Und wie sah er aus, dieser Blusenmann, ich meine: Können Sie sich noch an ihn erinnern?«

Herr Lindenborn besann sich, schüttelte aber den Kopf: »Nein, nichts Genaueres, er war ziemlich groß, dabei dürr und hatte irgendwie elegante Bewegungen, ja, elegante – trotz Blusenmann. Aber es war im Garten, und es brannten nur Lampions.«

»Und die Sprache? Stammte er von hier?«

»Ach ja, natürlich: Nein, er stammte nicht von hier, er hat kein Wort kölsch gesprochen, eher norddeutsch, glaube ich, es könnte auch schon aus Düsseldorf gewesen sein. Aber das alles bedeutet wenig, er sah ganz normal aus, eher vornehm, wie gesagt, jedenfalls kein bisschen nach Verbrecher.«

»Sie erinnern sich doch nicht mehr an ihn.«

»Doch, daran schon, das ist mir ja aufgefallen. Werner, mach jetzt nur ja keinen Fehler. Stürz dich nicht ins Unglück, wo ihr schon genug Unglück habt. Eine Suche wäre völlig vergeblich. Selbst wenn dieser Mann etwas mit dem Mord an deinem Vater zu tun hätte, wer soll das nachweisen? Zur Polizei kannst du auf keinen Fall gehen, und allein bist du verloren.«

Werner nickte auf eine Weise, die eher zu sagen schien: Ja, so denkt wohl jeder, aber nicht ich. Dann trat er noch einmal ans Fernrohr Richtung Flittard und schaute schweigend hindurch. Nach einer Pause, in der auch Herr Lindenborn geschwiegen hatte, sagte er:

»Schade, dass das Fernrohr so fest installiert ist. Man könnte so schön auf die Stadt herabschauen, in die Fenster blicken. Haben Sie nie daran gedacht?«

Herr Lindenborn war froh, dass Werner das Thema wechselte, und verneinte mit erhobenen Armen. »Um Gottes willen, weißt du, welche Arbeit man mit dem Justieren hat? Stoß bloß nicht gegen den

Lauf. Es ist mir einmal versehentlich passiert, worauf ich mindestens zehn Minuten lang Flittard gesucht habe.«

In diesem Moment meldete sich der Untertelegraphist, der nach Niederzündorf Ausschau gehalten hatte:

»Achtung, es geht los, Niederzündorf meldet sich.«

»Ich bin schon weg«, sagte Werner und ging zur Tür. »Ich finde hinunter – und viel Glück beim Empfang.«

»Du könntest dem Inspekteur unten Bescheid sagen, dass etwas kommt – und bis bald! Melde dich noch einmal, hörst du?«

In diesem Augenblick war Werner bereits in der Tür verschwunden.

VIERTES KAPITEL *In dem Werner zuerst eine herbe Enttäuschung erlebt und anschließend von Lengfeld über Politik im Allgemeinen und seine politische Unbedarftheit im Besonderen aufgeklärt wird*

Diese Schweinehunde!« Werner war soeben aus dem Bett aufgestanden und im Schlafrock in den Flur hinausgetreten, um die Kölnische Zeitung zu holen, für die er den Artikel über das Krönungsfest am 18. Januar geschrieben hatte. Aber in der Zeitung stand nicht sein Artikel, sondern ein völlig anderer – sie hatten jemanden ihm vorgezogen. Es dauerte Minuten, bis er es begriff, bis er erkannte, dass das nicht sein Text war: »Nur noch ein kurzes Triennium fehlt, und es sind anderthalb Jahrhunderte verflossen, seit an diesem Tage Herzog Friedrich von Preußen in dem Schlosse zu Königsberg sich mit der Königskrone schmückte …« Nein, das Wort »Triennium« stammte nicht von ihm, außerdem hatte er ganz anders begonnen, mit der Rolle der Preußen als Befreier von Napoleon und dem französischen Joch. In aller Klarheit hatte er den Kölnern zu verstehen gegeben, dass es jetzt darum gehe, das Joch des Unverstandes abzuwerfen und einer von Wissenschaft geprägten Zukunft entgegenzusehen. Stattdessen fand er die Frage gestellt, ob die Königskrönung lediglich »eine bedeutungslose Zeremonie in jener zeremoniensüchtigen Zeit« gewesen sei, und las als Antwort, dass es auf lange Sicht um die Freiheit des deutschen Volkes gegangen sei. Am Ende stand das Zitat der Königin Louise, die vom Zusammensturz der alten Weltverhältnisse gesprochen hatte, davon, dass Überlebtes durch Neues ersetzt werden müsse, um nicht von den Notwendigkeiten »überflügelt« zu werden. Der letzte Satz galt der Hoffnung, der jetzige König werde Deutschland zum freien Volk machen.

»Von wem stammen diese Phrasen?«, schnaubte Werner und blätterte voller Ärger weiter. Er fand einen Bericht über Zensurstrenge in

Hamburg, dann die neueste Zensurverordnung in Rom. Dazwischen gab es eine Notiz über Heinrich Heine, der krank in Paris liege, wobei jeder wusste, dass Heines Bücher in Deutschland verboten waren, er selbst steckbrieflich gesucht wurde. All das war garniert mit Berichten über Zirkus und Puppentheater, der Mitteilung über einen jungen Mann in Paris, der sich anbot, an Tafeln, wo zufällig dreizehn Personen zusammenkamen, als »Vierzehnter« einzuspringen, um die Unglückszahl zu sprengen. Schließlich gab es genaue Informationen über Tauwetter in Mainz und die einsetzende Bewegung des Treibeises mit den bekannten Gefahren von Zerstörung und Überschwemmung. »Wieso Treibeis und Zensur – und nicht mein Artikel?«

Werner wollte sofort in die Redaktion, kleidete sich nach dem Waschen zum Ausgehen an, aß dann doch zuerst sein Frühstück, ehe er die Wohnung verließ. Aber schon nach wenigen Schritten setzte seine Besinnung ein. Nein, in der Redaktion hatte man sich offenbar mit Gründen anders entschieden, man setzte wohl auf die Zeitströmung, auf den Ruf nach einer einigen Nation, auf Pressefreiheit und sonstige Freiheit. Davon verstand er nicht viel, hatte im Studium Philosophie und Literatur studiert und sich aus den politischen Diskussionen nicht viel gemacht. Werner glaubte im tiefsten Inneren an eine andere Form von Fortschritt. Er kannte sich aus mit der Entwicklung der Eisenbahnen, verfolgte die Einnahmen der Köln-Aachener wie der Köln-Mindener Linien, die in der Kölnischen Zeitung veröffentlicht wurden. Und nichts bewegte ihn mehr als der Fortschritt bei der Kommunikation. Die Auflage der Kölnischen Zeitung lag mittlerweile bei über neuntausend Exemplaren. Natürlich interessierte er sich am meisten für die Telegraphie, besonders die elektrische. Die Politik hatte sich doch beruhigt. Die Franzosen waren zur Monarchie zurückgekehrt, der preußische König dominierte im Deutschen Bund, in Europa herrschte Frieden. Was sollte da der Wunsch nach Freiheit? Um welche Freiheit ging es eigentlich? Freiheit, über alles und jedes seinen Hohn auszugießen, wie es Heine in seinen Reisebildern getan hatte? Freiheit, alles zu diskutieren, um nie zu einem Ende zu kommen? Oder hatte er irgendetwas nicht kapiert von den Entwicklungen der letzten Zeit?

Werner beschloss, vor einer Beschwerde in der Redaktion zuerst Lengfeld aufzusuchen. Lengfeld war der politischste Kopf im Freundeskreis, als Buchhändler der mit Abstand Belesenste. Werner ging in die Hohe Straße, stand schon kurze Zeit später vor dem Laden und sah durchs Fenster, wie Lengfeld mit einem Kunden sprach.

Ein richtig feiner Herr ist er geworden, dieser Lengfeld, dachte Werner und studierte genauer die Kleidung, zu der ein knöchellanger Gehrock aus grauem Tuch gehörte, von dem sich das bunte Halstuch und die helle Weste umso mehr abhoben. Der federnde Schritt, die flinken Bewegungen, wenn er zu einem der Regale ging, verrieten zwar den jungen Mann, aber die Kleidung signalisierte Gediegenheit, hatte nichts Studentisches mehr an sich. Keine groben Wollsachen in den üblichen Brauntönen. Werner wartete unter diesen Gedanken ab, bis das Gespräch zu Ende war, und trat dann in den Laden.

Lengfeld begrüßte ihn wie immer erfreut, winkte einem Mitarbeiter, ihn an der Kasse zu vertreten, und zog Werner in eine Ecke, um ungestört mit ihm zu sprechen.

»Ich sehe dir an, dass etwas nicht in Ordnung ist. Ich hoffe, du hast mehr Zeit als neulich, als du dir den ›Grafen von Monte Christo‹ holtest. Wenn hier nichts Besonderes passiert, können wir länger reden.«

Werner zog die Kölnische Zeitung unter dem Arm hervor und wies auf die erste Seite.

»Siehst du hier diesen Artikel übers Krönungsfest? Genau einen solchen habe ich ihnen auch abgeliefert, weil sie mir Hoffnung machten, endlich etwas von mir zu drucken. Aber den Artikel hat ein anderer geschrieben, ohne dass ich etwas davon erfahren habe – mein Artikel liegt irgendwo im Müll.«

Lengfeld las die ersten Zeilen, überflog das Ganze und wies mit dem Finger auf die letzte Zeile.

»Das ist wirklich nicht von dir. Ich weiß zwar nicht, was du geschrieben hast, aber ich kann es mir ungefähr denken. Hier das ist etwas anderes. Die Kölnische Zeitung will mit der Zeit gehen. Und die Zeit verlangt so etwas. Die Menschen wollen nicht nur drangsaliert werden, sie wollen mitbestimmen.«

»Mitbestimmen? Worüber sie keine Ahnung haben?«

»Werner, du interessierst dich doch für Eisenbahn und Dampfschifffahrt. Du siehst darin den Triumph der Technik. Ist es auch. Weißt du aber, dass die Dampfschifffahrt ein ganzes Gewerbe kaputtgemacht hat, dass die Betreiber von Schleppkähnen am Ufer stehen und zusehen, wie ihr Geld an ihnen vorbeischwimmt? Oder die

Eisenbahn: Kannst du dir entfernt vorstellen, was das für die alten Schnellfuhren bedeutet?«

»Sollen wir denn deshalb alle Erfindungen rückgängig machen?«, fiel Werner ein.

»Lass mich ausreden! Es geht nicht nur darum, dass Erfindungen Leute arbeitslos machen. Es geht darum, dass Arbeit statt von vielen Einzelnen jetzt im großen Stil verrichtet wird. Großer Stil heißt aber, dass wenige Einzelne ganz oben stehen und den Gewinn abschöpfen. Die Banken geben ihr Geld lieber Aktiengesellschaften und verdienen kräftig mit, als sich mit all den Handwerkern und Kleingewerbetreibenden herumzuschlagen. Will sagen: Es entwickeln sich gigantische Geschäfte mit wenigen Profiteuren – so etwas nennt man Monopole. Darüber verelenden die Massen. In unserem schönen Köln haben wir augenblicklich knapp 90.000 Einwohner. Davon sind 20.000 in den Armenlisten eingetragen. Und wir stehen erst am Anfang. Solche Entwicklungen kann man nicht sich selbst überlassen. Hier muss man eingreifen, die Verteilung regeln. Und das bedeutet: Hier müssen Leute mitreden, die nicht nur an sich selbst denken, sondern weiter blicken. Im Augenblick haben wir eine Stadt, die keinen Einfluss im Land hat – im rheinischen Landtag, meine ich – und ein Rheinland, das nur pro forma im Vereinigten Landtag von Berlin vertreten ist, wo sich der König mit seinem Kabinett in nichts hineinreden lässt. Die Gesetze bleiben dabei natürlich so, wie sie sind. Der König hört das Stöhnen von Schleppschiffern oder Spediteuren nicht.«

Werner hatte keine Anstalten gemacht, Lengfeld zu unterbrechen. Der war kurz aufgestanden, um nach dem Rechten zu sehen. Werner schaute zuerst hinter ihm her und bewunderte die Art, wie sich der Mitarbeiter sofort auf ihn zubewegte, ihn über irgendetwas unterrichtete. Zwei Männer, so unterschiedlich gar nicht gekleidet, jedenfalls nicht auf diese Entfernung, und doch ein völlig anderes Auftreten, bemerkte er. Lengfeld locker, immer mit fließenden Bewegungen, und dieser andere irgendwie steif, auf sein Gegenüber fixiert, förmlich an ihm hängend. Was Vermögen, Macht doch so alles bewirkt! Und dann dieses leichte Kopfnicken am Ende der kurzen Unterhaltung. Der ganze Oberkörper ist daran beteiligt, der Kopf nickt gar nicht, der Oberkörper nickt mit dem Kopf. Werner lächelte, weil er etwas bemerkt hatte, wofür er sich sonst nie interessierte. Aber er konnte nicht weiter seinen Gedanken nachgehen, weil Lengfeld sich wieder zu ihm setzte und mit seiner Rede fortfuhr, als sei nichts gewesen.

»Mir geht es gar nicht so schlecht im Augenblick. Wir Buchhändler haben nie von den Armen gelebt und merken nicht, dass die Armen immer ärmer werden. Wir leben von den Reichen und besonders von den rasch reich Gewordenen, die plötzlich die Kultur entdecken. Hast du schon einmal an einem Stadttor mitbekommen, wie dort die Bauern der Region abgefertigt werden, wie dort die Schlacht- und die Mahlsteuer und was sonst alles für ihr Vieh oder ihr Getreide erhoben wird? Wie zerlumpte Frauen mit Kindern im Arm auf den Knien vor blauen Uniformen mit roten Aufschlägen liegen und flehen, das eine oder andere Huhn ohne Abgabe in die Stadt zu lassen? Nein, das siehst du nicht, du hältst es für das Ergebnis der Natur, in der es arme Bauern und reiche Bürger gibt. Aber die Natur kann man beeinflussen, es gibt zum Beispiel Gärtner, die einen dürren Ast abschneiden. So etwas braucht man in einem Staat auch. Vor allem braucht man Leute, die die Interessen erkennen und dann vertreten.«

»Du meinst Idealisten wie den berühmten Arzt Dr. Gottschalk hier bei uns.«

»Ja, den bestimmt, der weiß wirklich, was bei den Armen los ist. Zum Glück ist er nicht nur Idealist, sondern tut sich mit anderen zusammen, um wirklich Politik zu machen.«

»Mit welchen anderen?«

»Ich denke zum Beispiel an Nikolaus Hocker, den Schriftsteller, der bei mir ein- und ausgeht. Es gibt aber auch zum Beispiel Fritz Anneke und August Willich, zwei ehemalige Offiziere, die wissen, worauf es ankommt. Also, das sind Leute, die Durchblick haben. Aber sie haben keine Macht. Sie treffen sich mit Arbeitern in Cafés, zum Beispiel ›Im Kranz‹ bei Bierbrauer Peter Simons in der Mühlengasse am Alter Markt, und wollen einen Arbeiterverein gründen. Nur gehören Vertreter dieser Arbeiter in den Stadtrat. Aber dort sitzen ganz andere Leute, die mit den Großen zusammenarbeiten oder einfach ihre Ruhe haben wollen. Wenn es gut geht, sind sie Reformen nicht völlig abgeneigt, geben sich liberal. Aber sie verteidigen zum Beispiel zäh das alte Zensuswahlrecht, wonach nur die Reichen das Sagen haben. Demokraten, die ein allgemeines Wahlrecht vertreten, sind dort die absolute Ausnahme. Diesen anderen Armenarzt neben Gottschalk, Karl Ludwig d'Ester, und Franz Raveaux, den Karnevalspräsidenten, könnte man dazurechnen.«

Werner hatte zuletzt wenig aufmerksam zugehört, denn beim Stichwort »Arbeiterverein« war ihm ein Gedanke gekommen, der ihn ablenkte. Er musste an Herrn Lindenborn denken, der ihm von einem Arbeiter erzählt hatte, der vermutlich ebenfalls aus einem Verein heraus agierte. So fragte er etwas unvermittelt:

»Dieser Arbeiterverein, wie du sagst, oder was es sonst gibt – ist der nicht radikal, wollen diese Arbeiter nicht letztlich den Umsturz so wie vor einem halben Jahrhundert in Frankreich?«

Lengfeld lachte. »Ja, das alte Schreckgespenst! Das sagen sie im Kölner Rat auch. Sobald die Rede auf die kleinste Reform kommt, steht irgendwer auf und malt das Gespenst des Umsturzes an die Wand – nach dem Motto: Wer dem Teufel den kleinen Finger reicht, von dem nimmt er die ganze Hand.«

Werner fühlte sich nicht richtig verstanden. »Ich denke nicht an all diese politischen Ideale, die du nennst. Ich denke eher psychologisch. Gehen in solche Vereine nicht auch Leute, denen es auf Reformen gar nicht ankommt, die eher einen Weg suchen, sich geltend zu machen, irgendwie wichtig zu sein?«

»Warum kommst du auf diesen Gedanken? Natürlich gibt es das, aber soll das das Ende von Politik sein?«

»Du verstehst mich immer noch nicht.«

»Nun dreh dich doch nicht so im Kreis, sag schon, was du denkst.«

»Ich meine, Forderungen nach Arbeit und Gesetzen, die die Arbeit gerecht entlohnen – alles das leuchtet mir ja durchaus ein. Aber was wäre mit Forderungen, die sich gegen Wissenschaft und Fortschritt wenden? Was wäre zum Beispiel, wenn sich Leute gegen die Dampfmaschine oder solche wendeten, die sie fahren – gegen Eisenbahnen und Dampfschiffe? Was wäre, wenn man Anschläge verübte?«

Lengfeld schaute Werner scharf an, weil er merkte, dass irgendetwas hinter diesen Fragen steckte.

»Also Anschläge. Du denkst doch nicht an deinen Vater?«

»Doch, das tue ich«, antwortete Werner und musste einen Augenblick abwarten, weil der Mitarbeiter offenbar mit einem Kunden nicht zurechtkam und Lengfeld mit einem Zeichen um Hilfe bat.

Werner war dankbar für die Unterbrechung, weil er sich auf das besinnen konnte, was er sagen wollte. So achtete er auch nicht auf das kurze Gespräch der drei Herren am anderen Ende der Buchhandlung, sondern glitt mit den Augen über die Auslagen im Bücherregal direkt neben ihm. Aber Werner nahm nur Einbände wahr, las weder Verfassernamen noch Titel. In einer Reihe standen sehr unterschiedliche Formate nebeneinander, sodass die Bücher wie Orgelpfeifen aussahen, ehe dann doch das eine oder andere Exemplar aus der Reihe tanzte. Fast wäre er aufgestanden, um das Bild zu korrigieren, da war Lengfeld schon da und fand sofort wieder ins Gespräch zurück.

»Ein Anschlag und dein Vater das Opfer. Du hast mir eben also gar nicht zugehört, mich nur reden lassen.«

»Nein«, widersprach Werner energisch, »überhaupt nicht! Es ist nicht so, dass mir das alles egal wäre, wovon du gesprochen hast – ich bin dir sehr dankbar, dass ich es einmal so direkt und im Zusammenhang gehört habe. Ich habe tatsächlich die letzten Jahre verschlafen mit meinem Studium und nicht mitbekommen, was in der Welt vorgeht. Nur musst du wissen, dass es mittlerweile einen Hinweis darauf gibt, dass du mit deiner Idee neulich richtiger liegst, als du selbst wohl geglaubt hast. Mein Vater könnte wirklich ein Opfer von Leuten geworden sein, die gar nicht ihn treffen wollten, sondern den Telegraphen. Nur könnte es sich dabei nicht um einen Einzelnen à la Graf von Monte Christo gehandelt haben. Es könnte eine Art Programm dahinter stecken. Die Telegraphie gehört ja zum Staat, und zwar ganz sicher nicht zu dem Staat, von dem Gottschalk und seine Mitstreiter träumen. Die Telegraphie ist nicht umsonst militärisch organisiert. Es könnte sein, dass man den Staat in diesem seinem Machtmittel treffen wollte: in der Macht über den schnellen Informationsfluss. Irgendwie hast du selbst mich doch erst darauf gebracht.«

»So direkt habe ich mir das aber nicht vorgestellt. Sag schon, du hast doch irgendetwas herausbekommen.«

Werner erzählte darauf von seinem Besuch auf dem Turm von Sankt Pantaleon, gab die Auskunft von Herrn Lindenborn wieder, dass sich ein Arbeiter nach der Telegraphie im Allgemeinen und dem Codebuch im Besonderen erkundigt habe.

»Du siehst, es war bestimmt kein Graf von Monte Christo unterwegs. Es könnte sich um jemanden gehandelt haben, dem es nicht um eine falsche Botschaft für seine persönliche Rache ging, sondern um einen Angriff auf das System an sich. Der vielleicht für eine Gruppe von Verschworenen handelte, die es auf den Staat abgesehen haben und im Telegraphen eine seiner schwachen Stellen vermuten.«

Lengfeld wollte etwas sagen, wurde aber in diesem Moment erneut von seinem Mitarbeiter gerufen. Ein guter Kunde hatte das Geschäft betreten. Lengfeld entschuldigte sich und bat Werner, einen Augenblick zu warten. Die Unterhaltung mit dem Kunden dauerte eine Weile. Werners Gedanken gingen teils zurück zu dem, was er eben gehört hatte, teils eilten sie vorwärts zu Möglichkeiten, den Mord an seinem Vater in die Politik einzuordnen und vielleicht den Mörder zu finden. Schemenhaft zogen Gestalten an seinem inneren Auge vorüber, Gestalten, die dem Volk helfen wollten und dabei in der Telegraphie eine Basis des Unheils sahen. Diese völlig neue Kombination von womöglich guten Absichten und grauenvollem Ergebnis verwirrte ihn. Könnte es so gewesen sein?

Mitten in diesen Gedanken kehrte Lengfeld zurück, mit strahlendem Gesicht, weil er gerade gutes Geld verdient hatte, und sah nicht ohne Mitleid, wie sich Werner offenbar quälte. Er wollte dem alten Freund helfen.

»Wie es nun einmal steht, brauchst du Gewissheit. Es bleibt dir nichts übrig, als dich unter die Leute zu mischen, am besten irgendwo, wo sich Arbeiter aufhalten. Ich würde es in den Kneipen in der Severinstraße versuchen – die Südstadt ist das Arbeiterviertel Kölns. Aber treib es nicht zu bunt! Die Chancen stehen schlecht, du musst viel Glück haben. Wenn überhaupt etwas an den Gedanken dran ist, die dir durch den Kopf gehen. Fast tut es mir Leid, dass ich neulich etwas gesagt habe. Aber das lässt sich ja nicht mehr zurücknehmen. Abhalten kann ich dich ja wohl von nichts.«

Werner nickte zustimmend und stand auf, um den Freund nicht länger zu beanspruchen. Die beiden Männer durchquerten den großen Raum und trennten sich am Ausgang.

»Und halte mich auf dem Laufenden«, rief Lengfeld schon fast hinter Werner her.

FÜNFTES KAPITEL *In dem Werner von der Redaktion der Kölnischen Zeitung getestet werden soll und eine Idee hat, wie er bestehen könnte*

Werner ging von Lengfeld direkt zur Redaktion in der Breite Straße, um sich zu beschweren und wenigstens den Grund der Übergehung herauszufinden. Aber bei der Kölnischen Zeitung war der Redakteur ausgeschieden, der seine Probeartikel bislang stets wohlwollend kommentiert hatte. Der neue Mann, Herr Hampel, sagte ihm klipp und klar, sein Artikel über das Krönungsfest sei zu unpolitisch ausgefallen. Die Zeit verlange mittlerweile anderes. Außerdem sei das Krönungsfest nichts für einen »Anfänger« – das Wort fiel tatsächlich – gewesen. Werner war für einen Augenblick wie erschlagen, erinnerte sich dann an das Gespräch mit Lengfeld und setzte alles auf eine Karte, als er entgegnete:

»Ich dachte, ich müsste Rücksicht auf die Zensur nehmen. Ich kann auch anders. Wie wäre es zum Beispiel mit einem Artikel über die Eisenbahngesellschaften, die beim Gütertransport ihre Monopolstellung ausnutzen. Ich kenne mich gut aus mit dem Thema.«

Das stimmte zwar, was die Kenntnis der Eisenbahnen, auch des Güterverkehrs betraf. Aber sein Wissen über die Macht der Monopole stammte aus dem Gespräch mit Lengfeld gerade eine Stunde zuvor. So wunderte sich Werner, dass Herr Hampel ihm den Artikel tatsächlich in Auftrag gab.

»Aber, bitte, bis morgen Abend«, fügte er hinzu. »Bei der Zeitung ist nie Zeit, deshalb heißt sie auch so.«

Dies sollte ein Witz sein. Werner grinste gezwungen, war sich aber im selben Augenblick darüber im Klaren, dass es sich um eine Probe handelte. Herr Hampel glaubte offenbar, dass er es nicht schaffen würde, er würde ihn bei Nichtbestehen eleganter loswerden können als mit einer irgendwie gearteten inhaltlichen Begründung. Aber genau das würden sie nicht schaffen, sagte sich Werner. Er wusste, wie er an die Informationen kommen konnte. Der Vater von Karl Peter Hagen, seinem Studienfreund, den er am Heiligendreikönigstag noch getroffen hatte, war Fabrikant, handelte mit Stahlwaren und setzte die Eisenbahn für den Transport ein. Fabrik und Geschäft lagen in der Buschgasse im Süden der Stadt, in dem es noch reichlich unbebaute Flächen gab. Vielleicht konnte sich Herr Hagen an ihn von den Begegnungen aus der Schulzeit her noch erinnern. Vor allem musste er da sein und Zeit haben. Die Glocken hatten gerade Mittag geläutet, es konnte klappen, auch wenn sich Werner vor dem weiten Weg durch den Schneematsch grauste, den das allmählich einsetzende Tauwetter Köln beschwerte.

Von der Breite Straße ging er noch einigermaßen rüstig bis zur Hohe Straße, erreichte schon müde den Waidmarkt und schleppte sich dann über die Severinstraße, bis er kurz vor der Stiftskirche nach links abbog und fast erschöpft endlich die Buschgasse erreichte. Der Marsch war auch ein Weg durch das soziale Spektrum der Stadt gewesen: vom reichen Bürgertum vor allem in der Hohe Straße, die vom Schneematsch fast ganz geräumt war und wo auch sonst der Rinnstein in der Mitte regelmäßig gefegt wurde, bis ins Arbeiterviertel, wo der Schneematsch sich mit allem möglichen Schutt und Dreck verband, in dem sich gebeugte Alte und halb verhungerte Kinder bewegten.

Als Werner endlich das Geschäft erreicht hatte und es gerade betreten wollte, musste er noch einmal auf die Straße zurück, weil ein riesiges Eisenteil herausgetragen wurde. Erst als der Eingang wieder frei war, ging er hinein und brauchte sich nicht lange umzusehen. Ein vornehmer Herr in kariertem Gehrock aus grünem Tuch mit braunem Samtkragen, in gelber Weste und karierter gelber Hose verhandelte in einer Ecke offenbar mit einem Kunden. Es war Herr Hagen.

Werner wartete das Gespräch ab, hörte endlich die Abschiedsfloskeln und schritt dann auf den Fabrikanten zu. Der hielt ihn zunächst für einen Kunden, erinnerte sich aber dann und entschuldigte sich.

»Ach ja, Werner Schilling – ich habe von Ihrem Vater gehört. Mein Beileid noch nachträglich – wie lange ist es denn jetzt her?«

Werner beantwortete diese sowie weitere Fragen nach seinem Befinden und hakte erst ein, als es darum ging, wieso er nicht wie Karl Peter in Bonn sei und studiere.

»Ich werde bei der Kölnischen Zeitung arbeiten, deshalb bin ich auch hier.«

»Oh, ein Artikel über das Stahlgeschäft? Das kann ich gebrauchen. Wir expandieren zwar, aber uns steht trotzdem oder gerade deshalb das Wasser bis zum Hals. Kein Mensch hat Geld, jeder will meine Produkte geschenkt haben. Am ehesten ist noch auf die Stadt als Auftraggeber Verlass, aber vor dem Bezahlen versuchen die sich auch zu drücken. Oder haben Sie schon einmal von den Preußen etwas anderes als Schläge bekommen?«

Das sollte ein Witz sein, schon der zweite, der Werner an diesem Tag quälte. Aber er tat so, als habe er nicht verstanden.

»Nein, es geht eigentlich nicht um den Stahl, es geht um seinen Transport. Sie geben doch Lieferungen an die Eisenbahn.«

»Ach, das ist es, ein noch unerfreulicheres Kapitel! Klar, ich gehe selbstverständlich mit der Zeit und benutze die Eisenbahn. Und ich mache dieselbe Erfahrung, die meine Kollegen machen. Sie behandeln uns wie Bettler, weil sie wissen, dass wir nicht anders können. Wenn ich meinen Stahl von Köln nach Aachen transportiere, würden Pferdewagen ganze Tage brauchen. Das kann ich mir nicht leisten.«

»Und wo genau liegen die Probleme?«

Herr Hagen nahm eine Zigarrenschachtel, bot Werner daraus an, der dankend ablehnte. Darauf griff er selbst zu, entzündete die Zigarre umständlich und paffte schließlich los.

»Auch eine Art Lokomotive«, klang es wieder fröhlich, »Sie werden bald der Sucht erliegen, wenn erst das richtige Geld da ist. Ach ja, die Probleme. Wenn Sie es in einem Satz hören wollen: Es ist wie sonst im Staate Preußen – das bleibt unter uns –, wir haben Pflichten, aber keine Rechte. Wir müssen pünktlich liefern und sofort Strafe zahlen, wenn irgendeine Verzögerung eintritt. Umgekehrt befördern die Eisenbahnen unsere Waren, wie und wann sie wollen. Sie nennen nicht einmal Lieferzeiten, haben insofern keinerlei Probleme, was Regressforderungen betrifft. Ich habe einen Kollegen, der neulich gute Abschlüsse mit einem französischen Abnehmer tätigte. Die Ware sollte dann und dann in Le Havre zur Verschiffung angeliefert werden. Aber sie blieb zwei Wochen lang im Kölner Lager der Eisenbahn liegen, worauf der französische Importeur den Auftrag kündigte. Als mein Kollege seinen Stahl zurückhaben wollte, war der gerade nach Le Havre unterwegs. Er musste die Frachtkosten zahlen, natürlich auch die des Rücktransports. Und dann saß er auf –«

»Und es gibt keine Klagemöglichkeit?«, fiel Werner Herrn Hagen ins Wort, der ihn mit dem ständigen Paffen zwischen seinen Sätzen nervös machte.

»Wo denn? Und aufgrund welchen Vertrags? Nein, mein lieber Schilling, so ist das eben, wenn man keine Alternative hat.«

»Aber es gab doch früher auch Warenverkehr, vor der Zeit der Eisenbahnen.«

»Sie meinen die Schnellfuhren. Ja, gewiss, wir haben darüber wirklich nachgedacht, denn die Kosten wären tatsächlich niedriger. Aber die Zeit! Würden Sie in einem Zeitungshaus gern wieder von Hand die Druckbögen abziehen, statt die neuen Maschinen zu benutzen? Wollen Sie eine Gutenberg-Druckerei für die Kölnische Zeitung?«

Werner lächelte statt einer Antwort. »Und wer könnte helfen?«

Herr Hagen blies eine ungewöhnlich große Rauchwolke zur Decke, sah befriedigt dem Rauch nach, der sich fast zu einem Ring ausbildete, und gab zur Antwort:

»Natürlich der Staat, der Gesetze macht – und das heißt: keiner. Ich wüsste nicht einmal, wer zuständig wäre. Die Eisenbahnlinien sind in den Händen von Aktiengesellschaften. Wer soll denen etwas sagen können? Der Staat profitiert von Aktiengesellschaften in Form von Steuern. Aber berichten Sie nur darüber. Ich bin gespannt, ob es kommt oder nicht doch der Zensur zum Opfer fällt. So viel weiß ich immerhin über Ihr Geschäft.«

Es folgten Erkundigungen nach Werners sonstigem Befinden, auch eine Anfrage, wie der Sohn eigentlich in Bonn vorankomme, wo der nie etwas Genaues sage. Werner versuchte es mit allgemeinen Antworten, entschuldigte sich dann, dass er jetzt unbedingt den Artikel schreiben müsse, weil man ihn gerade auf die Probe stelle, was Herr Hagen mit einem fröhlichen Gelächter quittierte: So mache er es in seinem Betrieb auch immer, er habe gar nicht gewusst, wie viel Gemeinsamkeiten es zwischen Stahl und Zeitung gebe – bis sich Werner endlich für die reichlichen Auskünfte bedankte und gehen konnte.

Wenigstens das also hatte geklappt. Es würde einen Artikel geben, den sie ihm unmöglich erneut um die Ohren schlagen konnten. Er wollte ihn nicht am nächsten, er wollte ihn noch am gleichen Tag schreiben. Nichts wie nach Hause also!

Als Werner den anstrengenden Weg durch den Schneematsch hinter sich hatte und in der Straße Unter Goldschmied sein Zimmer erreichte, heizte er zuerst ordentlich ein. Dann setzte er sich an den Tisch, ordnete seine Gedanken, die er unterwegs in Fülle entwickelt hatte, zu einer ordentlich niedergeschriebenen Gliederung und begann mit dem Text.

»Es ist auffallend, dass sich im Publikum noch nicht mehr Stimmen gegen die Unordnungen beim Gütertransport der Eisenbahnen und gegen die Ungerechtigkeiten erhoben haben, die dem Publikum daraus erwachsen, dass es den Eisenbahn-Verwaltungen gegenüber viele Pflichten, aber fast keine Rechte hat.«

Das saß: viele Pflichten, keine Rechte – Werner sprang vom Stuhl auf, drehte eine Runde durchs Zimmer, sann über den nächsten Satz nach und fuhr prompt fort:

»Die Eisenbahnen sind mächtige Monopole, die dem Handel treibenden Publikum ebenso gefährlich sind, wenn seine Rechte nicht gehörig gewahrt werden, wie sie nützlich sind, wenn das Gegenteil der Fall ist.«

Monopole! Genau, was hatte Lengfeld gesagt? Monopole sind wie Riesen, denen gegenüber der Einzelne schutzlos ist. Und so berichtete er Satz für Satz über die Auswüchse am Beispiel des Kollegen von Herrn Hagen, der seine Ware nicht rechtzeitig nach Le Havre bekam, flocht Worte wie »Willkür« ein, verwies auf die früheren Schnellfuhren, die zwar langsamer, dafür billiger waren, um zum Schluss doch eine Lanze für die Eisenbahn zu brechen:

»Übrigens sind wir kein Freund vom Rückschritt, sondern allem Fortschritt herzlich zugetan, nur wünschen wir, dass die jetzt bestehenden Eisenbahn-Reglements von Staats wegen recht bald revidiert würden.«

Über das Korrigieren und die anschließende Reinschrift war es Nachmittag geworden und Werner mit der Welt vorerst versöhnt. Er hatte sich für den Fortschritt eingesetzt, aber auch diese für ihn neue politische Sicht der Dinge aufgenommen. Kaum war die Tinte getrocknet, nahm er das eng beschriebene Blatt und ging in die Redaktion, wo um diese Zeit der übliche Hochbetrieb herrschte. Er suchte Herrn Hampel, den er zunächst nicht in seinem Büro fand, gab ihm den Artikel ab, hörte, dass der Redakteur erst im Laufe des Abends zum Lesen käme, dass bei Gefallen der Artikel am nächsten Tag in Satz gehen würde und dann am Donnerstag, dem 20. Januar, erscheinen könnte. Werner war sich sicher, dass es diesmal klappte. Da erinnerte er sich an den Rat, den ihm Lengfeld gegeben hatte – die Kneipen im Severinsviertel. Er nahm noch die Abendmahlzeit ein, die ihm seine Hauswirtin vorbereitet hatte – es gab eingemachtes Gemüse, grüne Bohnen mit Rübstielen zu Schälrippchen, eines seiner Lieblingsessen –, und machte sich auf den Weg.

*

Es war längst dunkel geworden, aber die Severinstraße verfügte über Gasbeleuchtung. Während sich die hohen Giebel der Häuser ins Schwarze verloren, war die Straße erhellt – nicht gleichmäßig, sondern von Laterne zu Laterne abnehmend. So ließen sich Gefahrenpunkte einmal besser, einmal schlechter erkennen, aber insgesamt war es etwas ganz anderes als in den ärmeren Vierteln, die sich vom Spätnachmittag an in fast undurchdringliches Dunkel hüllten.

Zwar waren die Tage bei zunehmenden Temperaturen erstmals in diesem Winter frostfrei geblieben, aber der Schneematsch gefror des Nachts und machte das Fortkommen schwer genug. Werner strauchelte immer wieder, wenn eine Stelle doch glatter war als gedacht, wenn ein vermeintlicher Schneehaufen sich als ein Stein oder sonstiger harter Gegenstand entpuppte, aber er kam voran. Wo sollte er nur mit seiner Suche anfangen?

Er entschied sich für eine Kneipe, deren Fenster besonders hell erleuchtet waren, auch wenn das Licht nicht reichte, um das Namensschild zu lesen. Mutig öffnete er die Tür, nahm dankbar die warme Luft wahr, die ihm entgegenströmte, und befand sich in einem Raum mit zahlreichen Tischen, von denen die meisten noch leer waren. An einem Tisch saßen mehrere ältere Männer, die in ihren Kitteln und Mützen nach Handwerkern aussahen, die den Feierabend eröffneten. Werner tat so, als suche er jemanden, und ging wieder hinaus. Die zweite Kneipe war dunkler, aber voller, auch jüngere Leute, offenbar Arbeiter aus den umliegenden Fabriken, saßen an den Tischen. Werner beschloss, es zu versuchen, setzte sich an einen leeren Tisch und bestellte ein Bier.

»Kommt noch jemand nach?«, fragte die Bedienung und zog auf die Verneinung hin einen Stuhl von Werners Tisch weg an den Nachbartisch, wo gerade ein neuer Gast eintraf, der sich zu seinen Freunden setzen wollte. Die Gespräche waren laut, einzelne Worte trotzdem kaum zu verstehen, weil alles im allgemeinen Geräusch unterging. Werner überlegte sich, wie er ein Gespräch eröffnen könne, merkte dann, dass er beobachtet wurde. An den verächtlichen Blicken las er ab, dass man ihn wohl für einen Spitzel hielt. Daran hatte er nicht gedacht, aber schlagartig wurde ihm klar, dass es ihm überall so gehen würde. Noch eine Weile hielt Werner es aus, trank sein Bier, zahlte dann und ging. Er spürte förmlich, wie ihm hasserfüllte Blicke folgten. Nichts hatte er erreicht außer der Erkenntnis, wie gering die Chancen waren, in einer Kneipe Revolutionäre kennen zu lernen, die an Anschlägen auf den Telegraphen interessiert waren.

Auf der Straße sog Werner erleichtert die kalte Luft ein, weil er froh war, dem Qualm der Tabakspfeifen entronnen zu sein. Noch war die Stadt von Leben erfüllt, noch quälten sich Passanten durch den gefrorenen Schneematsch. Sollte er es anderswo versuchen? Bei der nächsten Kneipe blickte Werner durch die Butzenscheiben, die den Raum nur verzerrt erkennen ließen, sah die Tische besetzt, aber getraute sich nicht hineinzugehen. Allein geht es nicht, sagte er sich. Wenigstens musste er jemanden mitnehmen. Nur wen? Wer nahm sich die Zeit, Kneipe für Kneipe nach Leuten abzusuchen, die vielleicht nur in seiner Phantasie existierten?

Als Werner merkte, dass ihm die Kälte in die Glieder kroch und der Hals bedrohlich schmerzte, brach er den Versuch ab und machte sich auf den Heimweg. In seinem Zimmer rüttelte er die Glut im Ofen auf, legte Koks nach und setzte sich vor die leise prasselnden Flammen, um nachzudenken. Er ging den Freundeskreis durch. Die Runde vom Dreikönigstag kam praktisch nicht in Frage, weil fast alle in Bonn studierten. Lengfeld schied aus, weil er schlicht zu beschäftigt war. Aber bei einem gab es Hoffnung. Paul kam immerhin an den Wochenenden regelmäßig nach Köln. Er blieb bei Paul hängen, wenn auch aus einem Grund, der mit seinem Vorhaben wenig zu tun hatte. In Pauls Familie lebte eine Person, die er zu seinen Schulzeiten viel geneckt hatte und die mittlerweile eine junge Dame geworden war: die Schwester Clara. Noch kurz vor dem Tod seines Vaters hatte er sie nach langer Zeit wieder in der Familie getroffen, ihr zugehört, als sie Klavier spielte. Clara war eine begabte Pianistin, hatte etliche Beethoven-Sonaten in ihrem Repertoire, spielte seit kurzem aber leidenschaftlich die neueste Musik aus Frankreich, von Frédéric

Chopin. Ob er sich einmal vorspielen lassen könnte? Und ob ihn Paul an einem Samstagabend begleitete?

An den nächsten Tagen stand Werner früher auf als gewöhnlich, weil er in der Kölnischen Zeitung nach seinem Artikel suchte. Am Donnerstag war er noch nicht erschienen. Werner las einen Bericht über einen dreisten Räuber in Berlin, der auf offener Straße eine Frau überfallen hatte und, von Passanten gestellt, eine freundschaftliche Begrüßung vortäuschte, die Frau in den Arm nahm und sagte: »Treff ich dich hier, mein Kind?« Werner schüttelte den Kopf, weniger über die Unverfrorenheit als über die Tatsache, dass dieser Bericht in Köln erschien. Als er von einem Handschuhmacher in Paris las, der sich nach dem Tod seiner geliebten Frau aus Kummer das Leben genommen hatte, verlor er fast die Lust am Weiterlesen. Er blätterte in den Anzeigen, fand die »Bemerkung« eines Sattlermeisters August Schnabel, der nicht länger mit einem Sattlermeister namens August Stahl verwechselt werden wollte. Kopfschüttelnd nahm er zur Kenntnis, dass es mehr solcher Anzeigen gab. In einer »Erinnerung« bat ein Unbekannter eine Unbekannte, sich deutlicher zu erklären. Ein ebenfalls nicht Genannter aus Erkelenz forderte eine »liebe Rheinische« auf, nicht länger zu warten. Am verblüffendsten fand Werner die Anzeige: »Herr F.B.: Warum drehten Sie mir den Rücken zu, als Sie mich sahen?«

Am Freitag wieder der gleiche Tagesbeginn: Die Zeitung lag zusammen mit dem Frühstück vor seiner Tür, er holte sie, aber sein Artikel war nicht erschienen. Dafür gab es statt Berichten über einfallsreiche Räuber und Liebeskummer einen Leitartikel über Papst Pius IX., der für seinen Beitrag zur Einigung Italiens überall gelobt wurde, sogar in den amerikanischen Republiken, die er trotz der Strapazen einer Ozeanfahrt besucht hatte. Umso kritischer wurde die französische Haltung gerügt, nachdem die Pairskammer in Paris die päpstliche Regierung ausdrücklich als schlecht und fehlerhaft hingestellt hatte. Weiter hinten in der Zeitung versteckt gab es einen Artikel über Presseprobleme in Baden, dem aufrührerischsten Winkel Deutschlands, wie jeder wusste. Natürlich fanden sich auch Lappalien wie der Bericht darüber, dass die Königin von England an den Augen leide und einen deutschen Arzt zu Rate gezogen habe. Auf die Anzeigen warf Werner nur einen kurzen Blick, überflog Werbung für Eichelnkaffee und Lebertran und blieb kurz an einem Bericht hängen über die neueste Methode, Kaffee zu brennen und zuzubereiten.

Als Werner am Samstag in aller Frühe aufstand und die Zeitung hinter der Tür hervorholte, nahm er sie nicht ohne Zittern an sich. Aber auf der ersten Seite, in der Übersicht, sah er es in der vierten Zeile: ein Bericht über die Eisenbahnen und das Publikum, unter dem merkwürdigen Titel: »Vom Rheine«. Werner schlug die Zeitung auf und sah dann seinen Artikel vor sich. Ja, es war wirklich sein Artikel. Im Druck machte er sich so ganz anders als in der Handschrift, so gewichtig, so offiziell. Und kein Satz fehlte, auch das Wort »Willkür« war nicht gestrichen. Werner las den Text ein zweites und drittes Mal, um ganz sicher zu sein. Es fehlte ihm jede Lust, sich auch die anderen Artikel näher anzusehen, er nahm lediglich beim Überfliegen der Überschriften wahr, dass es in Frankfurt am Main ein Zeitungsverbot gegeben und ein französischer Bankier einen Selbstmordversuch unternommen hatte.

Er faltete die Zeitung sorgfältig zusammen, um sie so unversehrt wie möglich seinen Freunden zeigen zu können. Aber die meisten dieser Freunde hatten vorläufig keine Zeit, er musste sich gedulden. Stattdessen ging Werner nun hoch erhobenen Hauptes in die Redaktion, um sich sein Honorar abzuholen und nach neuen Aufträgen zu fragen.

SECHSTES KAPITEL *In dem die Revolutionsetüde von Frédéric Chopin erklingt und Werner eine Einladung erhält*

»Erschrick nicht!«, sagte Clara, als sie sich auf dem Klavierschemel nach dem eintretenden Werner umblickte. Im nächsten Moment ertönte ein klatschender Akkord in höchster Lage, eine schrille Dissonanz. Dann folgte in der linken Hand ein kaskadenartiger Lauf in immer tiefere Tiefen, ehe in der rechten ein kurzes rhythmisches Motiv einsetzte, das wie eine Fanfare klang, unterbrochen von der Kaskade in der Linken, wieder das rhythmische Motiv, dann die Kaskade in beiden Händen von oben herab über die gesamte Klaviatur, bis sie unten gleichsam kehrtmachte und in eine Wellenbewegung überging, während die rechte Hand nun eine energische Melodie in ständigem Wechsel von forte und piano vortrug. An keiner einzigen Stelle ruhte die Linke, immerfort peitschten die Läufe über die Tasten, zum Melodiefragment, das sich ebenfalls wiederholte, bis alles in einen Sturz wiederum in beiden Händen über die gesamte Tastatur von oben bis unten mündete, an dessen Ende zuerst zwei lange, dann zwei kurze Akkordschläge standen.

Werner war während des Spiels wie betäubt. Er blickte auf die zarte Gestalt und konnte nicht begreifen, wie diese solche Leistungen hervorbringen konnte. Zwar war die Anspannung zu sehen, aber der Körper bewegte sich kaum, nur die Arme, die Finger flogen über die Tasten. Clara war eine Schönheit, hatte von der französischen Mutter, die noch mit Napoleon nach Köln gekommen war, den südländischen Gesichtsausdruck, das vollkommene Oval mit schwarzen Wimpern und fast ins Blaue spielenden schwarzen Haaren. Diese trug sie streng zurückgekämmt und in einen tief sitzenden Knoten aufgerollt, um den sich Bänder wanden, die auf ein weites, gestreiftes Tageskleid herabfielen. Dieses Kleid war aus brauner Seide mit Knopfleiste bis zur Taille, das sich mit üppigen Falten begnügte, also keine modische Krinoline mit Fischbeinverstärkung in den Unterröcken. Die Haare bildeten an der Stirn eine scharfe Kante, was dem Gesicht eine zusätzliche Ausdruckskraft verlieh, war doch diese Stirn immer in Bewegung, wechselte von makelloser Glätte zu schmalen Falten von einer Gleichmäßigkeit, als seien sie mit dem Lineal gezogen, wenn Clara die Stirn hochzog, um sich auf einen Ton, einen Lauf, einen Akkord zu konzentrieren. Ohrringe aus großen Perlen dienten als Schmuck, Perlen, in denen sich die Fenster spiegelten und die bei jeder Kopfbewegung Funken zu sprühen schienen.

»Das war die Revolutionsetüde von Frédéric Chopin«, sagte Clara, die nach den letzten Tönen zuerst leicht nach vorn sank, die Hände in die Falten ihres Kleides legte und dann aufstand, als sei nichts geschehen. »Nicht schlecht, oder? Man sollte zwar in die Musik eigentlich keine ›Themen‹ hineingeheimnissen à la ›Mondscheinsonate‹ und so weiter. Aber Chopin ist eben Pole und scheint wirklich von der Befreiung seiner Heimat zu träumen.«

Clara beugte sich im Stehen über das Klavier und intonierte nur mit der Rechten das Fanfarenmotiv. »Hier marschieren sie, hörst du?« Sie lachte kurz auf, warf erst den Kopf zurück, richtete sich dann vollends auf und trat auf Werner zu. »Wenn es nur in der Wirklichkeit auch so leicht wäre!«

Sie schüttelte ihm die Hand und zog ihn auf einen Stuhl ans Fenster an einen Tisch, auf dem eine Teekanne und drei Tassen standen.

»Paul kommt gleich nach, es ist schließlich Samstag, und samstags muss er den Dom sehen, wie Mutter immer sagt. Setz dich nur schon einmal zu mir. Du hast ja noch gar nichts zu Chopin gesagt.«

Werner kam fürs Erste über ein Stammeln nicht hinaus. »Du spielst herrlich Klavier ... Und das eben ... Willst du denn Pianistin werden?«

Clara lachte laut auf. »Du Feigling, du solltest etwas über die Musik sagen. War das nun ein Revolutionsstück oder nicht?«

»Das war es wirklich. Ich habe nicht gewusst, dass man auf einem Klavier so donnern kann.«

»Donnern«, lachte Clara wieder, »donnern ist gut, du meinst das Donnern der Kanonen. Ich weiß nicht, wo du das gehört hast – vielleicht bei ein paar falschen Tönen. Und keine Trompeten?« Clara sang halb lachend das Motiv: »Ta-dam, ta-da-da«, und nach kurzer Pause unter weiterem Lachen wieder: »Ta-dam, ta-da-da. Das rührt doch auf, da will jeder mit. Du wunderst dich, so etwas von einer Frau zu hören?«

»Nein, nein«, wehrte Werner mit wenig Geschick ab, »Revolution ist wohl Revolution.«

»Und du bist ganz froh, dass du nicht teilnehmen musst, gib es nur zu.«

Clara schenkte Werner Tee ein, rückte Milch und Zucker in seine Griffnähe und bediente sich selbst, während sie das Motiv nur noch leise summte.

Werner kam aus seiner Verwunderung über diese Frau, mit der er als Kind noch unbeschwert durch die Straßen getollt war, nicht hinaus. Er kannte das Roesberg'sche Haus in Obenmarspforten gut, war als Schüler oft dort gewesen. Und bei der Wohnungssuche hatte er sich für das Zimmer bei Witwe Eichhoff nicht zuletzt deshalb entschieden, weil es gleich um die Ecke lag. Nur waren mittlerweile die ersten Studienjahre in Bonn vergangen, und Clara, zwei Jahre jünger als Paul und er selbst, war in diesen zwei Jahren aufgeblüht, hatte sich buchstäblich verwandelt. Werner war unschlüssig, ob er sie noch wie früher behandeln konnte oder ob sich mit dieser Verwandlung ein unüberbrückbarer Abgrund geöffnet hatte. Für einen Moment schwieg er, wollte dann doch nicht den Stoffel geben und zwang sich zu einem Auftreten mit fester Stimme. Aber es war schon zu spät. Als er gerade den Mund öffnen wollte, trat Paul ins Zimmer und wandte sich sofort an ihn:

»Hat sie dir tüchtig eingeheizt? In Köln wird demnächst wirklich eine Revolution ausbrechen, wenn das so weitergeht. Zum Glück sind im Winter wenigstens die Fenster geschlossen. Aber auch so wird das ganze Viertel systematisch aufgewiegelt.«

Dann schüttelte er Werner kräftig die Hand, drückte ihn, der aufgestanden war, wieder in den Stuhl und wollte fortfahren, als Clara einfiel, indem sie sich an Werner wandte:

»Paul ist auch nicht tapferer als du, vielleicht verträgt er nur mehr Alkohol. Aber zum Nachmittag gibt es Tee, keinen Punsch.« Damit schenkte sie ihrem Bruder eine Tasse ein.

»Nett, wie sie einen Mann bedient«, witzelte Paul zu Werner hinüber, »wo es ihr doch eigentlich gar nicht um Revolution geht, sondern um Emanzipation. Du musst nämlich wissen, dass das jetzt das große Schlagwort ist, das sie uns vom Kreis um Mathilde Anneke hier eingeschleppt hat. Schade, dass Chopin keine ›Emanzipationsetüde‹, sondern nur diese viel zu laute ›Revolutionsetüde‹ komponiert hat.«

»Die Herren wollen wohl unter sich sein«, fiel Clara spitz dazwischen, ließ sich aber von ihrem Bruder am Aufstehen hindern.

»Nein, hab dich nicht so, Clara, erzähl Werner lieber von deinem Kränzchen. Vielleicht kannst du ihn ja anwerben.«

»Reiner Neid«, kommentierte Clara an Werner gewandt, »oder besser: reine Angst. Männer mögen sich gegenseitig eigentlich wenig genug. Aber wenn ihnen Frauen in die Quere kommen, vereinen sie sich zum festesten Bund, der sich denken lässt.«

»Ihr macht mich ja völlig sprachlos«, versuchte es Werner. »Was ist denn mit Mathilde Anneke, ich habe bislang nur von ihrem Mann gehört, dem Kölner Demokraten Fritz Anneke.«

Zwar war diese Bemerkung reichlich übertrieben, weil Werner viel mehr als den Namen nicht kannte. Aber Clara ließ sich nicht lange bitten, sondern erzählte bereitwillig von den Annekes, die einen Kreis politisch interessierter Männer und Frauen um sich geschart hatten.

»Fritz ging es immer mehr um die große Politik, vor allem um eine Verfassung, Mathilde eher um das Thema Frauenemanzipation. Sie kämpft für die Gleichberechtigung der Frau und vor allem für ihr Recht auf Arbeit. Und das unter dem Hohn der Männer, die bislang alles taten, um sie lächerlich zu machen, sie zu verunglimpfen. Von Weibern, die ›mit der Reitgerte in der Hand und dem Glimmstängel zwischen den Purpurlippen‹ eine Frauenrepublik planen, war schon die Rede. Aber Mathilde Franziska Anneke lässt sich nicht beeindrucken, im Gegenteil. Die Zusammenkünfte im kleinen Kreis in ihrem Haus Am alten Ufer wachsen.«

Längst war der Ton der Unterhaltung ernster geworden, hatten die kleinen Neckereien aufgehört, als Paul seine Schwester unterbrach.

»Du erzählst und erzählst, aber Werner ist doch nicht hierher gekommen, um sich über Frauenemanzipation zu informieren. Er wollte doch etwas. Lassen wir ihn doch auch einmal zu Wort kommen.«

Werner wehrte heftig ab. »Nein, nein, das hat Zeit. Was Clara erzählt, interessiert mich sehr. Es ergänzt das hervorragend, was mir Lengfeld neulich gesagt hat. Ich muss wirklich die Gegenwart verschlafen haben in den letzten Jahren.«

»Aber du hast dich doch nur für anderes interessiert«, meinte Paul und fuhr an Clara gewandt fort: »Er ist ein richtiger Experte in allen Fragen geworden, was technische Neuerungen betrifft. Du kannst dich mit ihm über die Eisenbahnen genauso unterhalten wie über die Telegraphie –«

»Er übertreibt etwas«, fiel ihm Werner ins Wort, »aber ich habe tatsächlich gerade über die Eisenbahnen in der Kölnischen Zeitung geschrieben.«

»Das mit den Verspätungen?«, fragte Paul. Und als Werner nickte, fuhr er fort: »Donnerwetter, das hätte ich dir gar nicht zugetraut. Ein richtig kämpferischer Artikel.« Mit einem Blick auf seine Schwester fügte er hinzu: »Das wäre auch etwas für euch.«

Werner berichtete kurz den Hintergrund, die Ablehnung seines Krönungsball-Artikels und wandte sich dann etwas unvermittelt an Clara: »Gibt es bei euch auch andere Themen als Verfassung und Frauenemanzipation? Ich meine: Diskutiert man bei euch auch über den technischen Fortschritt?«

Clara erwiderte etwas irritiert: »Natürlich, meinst du, wir leben auf dem Mond?«

»Nein, nein – nur: Ich bin in der Klemme und suche Hilfe.«

»Und da spiele ich dir erst die ›Revolutionsetüde‹ vor und erzähle dir dann auch noch die Geschichte der Frauenemanzipation in Köln. Warum sagst du denn nichts?«

Werner überhörte den Vorwurf, der eigentlich eine Höflichkeit war, und kam rasch zur Sache. »Ich weiß gar nicht, wo ich anfangen soll. Es hat mit meinem Vater zu tun. Ich glaube, der Mord war ein Anschlag auf den Telegraphen. Lengfeld hat mich am Dreikönigstag mehr nebenbei auf diese Idee gebracht. Paul« – er sah ihn kurz an – »war ja dabei und hat es vielleicht erzählt. Aber ich bin mittlerweile weiter. Ich suche den Mörder. Ihr seid die Ersten, denen ich es so direkt sage. Natürlich sollte niemand sonst davon wissen.«

Clara und Paul waren verblüfft. Keiner hatte Werner etwas zugetraut, was irgendeine Form von Mut forderte. Und nun sprach er von der Verfolgung eines Mörders.

»Den Mörder suchst du?«, begann Paul. »Du glaubst, du kannst es mit einem Mörder aufnehmen?«

»Nicht allein«, antwortete Werner. Als er sah, dass sich die Geschwister betreten ansahen, fügte er hinzu: »Ich meine nicht euch. Es geht mir eher darum, mit Leuten Kontakt aufzunehmen, die mich auf die Spur bringen könnten. Ich habe bereits gewisse Vermutungen. Ich müsste nur wissen, wo sich solche Leute aufhalten.«

»Deshalb die Frage nach den anderen Themen bei uns?«, sagte Clara. »Du glaubst doch nicht –«

»Nein, nein«, wehrte Werner ab. »Ich muss es wohl doch etwas genauer darstellen.«

Darauf erzählte er von seiner Unterhaltung mit Herrn Lindenborn, dass dieser möglicherweise den Täter sogar gesehen und gesprochen hatte, dass jedenfalls ein solcher Zusammenhang existieren könnte und dass er eigentlich hierher gekommen sei, um Paul zu bitten, mit ihm einige Kneipen aufzusuchen, weil er selbst allein als Spitzel auffalle und so fort.

»Aber lieber Werner«, warf Paul endlich dazwischen, »du kannst doch nicht erwarten, dass du Leute findest, die dir von diesem Mord erzählen.«

»Das meint er ja wohl auch nicht«, fuhr Clara dazwischen, die sich zuerst von den Geschwistern gefangen hatte. »Er will wohl herausfinden, ob Leute Anschläge planen, weitere Anschläge, wobei ›weitere‹ bedeuten würde, dass es vorhergehende gegeben hat – ich verstehe das schon.«

Werner blickte Clara dankbar an. »Ja, das ist es. Ich höre überall, dass es politisch gärt. Leute sprechen über Pressefreiheit, über Monopole, über Beteiligung an Entscheidungen. Ihr sprecht über die Rechte der Frauen. Es müsste doch auffallen, wenn jemand über Telegraphie spräche. Und ganz sicher kommen die wenigsten auf Anschläge auf eine Telegraphenlinie. Wenn man erführe, dass jemand genau darüber etwas gehört hätte, käme man sicher weiter. Vielleicht fände man wirklich den Täter.«

»Immer vorausgesetzt, dass es sich so abgespielt hat, wie du glaubst«, sagte Paul.

»Ja, gewiss, dies vorausgesetzt. Aber denk nur an das Erlebnis von Herrn Lindenborn im Biergarten. Das passt doch.«

»Bei uns hat noch nie jemand über Telegraphie gesprochen«, meldete sich Clara wieder zu Wort, »sonst würde ich mich auf jeden Fall daran erinnern. Ich könnte aber das Thema darauf bringen. Bei uns verkehren nämlich durchaus Männer, die an so etwas interessiert sind. Auch Revolutionäre müssen wissen, was in der Welt passiert. Wenigstens der ein oder andere Zeitungsmann ist darunter, ehemalige

Studenten, die nicht mehr studieren und bei der Kölnischen Zeitung schreiben wie du – du willst doch irgendwann weitermachen?«

»Ja, natürlich«, fiel Werner ein. »Also Zeitungsleute, die kennen sich im Allgemeinen aus, die hören viel. Werden sie aber auch reden? Wirkt das nicht irgendwie auffällig, wenn du nach der Telegraphie oder gar nach Anschlägen fragst?«

»Das lass meine Sorge sein, du musst nur Geduld haben. Aber schlag dir die Kneipentour trotzdem aus dem Kopf. Du wirst höchstens Schwierigkeiten bekommen. Es gibt wirklich überall Spitzel und durchaus Burschen, die sich einen Spitzel vorknöpfen.«

»Sie hat Recht«, sagte Paul, trank den letzten Schluck Tee und schaute fragend zur Schwester.

»Da hast du es wieder«, sagte Clara. »Wenn die Tasse leer ist, schaut der Mann die Frau an. So ist es im Kleinen, und so ist es im Großen. Magst du noch?« – sie blickte Werner an – »Du bist hier der Gast, da ist es etwas anderes, obwohl auch Paul einmal nach dem Tee schauen könnte.«

Clara schüttete Werner die Tasse voll, gab ihrem Bruder einen letzten Rest und stand dann auf. »Wenn die Herren sich noch etwas von Mann zu Mann unterhalten wollen, ich muss jetzt ohnehin gehen. Mutter wartet auf mich bei den Weyers, die das Geschäft für Damenmoden auf der Schildergasse haben – Damen brauchen hin und wieder etwas zum Anziehen. Die Runde bei Mathilde Anneke trifft sich übrigens zweimal die Woche, ich gehe fast immer freitags hin, aber nächsten Freitag bin ich nicht da, also bis zum übernächsten. Vertreib dir die Zeit am besten mit Artikelschreiben. Mit dem letzten hat es ja geklappt. Ich muss im Augenblick für ein Konzert üben – unter anderem die As-Dur-Polonaise von Chopin, die einen mörderisch schweren Mittelteil hat.«

Clara merkte, dass sie mit ihrer Wortwahl gerade nicht besonders sensibel gewesen war, verzichtete aber auf eine Korrektur, die alles noch schlimmer gemacht hätte, und verabschiedete sich von Werner, der aufgestanden war und sich herzlich bedankte.

»Deine Schwester ist ja eine richtige Frau geworden«, sagte er zu Paul, als Clara die Tür hinter sich geschlossen hatte. »Wieso ist sie eigentlich nicht verheiratet? So schön und so eine Virtuosin auf dem Klavier.«

»Zu intelligent«, antwortete Paul und zwinkerte mit den Augen.

SIEBTES KAPITEL *In dem das Kommunistisch-ästhetische Kränzchen bei Mathilde und Fritz Anneke stattfindet, wo Bernd einen interessanten Mann kennen lernt*

Freitag, hatte Clara gesagt, aber nicht diese Woche, sondern die nächste, am 4. Februar. Bis dahin sollte er die Zeit totschlagen – mit Artikelschreiben. Clara hatte keine Ahnung, was das bedeutete. In der Redaktion hörte Werner immer das Gleiche: Im Augenblick sei alles vergeben, er solle sich etwas gedulden, selbst suchen könne ebenfalls helfen. Im Übrigen hatte Herr Hampel wenig Zeit.

Also studierte Werner täglich die Ausgabe der Kölnischen Zeitung, um Anregungen zu finden. Am Samstag fand er einen Beitrag, über den er zuerst lächelte, der ihn dann aber aufrüttelte. Es musste vor Tagen einen Bericht gegeben haben, dass die königliche Polizeidirektion zu Wesel »auf allerhöchsten Befehl« die Gewerbetreibenden dazu angehalten habe, auf ihren Geschäftsschildern keine fremdländischen Ausdrücke zu verwenden. Diese Verfügung sei eine Erdichtung gewesen und ein Missbrauch, der nur Vorurteile gegen die Presse bestärke, hieß es. Man bedaure den Vorfall. So ist das also mit Informationen in der Zeitung. Man fühlt sich informiert und ist betrogen. Wer garantiert einem, was wirklich Wahrheit und nicht nur »Erdichtung« ist? Vielleicht am wenigsten die trockene Statistik über den Viehbestand in England, der etwas weiter unten abgedruckt war: 2.250.000 Pferde, 15 Millionen Rindvieh, 50 Millionen Schafe und so fort. Auch der Stand beim Rheineis entsprach wohl den Tatsachen. Es hatte sich aufgrund wieder zunehmender Kälte festgesetzt, in Düsseldorf konnte man Schlittschuhläufern bei ihren Künsten zusehen.

Die Tage wollten und wollten nicht verrinnen. Es kam sogar noch schlimmer. Beim Ausschauhalten nach Themen wurde ihm klar, dass er von seinem einsamen Zimmer aus keine Chance hatte. Wie sollte er über ein Erdbeben im Pustertal berichten, das am Montag in der Zeitung stand? Wie an die Information kommen, dass in einem englischen Gefängnis der einzige Einsitzende jede Woche neunundzwanzig zweipfundige Brote bekam, weil dies Vorschrift war? Nicht einmal über die Wölfe konnte er schreiben, die mittlerweile aus den Ardennen ins Koblenzer Stadtgebiet eindrangen. Allenfalls ließ sich vielleicht ein Bericht verfassen wie der über das zweite Konzert des Kölner Männergesangvereins für wohltätige Zwecke, das große Beachtung fand, weil man von vaterländischen Liedern bis Mendelssohn-Bartholdy ein anspruchsvolles Programm vorwies, zu dem eine Konzertsängerin als Solistin den letzten Glanz beitrug. Dafür musste man sich allerdings in der Musik auskennen, durfte nicht eine Sängerin loben, wenn sie in Wirklichkeit eine Katastrophe gewesen war.

Am Donnerstag wurde Werner dann fündig. Nach einem Bericht über Vergiftungen in einer Wohnung mit arsenhaltigen Tapeten war etwas über den günstigen Einnahmezustand der Paris-Rouen-Eisenbahn zu lesen. Werner studierte sämtliche Zahlen, verglich sie mit denen, die er für das Rheinland im Kopf hatte, und fand sich in seinem Urteil bestätigt: Die Bedeutung der Eisenbahnen wuchs und wuchs. Eine Erscheinung wie die Verspätung im Güterverkehr schien sich auf Köln zu beschränken, die Franzosen waren offensichtlich perfekter. Daran ließ sich anknüpfen. Die Freitagszeitung mit Berichten über Moselüberschwemmungen, weil die Temperaturen wieder gefallen waren, überflog er, auch alles andere – es nahte der Abend bei den Annekes. Mittags hatte er die Suppe fast unberührt stehen gelassen, die ihm Witwe Eichhoff brachte. Nachmittags sah er noch in der Redaktion in der Breite Straße vorbei. Dann kleidete er sich sorgfältig an: frisches Hemd, Ausgehanzug, Hut statt Studentenmütze. Werner schloss die Tür hinter sich, ging steifen Schrittes durchs Treppenhaus und war auf der Straße.

Die Wohnung der Annekes in einem großen Mietshaus Am alten Ufer, nur einen Steinwurf weit entfernt vom Dom, hatte er bald erreicht. Er sah den erleuchteten Saal im ersten Stock und nahm schattenhafte Bewegungen hinter den Fenstern wahr. Die Haustür war offen, im Treppenhaus brannten Lampen, an der Wohnungstür gab es einen Klopfer, den Werner nach tiefem Durchatmen bediente. Wie aber erschrak er, als ihm geöffnet wurde. Eine Frau stand vor ihm, die ihn fast um einen halben Kopf an Körpergröße überragte: eine üppige Erscheinung in blassbraunem Faltenkleid mit eng anliegenden Ärmeln, das dunkelblonde Haar zu einem Knoten auf dem Kopf zusammengerollt, während falsche Ringellöckchen an den Seiten frisiert waren: Ihm war sofort klar, dass es sich um kein Dienstmädchen handelte, sondern um die Hausherrin. Auch diese war für Sekunden irritiert, schaute ihn aber dann durchaus strahlend an.

»Sie sind sicher Werner Schilling«, sagte sie, »ich bin Mathilde Anneke. Clara hat Sie angekündigt. Kommen Sie nur herein, Sie werden sich bei uns gut unterhalten.«

Sie wies Werner in die Wohnung und rief nach Clara. »Dein Gast, Clara, kümmere dich um ihn, damit er sich wohl fühlt.« Schon war sie unter den übrigen Besuchern verschwunden.

Clara nahm Werner ebenfalls gut gelaunt in Empfang. »Du bist nicht oft in einer so gemischten Gesellschaft sogar mit deutlich weiblichem Überhang. Bekommst du es mit der Angst zu tun? Du kannst es dir ja noch überlegen.«

Werner lächelte gequält, ließ sich aber alles gefallen, auch zu einem Paar führen, mit dem Clara wohl gerade gesprochen hatte.

»Herr Carrich und Herr Daniels«, stellte sie die beiden Herren vor. »Dies ist Werner Schilling, eigentlich Student, im Augenblick nur, ohne zu studieren. Dafür macht er erste Gehversuche bei der Kölnischen Zeitung.«

Und zu Werner gewandt, fuhr sie fort: »Wir sprechen gerade über die Kölnische Zeitung, Herr Carrich ist Mitarbeiter, vielleicht habt ihr euch schon einmal in der Redaktion gesehen. Es ging um den Bericht über den Entwurf des neuen Strafgesetzbuches für Preußen, wo gerade die Paragraphen über die Bestrafung von Geistlichen diskutiert werden. Herr Carrich sieht darin einen großen Fortschritt, womit er natürlich die Meinung der Redaktion vertritt. Die Bürger können sich erstmals darüber informieren, wie Gesetze entstehen. Ich hatte gerade gesagt, es wäre besser, wenn man sie auch mitwirken ließe.«

»So ist sie nun einmal«, sagte Herr Daniels, über dessen Beruf Clara Werner im Unklaren gelassen hatte, »sie spielt großartig Klavier und wird dabei immer radikaler – eine sehr seltsame Doppelkarriere. Ich habe übrigens die Texte gelesen, die sonst ja wohl keiner liest, weil das Juristendeutsch reichlich langweilig ist. Man merkt, wie sich hier Staat und Kirche wieder einmal ins Gehege kommen. Die preußische Regierung lässt nichts unversucht, die Geistlichen den alten kirchlichen Gerichten zu entreißen.«

»Was ja wohl auch besser ist«, fiel Clara ein. »Sie wissen genau, dass es den Preußen weniger um Gerechtigkeit geht. Es geht ihnen um Einfluss. Gerade hier bei uns im Rheinland –«

»Ach, lassen Sie doch diese Geschichten«, fiel ihr Herr Carrich etwas unvermittelt ins Wort, »ohne die Verhaftung unseres damaligen Erzbischofs Droste Vischering im Streit um die Mischehen wäre Joseph DuMont gar nicht erst politisch geworden.«

»Das war nur der erste Stoß im Jahre 1837«, ergänzte Herr Daniels, »zum Oppositionsblatt wurde die Kölnische Zeitung erst 1843, nach dem Verbot der Rheinischen Zeitung, die DuMont natürlich willkommen war. Aber damals begann die Zensur wirklich unerträglich zu werden. *Das* hat den Geschäftsmann DuMont, der mit seiner Zeitung anfangs nur Geld verdienen wollte, auf die Barrikaden gebracht. Und jetzt haben wir einen Verteidiger der Freiheit, vor allem der Pressefreiheit.«

Werner wusste nicht, was er sagen sollte, weil er sich viel zu wenig auskannte in diesen Dingen, vom Mischehenstreit nur so viel wusste, dass die protestantischen Preußen die Ehen ihrer Beamten und Soldaten mit katholischen Kölnerinnen nicht herabgestuft sehen wollten und tatsächlich den Erzbischof auf die Mindener Festung brachten – das berühmte »Kölner Ereignis«. Auch von der Zensur hatte Werner nur wenig mitbekommen, eigentlich nur den Skandal um den Zensor Saint-Paul, der zusammen mit dem für seine Nachfolge bestimmten Graf Eulenburg in einem Kölner Bordell randaliert hatte, wo beide verhaftet und anschließend in einem spektakulären Prozess verurteilt wurden. Das war 1843 gewesen. Jeder Kölner wusste es, aber Werner wusste eben nicht viel mehr. Fast bedauerte er, den Weg hierher gemacht zu haben. Da nahm sich Clara seiner an.

»Ich muss euch diesen Neuling gleich wieder entziehen und ihn rundführen. Er soll sich hier nicht festbeißen.«

Sie lotste ihren Freund weiter in den Raum hinein.

Werner kam erst in diesem Augenblick dazu, sich umzusehen. Es war ein geräumiger Saal, sicherlich als Speisesaal gedacht, in dessen Mitte jedoch kein großer Tisch stand. Dafür konnten sich kleine Gruppen stehend versammeln, während an den Wänden Stühle bereitstanden für diejenigen, die müde geworden waren. Auf kleinen Tischchen gab es Abstellmöglichkeiten für Teller und Gläser, aber es schien kein besonderer Gebrauch davon gemacht zu werden. Bei den Annekes – den Ehemann von Mathilde hatte Werner noch nicht ausgemacht – pflegte man in der Hauptsache das Gespräch. Es waren vielleicht zwanzig Personen anwesend, gut die Hälfte davon Frauen, aber durchaus keine Ehefrauen als Begleitung ihrer Männer. Werner hatte eine solche Gesellschaft noch nie erlebt.

»Ich muss dir Frau Bundschu vorstellen, die du vielleicht als Emma von Hallberg oder noch eher als Emma Emilie, ihr Pseudonym, kennst. Sie ist die beste Freundin von Mathilde Anneke.«

Werner stand vor einer zierlichen Frau in mittleren Jahren in einem weiten Samtkleid, die ihn freundlich anblickte.

»Frau Bundschu ist Kollegin von dir, sie schreibt jedenfalls gelegentlich für die Kölnische Zeitung, aber sie ist eigentlich Dichterin. Wenn du etwas darüber erfahren willst, wie Frauen in Köln um ihre Rechte kämpfen, bist du bei ihr genau richtig.«

Werner verneigte sich steif, formulierte eine ebenso steife Begrüßung und war froh, als er hörte:

»Also ein Neuer, der sich an Vertreterinnen des weiblichen Geschlechts gewöhnen will, die selbst den Mund aufmachen. Ach, junger Mann, wenn Sie Clara eine Freundin nennen dürfen, können Sie ganz unbesorgt sein. Sie vereint sehr viele Gaben in ihrer Person, darunter auch weibliche. Sie haben sie doch sicher auch schon auf dem Klavier gehört?«

»Du sollst mir meinen Freund nicht verwirren«, fiel Clara ein. »Er interessiert sich übrigens weder für Klavierspielen« – Werner protestierte – »noch, fürchte ich, allzu sehr für Frauenrechte. Werner ist ein großer Kenner des wissenschaftlich-technischen Fortschritts. Am besten kann er sich mit dir über Telegraphie unterhalten, wenn du willst, auch über Eisenbahnen.«

»O Gott, Fortschritt der Wissenschaften! Davon würde ich auch gern etwas verstehen. Aber dann musst du ihn mit Herrn Ringelhardt bekannt machen. Das ist doch dessen Steckenpferd.«

Sie blickte zu einem schon etwas älteren Herrn hinüber, der in einer kleinen Gruppe in der Mitte des Zimmers stand und sich lebhaft unterhielt.

»Clara, stell ihn doch vor.«

Damit ging Emma Hallberg zu einem der Tischchen und griff nach einem Getränk.

Clara hatte sich währenddessen bereits an den Herrn gewandt und löste ihn mit einer geschickten Wendung gerade aus dem Kreis.

»Sie werden entschuldigen, ich handle auf Befehl von Emma Hallberg und soll Sie diesem jungen Mann hier vorstellen beziehungsweise diesen Ihnen. Emma behauptet, Sie teilten seine Interessen.«

Werner verneigte sich, diesmal weniger steif, obwohl die vornehme Kleidung ihn durchaus einschüchterte: Allein der knielange Tweedrock mit hoher Knopfleiste und Plattentaschen zur engen Hose aus graublau gestreiftem Stoff stach in der Gesellschaft hervor und machte Herrn Ringelhardt zu einer auffälligen Erscheinung, auch wenn er nach seinen Gesichtszügen unauffällig, geradezu bieder wirkte.

Tapfer ergriff Werner das Wort: »Mein Vater war Telegraphist, ich kenne mich deshalb im wörtlichen Sinne von Hause aus mit dem Thema aus. Man hat wirklich selten Gelegenheit, mit jemandem darüber Gedanken auszutauschen.«

Herr Ringelhardt blickte Werner erfreut an.

»Und wo war Ihr Vater tätig?«

»In Flittard.«

»Oh, dann handelt es sich um diesen schrecklichen Vorfall im letzten Jahr, ich habe davon gehört. Hat man den Mörder gefunden?«

Werner verneinte, brauchte dann eine Zeit, ehe er seinen Verdacht aussprach, dass es sich um einen Anschlag mit politischem Hintergrund gehandelt haben könnte. Zu seiner Überraschung reagierte sein Gegenüber keineswegs irritiert oder gar bestürzt.

»Natürlich, ein Anschlag ist keineswegs ausgeschlossen. Man hat auch auf Eisenbahnen Anschläge verübt. So ist das mit neuen Erfindungen. Mich wundert allerdings der Zeitpunkt. Anschläge sind normalerweise Signale. Sie folgen auf Herausforderungen, auf Provokationen und sollen als Antwort verstanden werden. Im letzten Jahr hat es jedoch gar keine besonderen Vorfälle gegeben, die irgendjemanden herausgefordert haben könnten – ich kann mich jedenfalls an nichts dergleichen erinnern.«

»Vielleicht diente der Anschlag nur der Vorbereitung einer späteren Aktion: einer Aktion, die möglicherweise mit Flittard selbst gar nichts zu tun hat. Es sah ganz so aus, dass der Mord nicht geplant war. Mein Vater muss sich gewehrt haben, und dann ist es geschehen.«

Herr Ringelhardt nickte und ließ sich alles ganz genau berichten, was Werner wusste. Als dieser zuletzt die Auskunft von Herrn Lindenborn wiedergab, sagte Herr Ringelhardt: »Arbeiter! Und keine hiesigen! Ich erinnere mich an eine Diskussion in einem Kreis von Arbeitern, die Gottschalk, unser Armenarzt, organisiert hatte – er steht übrigens dort drüben. Da redeten welche über den Machtzuwachs der Regierung, überhaupt über Technik und Macht. Ich erinnere mich deshalb, weil ich mich damals noch für den elektrischen Telegraphen nach französischem Muster ausgesprochen hatte. Daraufhin bin ich angegriffen worden, weil der elektrische Telegraph zu noch mehr Macht führen würde als schon der optische. Ich war ziemlich entrüstet über diese Art des Verständnisses von Technik und froh, als das Thema beendet war.«

»Können Sie sich denn noch an jemanden genauer erinnern?«

Herr Ringelhardt wiegte den Kopf hin und her. »Nein, das nicht, aber ich weiß, wen ich fragen kann. Ein Freund war damals dabei, der sich auch geärgert hat. Sie können mich in den nächsten Tagen ansprechen. Ich bin abends meist bei Franz Stollwerck im Café Royal auf der Schildergasse. Sie finden mich direkt neben Napoleon.«

Herr Ringelhardt wandte sich geradezu abrupt wieder dem Kreis zu, in dem er vorher am Gespräch beteiligt gewesen war. In diesem Augenblick ging auch noch die Tür auf. Ein gut aussehender Herr in blauem Offiziersrock mit wenig dazu passendem breitkrempigem Filzhut betrat den Saal und wurde von allen mit großem Hallo begrüßt. Er war eher kleingewachsen, vielleicht Anfang dreißig, von schlanker Statur, freier Stirn, hatte braune Haare, einen braunen Bart und ein längliches Gesicht, in dem die Nase eine Spur zu dick geraten war. Dabei wirkte er so athletisch, dass man viel mehr auf Haltung und Bewegung achtete denn auf die körperlichen Merkmale als solche.

»Das ist Fritz«, flüsterte Clara Werner ins Ohr, nachdem sie ihn in der allgemeinen Bewegung ausgemacht hatte, »Fritz Anneke, der Ehemann von Mathilde. Er war früher preußischer Offizier, ist unehrenhaft entlassen worden, weil er sich weigerte, ein Duell auszutragen, und arbeitet jetzt bei der Colonia Feuerversicherungsgesellschaft in Köln – interessant die Verbindung von Versicherer und politischem Brandstifter, nicht wahr? Die beiden sind seit letztem Jahr verheiratet und das glücklichste Paar, das sich denken lässt. Wenn Mathilde für die Befreiung der Frau kämpft, unterstützt Fritz sie dabei, obwohl er eher andere Interessen hat. Ihm geht es um eine Verfassung, um eine klare Rechtsordnung, Mathilde mehr um soziales Elend und Unterdrückung. Zusammen stehen sie für den Fortschritt des Menschengeschlechts. Die Armen haben allerdings eine ewig kranke Tochter aus Mathildes erster Ehe und demnächst ihr erstes gemeinsames Kind – Mathilde ist im dritten Monat schwanger, aber das weiß selbst hier kaum jemand.«

Währenddessen war die Begrüßung des Ankömmlings beendet, es hatten sich kleine Gruppen gebildet, Herr Ringelhardt unterhielt sich wieder angeregt im gleichen Kreis wie zuvor. Werner hörte Gesprächsfetzen, die teils mit Politik zu tun hatten, teils mit Kunst. Als in seiner Nähe das Stichwort Kölnische Zeitung fiel, wandte er sich beherzt der Gruppe zu und stellte sich als freien Mitarbeiter vor, der in der Zukunft regelmäßiger tätig werden wolle. Er wurde wohlwollend aufgenommen und erfuhr, dass die Korrespondentenberichte künftig schneller in der Redaktion ankommen und verarbeitet werden könnten. Werner sagte nichts, als von der Briefpost die Rede war, die vorläufig auf der Strecke von Paris nach Köln Brüssel mit Aachen verband. Er wartete darauf, dass die Rede auf den Telegraphen kommen werde. Aber er wartete vergebens. Nur als die Eisenbahn kurz in den Blick rückte, meldete er sich als Autor des Berichts von letzter Woche zu Wort und wurde anschließend offenbar noch freundlicher behandelt. Ja, so sei das in der Redaktion, ganz leicht komme man nicht an Aufträge, wenn man nicht fest angestellt sei. Man müsse Geduld haben. Wer den Redakteuren positiv auffalle, brauche sich allerdings um die Zukunft keine Sorgen zu machen. Es gebe Mitarbeiter, die ständig Artikel schrieben, obwohl sie der Redaktion nicht angehörten. Ernst Weyden sei ein solcher Fall, spezialisiert auf Kölner Ereignisse des Alltagslebens. Er solle es nur weiter mit Nachrichten aus der Welt der Technik versuchen. In diesem Fall habe er kaum Konkurrenz.

Werner bedankte sich. Als die ersten Gäste aufbrachen, verabschiedete er sich von der Gastgeberin, nickte zu ihrem Ehemann hinüber, der darauf Werner als Neuling begrüßte und sich kurz über seine Interessen informieren ließ. Dann passte er einen Augenblick ab, als Clara sich von einer Gesprächsgruppe gerade trennte. Er trat rasch zu ihr und sagte halblaut: »Ich glaube, ich bin weitergekommen.«

Clara zwinkerte mit den Augen und fügte hinzu: »Das freut mich, ich höre ja wohl später mehr.«

Werner verließ den Saal. Er ging durch die mittlerweile vom letzten Schneematsch befreiten Straßen nach Hause. Der Weg am Dom vorbei war schlecht beleuchtet, auch sonst nicht ohne Beschwerlichkeiten zu passieren, weil sich am unfertigen und allmählich verfallenden Bauwerk Dreckberge angesammelt hatten wie sonst nur an den Rändern der Stadt. Werner fühlte sich beschwingt – irgendwie gab es Hoffnung, zeigte sich ein Anknüpfungspunkt, eine Spur. Also ins Café Royal!

ACHTES KAPITEL *In dem sich im Café Royal merkwürdige Treffen abspielen, am Ende aber ein klarer Vorschlag steht, wie Werner weiterkommen könnte*

Werner war in den nächsten Tagen stets früh aus den Federn und suchte in der Kölnischen Zeitung nach einem geeigneten Gesprächsanlass. Wie lange sollte er auf die Begegnung mit Herrn Ringelhardt warten? Dieser wollte Erkundigungen einziehen, für die er ein paar Tage brauchen würde. Aber Herr Ringelhardt war auch ein wohl informierter Mann, mit dem man bei einem Gespräch besser ein aktuelles Thema hatte. Anfang der Woche brachte die Zeitung jedoch nur Allerweltsdinge. Am Dienstag gab es einen Bericht über die britische Post, die unzustellbare Briefe sammelte, und über eine verstorbene Jungfrau, die dem Staat ihr Vermögen zur Verringerung der Nationalschuld vermacht hatte. Das einzig wirklich Aktuelle lag in den täglichen Berichten über die Sammlung der Kölnischen Zeitung »für die Unglücklichen der schlesischen Kreise«, wie es hieß – für die Opfer der Industrialisierung, zu denen in einem Land ohne Bodenschätze die Weber gehörten. Joseph DuMont wollte mit seiner Aktion ein Zeichen setzen, dass man der Not auch anders begegnen könne als mit Militär, was einerseits seinem Herzen entsprechen mochte, andererseits aber auch eine Retourkutsche für die Drangsalierungen der preußischen Zensur war. Als Gesprächsthema wäre es kaum geeignet gewesen. Werner hatte in der Redaktion nur Schemenhaftes erfahren. Er wartete auf etwas, wovon er mehr verstand, was ein wirklicher Anknüpfungspunkt war.

Am Donnerstag war es so weit. Zwischen dem Bericht über eine Frau, die ihren Geliebten, der stillschweigend verheiratet gewesen war, auf offener Straße und mitten unter Spaziergängern mit einer Pistole erschossen hatte, und einer Diskussion über die Ablehnung der Prügelstrafe, die sich auch auf das weibliche Geschlecht beziehen solle, sah er es sofort: Es gab wieder einmal etwas über den Telegraphen. Zwischen Hamburg und Cuxhaven sollte eine Verbindung gebaut werden, und zwar eine elektrische. Als Problem wurde die Verlegung der Drähte über die Elbe hingestellt. Werner jubilierte: Endlich wurden sie schlau. Und es war offenbar nicht die Regierung, es waren die Geschäftsleute, die die Initiative ergriffen hatten. Der Ausgangs- oder auch Endpunkt sollte direkt neben der Börse liegen, womit die Kurse aus London wesentlich schneller ankommen würden. Das war Fortschritt, ja beinahe eine Revolution, jedenfalls der Durchbruch vom optischen ins elektrische Zeitalter, auch wenn der Zugang immer noch nicht öffentlich war. Dazu konnte er Herrn Ringelhardt wirklich etwas sagen. Und damit konnte er ihn vielleicht zu näheren Erkundigungen motivieren. Im Café Royal also, neben Napoleon. Was das nun wieder bedeuten sollte? Herr Ringelhardt hatte es augenzwinkernd gesagt, als er merkte, dass Werner das Stollwerck'sche Haus noch nie betreten hatte.

Am frühen Nachmittag war Werner ausgehbereit. Er wollte zuerst bei der Redaktion in der Breite Straße vorbeisehen und Herrn Hampel aufsuchen, um mit ihm die Nachricht über den elektrischen Telegraphen zu besprechen. Daran ließ sich die Frage anknüpfen, ob er weitere Informationen liefern solle.

Werner fand sich mittlerweile in den Redaktionsräumen gut zurecht, stieg im Treppenhaus ins erste Stockwerk und lief dann den langen Flur entlang bis zu Herrn Hampels Büro. Wie immer herrschte reges Treiben, musste Werner etliche Personen und Personengrüppchen umkurven, um sein Ziel zu erreichen. Aber dann betrat er nach dem Anklopfen und einem gut hörbaren »Herein!« das Zimmer. Es war ein geräumiges Büro mit Regalen an den Wänden, in denen sich Akten türmten. Auf einem niedrigen Wandschrank lagen stapelweise Ausgaben der Kölnischen Zeitung. Am wüstesten aber sah es auf dem Schreibtisch aus. Kein Fleck der Holzplatte war zu sehen, überall Zeitungsausschnitte, beschriebene Bögen, in Reichweite des Zimmerherrn ein riesiges Tintenfass mit Schreibgerät.

Herr Hampel war offenbar mit Zeitungen aus dem In- und Ausland beschäftigt, jedenfalls konnte Werner den Unterschied am Format auch von weitem erkennen. Trotz seiner Arbeit begrüßte er Werner durchaus freundlich und hörte sich dessen Begehr in Ruhe an. Dann rückte er seinen riesigen Sessel etwas zurück und antwortete:

»Da bin ich ja froh, dass wenigstens ein einziger Kölner mitbekommt, was im Lande vorgeht. Wir haben übrigens gerade eine amerikanische Zeitung erhalten, die darüber berichtet, dass die Strecke vom Atlantik jetzt bis Saint Louis fertig ist – die elektrische natürlich. Wenn Sie wollen, können Sie einen kleinen Artikel dazu schreiben. Es dürfen allerdings nur wenige Zeilen sein. Ich denke, Ihnen fällt etwas ein. Das Wichtigste außer der Elektrizität ist, dass die Regierung nicht beteiligt war. In Amerika machen so etwas die Kaufleute – na ja, jetzt in Hamburg bei uns auch. Aber man vergleiche einmal Atlantik-Saint Louis mit Cuxhaven-Hamburg! Und für größere Projekte wäre hier überdies nur die Regierung denkbar, also bleibt der Fortschritt erst einmal auf der Strecke. Schreiben Sie es, aber schreiben Sie es so, dass nur die Bürger es verstehen, nicht der Zensor.«

Herr Hampel reichte seinem Gast den Zeitungsausschnitt über den Tisch und verabschiedete ihn mit einem aufmunternden Lächeln. Werner verstand vor Aufregung nicht sofort, erhob sich aber endlich und verließ mit einigen Dienern, die seinen Dank ausdrücken sollten, das Büro – hocherfreut, dass seine Rechnung so rasch aufgegangen war.

*

Besser hätte es nicht laufen können, dachte Werner und machte sich auf zur Schildergasse, geriet in riesige Pfützen, denen er unter normalen Umständen ausgewichen wäre. Mit nassen Stiefeln und bis zu den Waden feuchten Hosen betrat er das feinste Café Kölns.

Die Dämmerung war längst eingetreten, und der hell erleuchtete Saal wirkte entsprechend festlich. An den meisten Tischen herrschte schon reges Leben. Vornehme Herren, glatt rasiert, alle in Gehröcken, vertrieben sich die Zeit mit Kartenspiel oder waren in angeregte Gespräche versunken. Überall standen Weinflaschen und Gläser, Kaffeetassen sah Werner nur an einem Tisch, wo zwei Herren Zeitungen lasen, die hier dutzendweise auslagen. Im hinteren Teil des großen Raumes, von mächtigen Pfeilern abgetrennt, wurde Billard gespielt. Am Tresen servierten Fräuleins Getränke, aber auch erste Häppchen zum Essen. Werner blieb eine ganze Weile im Eingangsbereich stehen und suchte sich zu orientieren. Dann fiel es ihm in die Augen: Auf einem mehr als mannshohen Eisenofen stand direkt vor dem Ofenrohr in Lebensgröße eine Figur Napoleons: der Kaiser in militärischer Uniform, in hohen Schaftstiefeln, mit Zweispitz als Kopfbedeckung. Und das im Februar 1848, mehr als dreißig Jahre nach Abzug der Franzosen und Einzug der preußischen »Befreier«. Die Kölner liebten sie wirklich nicht besonders, die Preußen, immer noch ging der Blick zurück in die Franzosenzeit. Nicht, dass man nicht deutsch sein wollte, aber weshalb unbedingt preußisch? Nichts an dieser norddeutsch-kargen Lebensart passte zur rheinischen Frohnatur. Auch die Franzosen hatten für Ordnung gesorgt, aber nicht verbunden mit diesem Drill, dieser Gesinnungsschnüffelei, mit den ewigen Einschüchterungen, dem Stockpreußentum.

Also an einem dieser Tische würde er Herrn Ringelhardt treffen! Werner hatte den Mantel ausgezogen, hängte ihn an der Garderobe auf und schritt zum Tisch, der Napoleon am nächsten stand, nicht ohne die Kölnische Zeitung vom Tag mitzunehmen. Er fragte sich, ob er etwas bestellen müsse, wartete aber und schlug die Nachricht vom elektrischen Telegraphen auf. Den Ausschnitt aus der amerikanischen Zeitung nahm er aus seiner Anzugtasche, glättete das Papier und überflog das Englisch, das ihm keine Schwierigkeiten machte. Französisch konnte er zwar besser, aber der Vater hatte einst darauf gedrungen, dass er auch Englisch lernte. Sein Sohn sollte sich in der Welt bewegen können, auch wenn er selbst als Telegraphist in dieser Welt gern den festen Punkt bildete und aus seinem Flittard nie weggegangen wäre. Werner fielen Gespräche zu diesem Thema ein, doch waren die Gedanken dann auch wieder beim Tod, beim Mord. Ob er den Vater rächen konnte, der ihm sein heutiges Leben ermöglicht hatte? Er blickte zu Napoleon hoch und musste lachen, weil der Kaiser durchaus seinem Vater ähnelte, den er immerzu mit Uniform kannte, auch wenn es die preußische war: viel verschlossener als dieser keck über Brust und Bauch aufspringende Rock des Kaisers.

Noch einmal überflog Werner den amerikanischen Bericht, als er eine Bewegung neben sich wahrnahm. Herr Ringelhardt war an den Tisch getreten und grüßte. Werner sprang auf, dienerte deutlich, während Herr Ringelhardt nur eine leichte Bewegung des Oberkörpers ausführte, die man schon genau betrachten musste, um sie als Gruß zu interpretieren. Dann legte Herr Ringelhardt seinen Zylinder auf einem Stuhl ab, stellte seinen Spazierstock, ein modisches spanisches Rohr, gegen die Lehne und nahm auf einem anderen Stuhl Platz, Werner direkt gegenüber.

»Sie haben hoffentlich noch nicht lange gewartet«, begann er, während Werner seinen Anzug musterte, bei dem eine blassrote Seidenhalsbinde hervorstach, die mit einer Krawattennadel zusammengehalten wurde.

»Keineswegs, im Übrigen habe ich gerade diese Nachricht aus der Redaktion der Kölnischen Zeitung erhalten. Eine amerikanische Zeitung berichtet über den elektrischen Telegraphen …«

»… vom Atlantik nach Saint Louis«, fiel Herr Ringelhardt ein, »ja, die sind uns weit voraus, ich habe davon schon gehört. Also ist das Projekt jetzt ausgeführt. Steht etwas darin, welche Technik sie benutzen? Ich nehme an, sie arbeiten mit Buchstabencode, nicht mit dem umständlichen Zeigersystem, das die Franzosen bei ihrer Umstellung von der Optik auf die Elektrizität eingeführt haben.«

»Nein, davon ist nicht die Rede«, antwortete Werner, verblüfft angesichts der genauen Kenntnisse, über die sein Gegenüber offenbar verfügte.

Herr Ringelhardt winkte einem Fräulein am Tresen zu, die ihn offenbar kannte. Sie reagierte auf die erhobenen zwei Finger und schickte sich an, ein Tablett fertig zu machen.

»Sie trinken doch ein Glas mit? Stollwerck hat guten Mosel, nicht zu sauer. Er hat auch Bordeaux, aber der ist schwer und macht die Zunge langsam – etwas für den späteren Abend. Wir wollen doch noch etwas plaudern, nicht wahr?«

Werner nickte, suchte sich in seine Rolle zu finden und wollte etwas sagen, als die Bedienung schon mit dem Tablett da war. Erst nach ein paar freundlichen Worten zwischen der jungen Dame und Herrn Ringelhardt nahm Werner den inzwischen verloren gegangenen Faden wieder auf: »Ist denn schon wieder etwas Neues erfunden?«

»Haben Sie noch nicht von Samuel Morse gehört? Kunstmaler und Kunstprofessor von Metier, aber ich sage Ihnen, ein Genie! Er ist schon in den dreißiger Jahren auf den Gedanken gekommen, 1844 hat er eine Versuchslinie zwischen Washington und Baltimore gebaut, auf der man Lotteriezahlen durchgab – so sind sie eben, unsere überseeischen Vettern. Natürlich hört man hier nichts davon, weil man nichts hören will. Die Franzosen wollten auch nichts davon wissen, sie haben diese völlig veralteten Apparate, die die optischen Zeichen durch elektrische ersetzen. Werner Siemens in Berlin hat wenigstens einen Zeigertelegraphen entwickelt, bei dem der Zeiger auf Buchstaben springt – in einem Kreis angeordnet, Sie verstehen? Aber auch das ist ziemlich unpraktisch. Bei Morse werden Buchstaben in Punkte und Striche zerlegt und können vom Empfänger als Punkte und Striche wieder in Buchstaben übersetzt werden – praktisch, nicht? Das genaue Verfahren wäre etwas schwierig zu erläutern, tut wohl auch im Augenblick nichts zur Sache.«

»Woher wissen Sie …?«

»Ach, mein Freund, lassen wir das, man muss eben mit den richtigen Leuten zu tun haben. Sie kennen die elektrische Telegraphie vermutlich von der Aachener Eisenbahnstrecke her. Da ist man wirklich auf dem ältesten Stand. Wenn sie in Berlin Siemens freie Hand ließen, wären wir rasch weiter. Aber, junger Freund, wir wollten doch gar nicht über elektrische Telegraphie reden. Sie wollten doch etwas über Leute wissen, die schon bei der optischen in Panik geraten.«

»Ja, natürlich«, beeilte sich Werner einzuwerfen, »aber ich muss sagen, dass mich das Thema auch so brennend interessiert.«

»Junger Mann, fangen wir trotzdem noch einmal von vorn an. Bei mir ist es eher umgekehrt. Ich weiß mittlerweile genug über die technische Seite der Telegraphie, ich wüsste gern auch etwas über die politische.«

Herr Ringelhardt beugte sich vor, griff zum Weinglas und forderte Werner auf, mit ihm anzustoßen. Nach einem tiefen Schluck fuhr er fort:

»Ich glaube, ich muss etwas ausholen. Jedenfalls kann ich die Frage, die Sie mir bei den Annekes gestellt haben, nur beantworten, wenn wir auf das Jahr 1843 zurückgehen. Damals, es war, glaube ich, in einem genauso nasskalten Februar wie gerade jetzt – oder war es schon März? –, damals also ging die Rheinische Zeitung ein, das heißt: Dieses Blatt wurde von der gleichen preußischen Regierung, die es gut ein Jahr zuvor gegen die Kölnische Zeitung als Konkurrenz gegründet hatte, zur Auflösung gezwungen. Zwar war die Rheinische Zeitung nie groß gewesen, erreichte nur ungefähr ein Drittel der Auflagenstärke der Kölnischen Zeitung – und davon ging die Hälfte nach Berlin, die Kölner lasen die Zeitung kaum –, wo war ich stehen geblieben? Also die Rheinische Zeitung war nicht groß, aber sie hatte doch immerhin einige Redakteure und Mitarbeiter, die plötzlich auf der Straße standen. Diese Redakteure nun waren alles andere als begeistert von den Spielchen der Politik. Einige gingen zur

Kölnischen Zeitung, wo sie durchaus mit offenen Armen empfangen wurden, weil man gute Leute immer gebrauchen kann und DuMont damals gerade expandierte. Anderen aber war die Kölnische Zeitung zu bieder, sie wollten lieber weg als sich den Mund verbieten lassen, darunter der Chefredakteur, ein Trierer mit Namen Marx, Karl Marx, um genau zu sein. Und damit sind wir bei sehr interessanten Leuten, Studenten die meisten, mit ziemlichen Flausen im Kopf. Dort wurde über wirklich alles diskutiert, auch über Widerstand gegen die preußische Regierung. Ich selbst wurde damals angesprochen mitzumachen, mitzumachen beim Widerstand gegen die Staatsmacht. Ich habe mich jedoch anders entschieden. Ich will das nicht näher begründen, jedenfalls nicht jetzt. Ich weiß nur, dass diese Leute tätig geblieben sind. Es gibt darunter Radikale, die daran interessiert sind, die Regierung in Schwierigkeiten zu bringen. Es handelt sich dabei allerdings um ganz andere Leute als um die, nach denen Sie mich bei den Annekes gefragt haben: keine Arbeiter, sondern Intellektuelle. Mein Freund, den ich dieser Tage nach Ihren Arbeitern gefragt habe, hat mich sofort darauf gebracht. Nein, Arbeiter kommen für solche Sachen kaum infrage, dafür sorgt schon Gottschalk, der Gewalt ablehnt. Aber bei Studenten ist alles möglich.«

Herr Ringelhardt lehnte sich zurück und schaute sich um, ob während der letzten Ausführungen jemand etwa mitgehört haben könnte. Niemand war jedoch in Hörweite, dem Tisch am nächsten standen zwei Ehepaare, die wohl schon eine ganze Weile mit irgendwelchen Honneurs beschäftigt waren.

»Und kennen Sie diese Leute, können Sie Namen nennen?«, fragte Werner.

»Mein lieber junger Freund«, antwortete Herr Ringelhardt und gab mit dem gesamten Körperausdruck zu verstehen, wie heikel das Thema war. »Selbst wenn ich Namen kennen würde, würde Ihnen das kaum weiterhelfen. Wenn Sie sich das wirklich zutrauen, müssen Sie den Kontakt selbst herstellen.«

»Und wie?«

»Sie sind doch Zeitungsmann, ich meine: Sie haben Kontakt zur Kölnischen Zeitung. Geben Sie doch eine Anzeige auf.«

Fast verschlug es Werner die Sprache. »Eine Anzeige? Was soll ich denn anzeigen?«

Herr Ringelhardt fand die Formulierung so hilflos, dass er lachen musste. »Natürlich nicht, dass sich ein Mörder, bitte schön, melden solle. Aber Sie können fragen, ob sich jemand für Telegraphie interessiert. Wer weiß, vielleicht bekommen Sie eine Antwort. Nur möchte ich etwas anderes wissen: Was machen Sie eigentlich, wenn Sie den Mörder Ihres Vaters wirklich finden sollten?«

Werner war von dieser Frage wiederum so verblüfft, dass er nur stottern konnte: »Was ich dann ... Zur Polizei gehen, natürlich.«

»Zu welcher Polizei?«, fragte Herr Ringelhardt. »Etwa zum Oberpräsidium, zur preußischen Verwaltung? Dort würden Sie als Spitzel vielleicht wirklich willkommen sein. Aber genauso gut könnten Sie selbst verdächtigt werden. Die Verhöre in preußischen Polizeistuben sind sehr unangenehm.«

»Und im Kölner Rathaus? Könnte ich mich nicht an den Bürgermeister wenden?«

»Auch da sehe ich Schwierigkeiten. Die Kölner fassen nichts an, was in Berlin darauf hindeutet, dass es Schwierigkeiten gibt. Sie haben viel zu viel Angst vor Reaktionen, vor allem vor Überreaktionen. Sie brauchen Glück, mein Freund, viel Glück. Denn dass Sie es auf eigene Faust versuchen, will ich nicht hoffen. Dafür bräuchten Sie noch viel mehr Glück. Ich könnte Ihnen übrigens in keinem Fall helfen. Ich finde die Sache lediglich interessant, sogar sehr interessant. Aber ich bin und bleibe unbeteiligt. Sie können mich aber über den Fortgang informieren. Für einen Rat stehe ich immer gern zur Verfügung. Und alles Politische interessiert mich brennend.«

Damit war ein Gesichtsausdruck verbunden, der so klar auf Abschied deutete, dass Werner aufstand und sich für die Einladung bedankte. Er sah nicht mehr, dass Herr Ringelhardt ihm einen sehr nachdenklichen Blick hinterherschickte.

NEUNTES KAPITEL *In dem eine Anzeige in der Kölnischen Zeitung erscheint, worauf Werner zuerst zu Clara und dann ins Café Royal geht*

»Suche Interessenten an der optischen Telegraphie zum Austausch von Gedanken und Erfahrungen. Bin abends zu finden im Café Royal, bei Napoleon.«

Bei der Annahme des Inserats hatte der Mitarbeiter der Kölnischen Zeitung kurz hochgeschaut, als Werner den Text auf einem Zettel vorlegte, aber keine Nachfrage gestellt. »Kommt am Dienstag, 15. Februar«, war der einzige Kommentar gewesen.

»Sie können es bei den Stellengesuchen einrücken«, hatte Werner noch hinzugefügt, weil er wusste, dass man bei den Inseraten auf Ordnung hielt. Bewerbungen standen bei Bewerbungen, Angebote bei Angeboten. Tagtäglich boten Barbiergehilfen, Brauereigesellen, Verwaltungsangestellte ihre Dienste an, besonders zahlreich junge Frauen: als Amme, Köchin, Aufwärterin, Putzmacherin, Kindermädchen, Dienstmädchen oder auch nur als braves, fleißiges, vom Lande stammendes Mädchen, das in der Küche zu helfen wünschte. Bei den Angeboten war der gesamte Markt vertreten. Es gab billiges Brennmaterial, Fisch, frische Blutegel, Tapeten und Gedenkmünzen. Es gab Bücher, wie sie Lengfeld von Zeit zu Zeit inserierte, darüber hinaus Billigangebote und Kurioses wie die »Merkwürdigen Prophezeiungen von Kardinal Laroche« bei Tonger. Es gab Luxusbedarf wie Daguerrotyp-Gegenstände und hin und wieder auch ganz Privates wie eine Suchanzeige nach einer entlaufenen Person, die Warnung, der Ehefrau bloß keinen Kredit zu gewähren, und so weiter.

Werners Anzeige war tatsächlich bei den Stellengesuchen erschienen, ganz oben noch vor den männlichen Bewerbungen. Die Bezahlung war ein Tauschgeschäft geworden: Werner hatte für die Vermischten Nachrichten die Notiz aus der amerikanischen Zeitung über den elektrischen Telegraphen auf neun Zeilen zusammengeschrieben. Das Wichtigste war untergebracht: Vom Atlantik bis zum Mississippi erhielt man jetzt Nachrichten binnen wenigen Minuten – er konnte sich den Kommentar nicht verkneifen: »Das ist doch auch Poesie!« Weiterhin waren die Städte aufgezählt, die nun miteinander verbunden waren, darunter New York und Boston. Schließlich fehlte auch der Schluss nicht, den der Redakteur gefordert hatte: »… projektiert und angefangen ohne alles Zutun der Regierung.«

Werner ärgerte sich lediglich ein wenig darüber, in welche Umgebung seine Notiz geraten war. Gleich danach folgte eine Meldung über den erstmals eingeführten Verzehr von Pferdefleisch in Berlin, wo man im Januar hundertsiebenundvierzig Tiere geschlachtet hatte. Auch sonst erwiesen sich die Vermischten Nachrichten als wahrlich gemischt. Der Eisgang gehörte dazu, der in Köln glimpflich abgelaufen war, sodass man die Schiffsbrücke wieder ausfahren konnte, während andernorts katastrophale Verhältnisse herrschten: Hochwasser an Saale und Unstrut, in Hamburg waren Elbdeiche gebrochen. Dass Heinrich Heines Gesundheitszustand sich in Paris verschlechtere, war ebenfalls wieder einmal eine Meldung wert.

Weil Werner in Unruhe war, ob denn nun am Abend eine Begegnung zustande kommen werde, überlegte er, wie er sich die Zeit vertreiben könne. So aß er nach dem Waschen sein Frühstück, kleidete sich ausgehfertig an und wollte in die Redaktion der Kölnischen Zeitung. Aber er machte einen Bogen, ging in Unter Goldschmied nicht nach links auf den Dom zu, sondern bog nach Obenmarspforten ein und hörte schon von weitem Klavierspiel: Clara übte.

Ob er sie auf Heine, den Lieblingsdichter aller Demokraten, ansprechen konnte? Er klopfte an die Haustür, wurde vom Dienstmädchen in weißer Haube und riesiger weißer Schürze eingelassen und ließ sich melden. Er bekam mit, wie Clara das Spiel unterbrach, und war erfreut, als sie ihm die Treppe herab entgegensprang.

»Eigentlich lasse ich mich morgens nicht stören, aber man muss auch Ausnahmen machen. Du kommst jetzt mit, und wenn du zu lange bleibst, musst du zuhören.«

Werner ging hinter Clara die breite Treppe in die oberen Stockwerke hoch und musterte voller Bewunderung die Frauengestalt in ihrem weiten lindgrünen Faltenrock aus feinstem Musselin. Dann betrat er das gleiche Zimmer, in dem er vor kurzem die »Revolutionsetüde« gehört hatte.

»War das jetzt die Polonaise?«, fragte er artig.

»Ja, die in As-Dur, sie ist ziemlich anspruchsvoll, besonders in der linken Hand, aber deshalb bist du nicht hier.«

»Ehrlich gesagt, wusste ich selbst vor einer Stunde noch nicht, dass ich herkomme. Ich hatte die Nachricht von Heine in der Zeitung gelesen und dachte, das würde dich vielleicht interessieren. Heine steht doch bei euch hoch im Kurs.«

»Dass er krank ist? Ja, das wissen wir, und er steht auch hoch im Kurs«, sagte Clara lachend, »ich glaube dir aber auch nicht, dass Heine dich hierher getrieben hat.«

Werner war beschämt, dass die List so schnell aufflog, wurde sich eigentlich selbst erst jetzt klar darüber, dass es eine List gewesen war. So brachte er nicht viel mehr heraus als: »Nein, du hast Recht.«

Clara schwankte zwischen Ungeduld und Mitleid, dann dominierte die Neugier: »Also nicht Chopin, nicht Heine – du hast doch nicht etwa schon gefunden, wonach du suchst?«

»Nein, auch das nicht, aber die Suche hat begonnen. Ich glaube, in der nächsten Zeit wird etwas passieren.«

Werner erzählte von den Geschehnissen der letzten Tage: wie Herr Ringelhardt ihm den Rat mit der Anzeige gegeben, wie er die Anzeige tatsächlich aufgegeben hatte und dass sie am heutigen Morgen erschienen war: »Treffpunkt bei Napoleon, das fand ich ganz originell von Herrn Ringelhardt. Außerdem kenne ich mich jetzt schon etwas aus.«

»Aber du willst dich doch nicht heute Abend einfach so hinsetzen und warten?«, protestierte Clara. »Du hättest wenigstens Paul mitnehmen können, aber das geht heute nicht, weil er im Gegensatz zu dir in Bonn an der Universität studiert. Nun bleibst du erst einmal hier, wir müssen überlegen.«

Clara ging auf den Teetisch mit den Stühlen zu, setzte sich selbst und forderte Werner mit einer Handbewegung auf, das Gleiche zu tun.

»Denken wir das Ganze doch durch. Erstens kann es sein, dass keiner kommt. Dann gehst du morgen Abend wieder hin. Wenn es dann genauso ist, wiederholst du die Aktion, gibst also eine neue Anzeige auf. Zweitens: Es kommt jemand. Wer könnte das sein? Wer kommt in Frage? Sag mir zunächst, wer in Köln außer Herrn Ringelhardt und dir etwas vom Telegraphen versteht.«

»Ich habe selbst schon darüber nachgedacht, mir regelrecht den

Kopf zerbrochen. Es könnten eine ganze Menge Leute sein, auch ganz uninteressante. Und dann sitze ich da und muss mir irgendwelche Sachen anhören, vermutlich viel Unsinn. Aber es gibt die andere Möglichkeit, dass es politisch Interessierte sind. Und wenn das zutrifft, werden sie vielleicht andere politisch Interessierte kennen. Du weißt, was ich meine.«

»Lieber Werner, ich weiß durchaus, was du meinst. Aber sag mir genauer: Worüber könnten sich Interessierte denn unterhalten? Welche Art von Problemen gibt es?«

»Technisch oder politisch?«

»Sag mir zu beiden ein Beispiel.«

»Also technisch gibt es das Problem des Codes. Die Franzosen lassen Zeiger so springen wie an optischen Telegraphen die hölzernen Arme, also auf Codezahlen. Und das, weil man auf diese Weise das alte Personal weiterbeschäftigen kann. Praktischer ist ein Zeigertelegraph, der Buchstaben anzeigt. Man kann alle zwei Sekunden einen Buchstaben senden und auf diese Weise in einer Minute schon einen ganz schönen Text zusammenbringen. Bei nur einer Sekunde halbiert sich natürlich die Sendezeit. Aber es gibt in Amerika schon viel Besseres. Ein Mann namens Morse hat eine Technik entwickelt, mit der man Buchstaben in Form von Punkten und Strichen übermitteln kann. Ich weiß selbst noch nicht genau, wie das funktioniert. Auf jeden Fall ist die Sendezeit noch viel kürzer, außerdem gibt es keine Probleme wie beim Ablesen.«

»Gut, gut – also mit Technik seid ihr beschäftigt. Und was ist mit Politik?«

»Ich denke, am wichtigsten ist die Frage des Rechts, die letztlich eine Frage der Macht ist. Wer darf senden, wer nicht? Bei uns hier liegt das Monopol beim Staat, ja, es ist noch grotesker. Wenn in Berlin eine Behörde irgendetwas nach Koblenz oder nach Köln zu telegraphieren hat und der König gerade die Ankunft seiner Reise irgendwo in der Nähe der Telegraphierstrecke ankündigen will, geht die Depesche des Königs natürlich vor. Aber ich glaube, Revolutionäre stoßen sich nicht so sehr an solchen königlichen Extratouren – das natürlich auch –, sondern mehr daran, dass sehr schnell Nachrichten fließen, von denen niemand weiß und die niemand kontrollieren kann. Bislang haben Könige nur die Erde beherrscht. Es sieht ganz danach aus, dass sie jetzt auch die Luft beherrschen.«

Werner war bei seinen eigenen Worten nachdenklich geworden und schwieg.

Auch Clara war beeindruckt, obwohl sie den Vergleich etwas bombastisch fand. Sie ergriff das Wort: »Wenn das alles so ist, kommt mir dein Verdacht durchaus realistisch vor. Wieso merkt eigentlich niemand, was da im Augenblick geschieht? Seit Jahren bewegt der Telegraph auf Sankt Pantaleon seine Arme, anfangs ging auch ganz Köln hin, um dem Schauspiel zuzusehen. Und nun interessiert es niemanden mehr, obwohl ständig über alle Dächer hinweg Botschaften mit völlig unbekanntem Inhalt fliegen. Auch bei den Annekes ist noch keiner auf den Gedanken gekommen, dass da eine Gefahr lauert – oder hat sich Herr Ringelhardt so geäußert?«

Als Werner nicht sogleich reagierte, fuhr sie fort: »Ich muss es Mathilde erklären, Fritz wird es kaum wichtig finden. Bei Politik denkt er nur an Rechte und Pflichten, an verfassungsmäßig formulierte, versteht sich. Auf Nachrichten käme er nie.«

Clara nahm plötzlich einen anderen Gesichtsausdruck an, zeigte sich besorgt. »Jetzt rede ich auch schon von Politik, wo es doch eine ganz konkrete Gefahr gibt. Du kannst unmöglich allein Kontakt aufnehmen, du brauchst Hilfe. Wann genau willst du im Café Royal sein?«

»Nicht zu früh, denke ich, durchaus am späteren Abend.«

»Dann musst du zu Lengfeld und ihn fragen. Lengfeld tut dir den Gefallen.«

»Aber Clara, Lengfeld hat seine Familie zu Hause, er will abends seine Ruhe, wenn er den ganzen Tag in der Buchhandlung gestanden hat.«

»Dann jemand aus unserem Kreis, ich werde sofort zu Mathilde laufen.«

»Das wirst du nicht, Clara, Ich habe eine andere Idee. Ich muss nicht am Tisch sitzen, ich kann den Tisch bei Napoleon zuerst nur beobachten. Im Café Royal ist reger Verkehr, ich falle nicht auf, mich kennt ohnehin keiner.«

»Und was machst du, wenn sich irgendwer bei Napoleon hinsetzt und wartet?«

»Dann schaue ich mir diesen Jemand genau an. Es wird mir schon etwas einfallen.«

Clara protestierte und gab sich erst zufrieden, als Werner fest versprochen hatte, sich auf keinen Fall zu zeigen. Bei der Verabschiedung fühlte sich Werner bestärkt. Eine Gefahr sah er nicht, obwohl er andererseits zu spüren glaubte, dass er der Sache näher kam. Niemand kennt den Sohn des Telegraphisten Adam Schilling, sagte er sich immer wieder.

*

Zigarrenqualm, feine Rauchschwaden vor den Gaslichtern der Kronleuchter, von der warmen Ofenluft angezogen und in die Höhe geschleudert. Im Lichtkegel der Kronleuchter helle Gesichter, blinkende Pokale auf den Tischen, zu den Rändern des Saales hin leichtes Verdämmern. Überall gleichmäßig verteilt das Geräusch der Stimmen, ein leises Rollen wie in einer Brandung, allenfalls Anschwellen und Abebben, aber nur, wenn man besonders fein hinhörte. Das Café Royal war gut gefüllt, die meisten Tische besetzt, viele Personen standen auch in Gruppen beisammen, die Herren teilweise noch mit Zylinder und Stöcken in der Hand. Der Napoleon nächstliegende Tisch war besetzt, ein etwas entfernterer frei. Werner überlegte, ob er sich nicht an den freien setzen sollte, verwarf den Gedanken aber. Er war zu unruhig, glaubte keinen Augenblick sitzen zu können, ohne dass alle Anwesenden ihn anstarren würden. Dann schritt er scheinbar ohne jede Absicht durch den riesigen Saal.

Er kam am Ofen mit Napoleon vorbei, schaute sich die Essensauslagen im Tresen an, schüttelte kurz den Kopf, als ihn eine Bedienung fragend anschaute, und schritt weiter zum Billardsaal. Zwei Herren waren ins Spiel versenkt, zwei weitere schauten interessiert den Akteuren zu. Werner wartete einen Stoß ab, bewunderte das Klacken der sich treffenden Kugeln und machte sich auf der anderen Seite des Saales auf den Rückweg. Da erstarrte er. Am einzig freien Tisch in der Nähe von Napoleon ließ sich gerade Herr Ringelhardt nieder. Dass er nicht daran gedacht hatte! Herr Ringelhardt war in Begleitung eines Herrn, den Werner nicht kannte, und alles sah danach aus, dass die beiden dort den Abend verbringen würden. Schon streckte Herr Ringelhardt den Arm hoch, spreizte zwei Finger ab in Richtung Tresen.

Was tun? Hingehen und die Situation erklären? Herr Ringelhardt hatte schließlich die Idee mit der Annonce gehabt. Aber das bedeutete, dass er einen möglichen Interessenten nicht allein treffen würde. Unmöglich! Während sich in Werners Kopf die Gedanken überschlugen, änderte sich wiederum die Situation. Am Nachbartisch standen zwei Herren auf, um sich offenbar zu Freunden an einen anderen Tisch zu setzen. Minuten verstrichen, der Tisch bei Napoleon blieb leer.

Werner spürte, dass er auf keinen Fall weiter wie angewurzelt stehen bleiben konnte. Aber der Weg zu Napoleon war ihm abgeschnitten, wenn er nicht von Herrn Ringelhardt erkannt werden wollte. Oder sollte er dies tun, *ohne* die Situation zu erklären? Werner schritt dem Eingangsbereich zu. Mehrere Besucher kamen gerade an, überwiegend Männer in Gruppen, aber auch Ehepaare. Werner mischte sich darunter und blickte so unauffällig wie möglich in die verschiedenen Richtungen. Jetzt musste er sich entscheiden, auf welche Weise er wieder in die hinteren Räume gelangen konnte, ohne an denselben Tischen vorbeizukommen wie schon zuvor. Diesmal würde es noch gehen, aber er konnte nicht Runde um Runde drehen. Irgendwie ging ihm der Bericht über den dreisten Räuber in Berlin durch den Kopf, der, als er beim Überfall auf eine Dame ertappt wurde, diese wie eine alte Bekannte ansprach. Ganz ausgeschlossen wäre es nicht. Er könnte so tun, als verwechsle er jemanden. Aber nur für den Notfall, weil es ohnehin nur eine oder zwei Minuten Aufschub brächte.

Werner war wieder beim Billard. Diesmal verweilte er länger, stellte sich so, dass er den Saal überblicken konnte, auch den Tisch bei Napoleon. Er war immer noch leer. Da tat sich etwas an Herrn Ringelhardts Tisch. Ein Mann trat hinzu, sprach mit den Sitzenden. Werner löste sich von seinem Posten und schritt langsam in Richtung Napoleon. Als er die großen Pfeiler in der Mitte passiert hatte, konnte er den Mann genauer sehen: ein älterer Herr, bestens, ja, so vornehm gekleidet, dass er selbst hier auffiel – laubgrüner Frack, dazu lichtgrüne Weste und violettes Beinkleid, Zylinder und ein Stock in der Hand, dessen Knauf aus Elfenbein geschnitzt schien. Gerade dienerte er in Richtung von Herrn Ringelhardt und zog sich zurück. Es war keinem der Herren anzusehen gewesen, wie sie die Situation empfanden. Höflichkeiten waren wohl ausgetauscht worden. Dennoch schien es Werner, als sei Herr Ringelhardt nachdenklich geworden. Er schaute jedenfalls dem Fremden noch längere Zeit nach, ehe er mit seinem Partner am Tisch wieder das Gespräch aufnahm.

Werner stockte im Gehen, sah sich suchend um, sodass ihn am Tisch direkt neben ihm ein Herr ansprach und fragte, ob er helfen könne. Werner verneinte, so höflich es ging, und schritt weiter. Dann fiel es ihm auf. Im Dämmer des Eingangsbereichs, in dem der ältere Herr gerade verschwunden war, stand jemand so dicht an die Wand gedrückt, dass er mit dieser fast verschmolz. Und Werner sah noch etwas anderes: Dieser Jemand, ein viel jüngerer Mann, gekleidet wie ein Arbeiter, der hier sofort auffiel, suchte offenbar, ließ den Blick über den Saal schweifen, hielt systematisch Ausschau – genau in Richtung Napoleon. Werner durchzuckte es. Je länger er hinschaute, umso sicherer wurde er sich, dass dort jemand stand, der hier nicht hingehörte, der vermutlich seinetwegen gekommen war. Er brauchte nur wenige Schritte bis zum Tisch bei Napoleon, der immer noch leer war. Wenn er von der linken Seite kommen würde und sich mit dem Rücken zur Tür setzen würde, konnte Herr Ringelhardt ihn kaum erkennen. Vielleicht nur kurz hinsetzen und sehen, was passierte. Das Problem war, dass er nicht nur Herrn Ringelhardt, sondern auch dem Eingangsbereich den Rücken zukehrte. Kurz setzen und dann sofort aufstehen und zum Tresen gehen: Von dort konnte er sich umwenden und prüfen, ob der andere sich bewegt hatte.

Werner wagte es. Schon hielt er die Stuhllehne in der Hand, um sich zu setzen. Da drehte sich Herr Ringelhardt um, und ihre Blicke trafen sich. Werner blieb wie angewurzelt stehen, während Herr Ringelhardt aufsprang und sich ihm näherte.

»Gerade ist nach Ihnen gefragt worden«, sagte er, »der Herr muss noch ganz in der Nähe sein.« Dabei wies er mit der Hand in Richtung Eingang. Werner sah, wie sich dort eine Gestalt blitzartig umdrehte und im Eingang verschwand.

»Es tut mir Leid, dass ich zu spät komme«, versuchte Werner die Situation zu retten.

»Ach was, der kommt wieder«, meinte Herr Ringelhardt. »Ich habe ihn nach seinem Namen gefragt, aber er sagte mir, ich könne mir diesen Namen ohnehin nicht merken, er komme morgen wieder, habe eigentlich im Augenblick ohnehin wenig Zeit. Er war auf keinen Fall jemand, den Sie suchen. Dafür machte er einen viel zu harmlosen Eindruck. Er hat Ihre Anzeige gelesen – gratuliere, dass Sie sich zur Aufgabe entschlossen haben! – und will offenbar wirklich lediglich Neues erfahren. Ich wollte ihm schon selbst ein Gespräch anbieten, aber ich will Ihnen den Kontakt auf keinen Fall wegschnappen. Setzen Sie sich nur hin und warten Sie auf finsterere Gestalten. Vor mir brauchen Sie keine Scheu zu haben. Sie können so tun, als würden Sie mich nicht kennen. Wenn Sie jedoch Hilfe brauchen, sind wir beide ja nicht weit.«

Er deutete auf sein Gegenüber, ohne den vornehmen Herrn vorzustellen. Werner war so betäubt, dass er sich tatsächlich an den Nachbartisch setzte. Das Versprechen Clara gegenüber hatte er nicht gebrochen: Er erwartete niemanden mehr, und es kam auch niemand.

ZEHNTES KAPITEL *In dem Werner zuerst bemerkt, dass er verfolgt wird, und dann viel über die Kölnische Zeitung erfährt*

In der Nacht hatte Werner schlecht geschlafen. Beim Aufwachen am Morgen, viel früher als gewöhnlich, fühlte er sich elend. Ein Albtraum war die Ursache, vielleicht sogar mehrere, obwohl er sich nur schemenhaft an Einzelheiten erinnern konnte. Unbekannte griffen ihn an. Aus einer Menschenmenge heraus, die sich durch die Straßen wälzte, reckten sich Köpfe nach ihm: unförmig groß, mit grässlichen Gesichtern. Während er langsam zu sich kam, versuchte er seine Gedanken zu ordnen. Im Grunde war nichts geschehen. Im Café Royal gab es einen feinen Herrn, der ihn sprechen wollte, aber ging, als er hörte, dass er nicht da sei. Warum hatte er seinen Namen nicht genannt? Und warum gab er an, keine Zeit zu haben? Darin lag eine Ungereimtheit. Noch irritierender jedoch der andere, jüngere, der Mann in Arbeiterkleidung im vornehmen Café Royal: War er wirklich seinetwegen da gewesen? Hatte er ihn, Werner, erkannt, als er zu Herrn Ringelhardt getreten war und dieser das Handzeichen in Richtung Ausgang machte? Verschwunden war auch er sehr plötzlich. Aber es war alles viel zu schnell gegangen. Und vor allem: Es war nichts geschehen, kein Kontakt zustande gekommen. Sollte er es am Abend erneut versuchen?

Werner spürte, wie die Unruhe in seinem Körper förmlich hochkroch. Fast hätte er sich die Decke über den Kopf gezogen wie früher, als er noch Kind war und sich ängstigte, ehe er nach der Mutter rief. Aber die war lange tot, nach dem Vater hatte er nicht mehr gerufen – da war er schon zu alt, schämte sich. Dumme Gedanken! Hingehen oder nicht hingehen? Was würde Clara sagen? Wie kam er nur auf Clara? Werner wurde bewusst, wie wenigen Personen er vertraute. Und Clara kannte er eigentlich nur von früher, aus der Schulzeit, wenn er mit Paul lauthals ins Haus einfiel. Da war sie noch Kind gewesen. Gerade die letzten, die entscheidenden Jahre des Erwachsenwerdens hatten sie beide förmlich übersprungen, sich plötzlich als Mann und Frau wiedergesehen. Und die Freunde? Eigentlich hätte er an die Freunde denken müssen, mit denen er viel öfter zusammen war. Aber die hatten ihre eigenen Probleme. Vor allem waren sie in Bonn. Bis auf Lengfeld. Ja, Lengfeld! Aber der hätte Fakten hören wollen, Fakten, die es nicht gab. Also doch Clara. Aber nicht gleich, nicht heute. Heute musst du selbst entscheiden, sagte sich Werner. Außerdem hatte Clara abgeraten hinzugehen.

Werner verfiel in jenen Dämmer, der alle Gedanken langsamer und erträglicher macht. Als das Tageslicht endlich die Vorhänge durchdrang, stand er auf, ging schlotternd zum Waschtisch, wusch sich mit dem eiskalten Wasser, von dem er nicht viel brauchte, kleidete sich an, weil er heute früher als gewöhnlich den Abort im Hof benutzen musste, holte erst auf dem Rückweg wie immer die Zeitung hinter der Tür samt dem Frühstück: Milch und Brot, Butter und ein Stück Wurst, Blutwurst diesmal.

In der Zeitung stand nichts Besonderes. Steckbriefe häuften sich, das war ihm schon länger aufgefallen. Die Polizei hatte also die Zeitung als Fahndungshilfe entdeckt. Ein Tagelöhner namens Peter Kolvenbach aus Mülheim war beim Diebstahl ertappt worden und geflohen. Die Polizei in Köln möge wachsam sein, ihn »im Vertretungsfalle« verhaften und in Mülheim vorführen. Unterschrieben von »Ober-Procurator« Zweiffel. Dann folgte das »Signalement«: katholisch, achtunddreißig Jahre, fünf Fuß und drei Zoll groß, Haare, Augenbrauen und Bart schwarz, Stirn bedeckt, braune Augen, Nase und Mund gewöhnlich, Zähne mangelhaft, Kinn rund, Gesichtsform oval, Gesichtsfarbe gesund, Sprache deutsch. Wer wollte den denn erkennen? Davon liefen in Köln Hunderte herum. Höchstens die gesunde Gesichtsfarbe fiel auf, der Mann war also nicht bleich wie der Tod – davon gab es wirklich nicht allzu viele. In zwei weiteren Steckbriefen, alle von Zweiffel unterschrieben – o Gott, Zweiffel: zum Verzweifeln!, dachte Werner –, ging es genauso um Diebstahl. Der eine Gesuchte, Louis Zeis, war einundzwanzig Jahre alt, bartlos, hatte blaue Augen und sah sonst ziemlich so aus wie der Vorgänger. Der andere, Theodor Schulze, fünfundzwanzig Jahre alt, war Privatförster des Bürgermeisters von Bornheim bei Bonn gewesen, aber geflohen, um einer nicht näher benannten Strafe zu entgehen. Arme Hunde! Sie werden nicht ahnen, dass sie die Ehre haben, mit Namen in der Kölnischen Zeitung zu stehen, die bis Berlin gelesen wird, vielleicht sogar von seiner Majestät höchstpersönlich. Wenigstens das!

Werner riss sich los von den Steckbriefen, überflog die Nachrichten aus Deutschland und aller Welt, blieb kurz beim Ausbruch von Typhus in Schlesien hängen und unterbrach dann die Lektüre, während der er gefrühstückt hatte. Ob es nun an den Steckbriefen lag – irgendwie war während des Lesens der Entschluss gefallen: Er wollte abends zum Café Royal, wollte den Kontakt mit den Unbekannten herstellen. Anders als noch in der Nacht, in der Dunkelheit des Zimmers, fand er sich gestärkt und voll Mut. Wieso eigentlich diese Sorgen? Wer kann wissen, was ich eigentlich suche?

Werner verließ die Wohnung, nachdem er sich ausgehfertig in seine braunen Wollsachen gekleidet hatte, strebte in Richtung Breite Straße. In der Redaktion könnte er nach weiteren Aufträgen fragen, er ging ja schon fast ein und aus. Als er die Minoritenstraße durchstreifte, hin und wieder an Stellagen stehen blieb, auf denen die Geschäftsleute ihre Waren präsentierten, hatte er plötzlich den Eindruck, dass ihm jemand folgte. Keine dreißig Schritte entfernt stand jemand ebenfalls an einem Geschäft, der ihm doch schon in der Budengasse begegnet war. Wurde er beobachtet? Das ließ sich leicht herausfinden. Werner ging los. Nein, nicht umblicken, sondern in eine ruhige Nebenstraße einbiegen, wo niemand etwas zu suchen hatte. An der nächsten Ecke bog Werner rechts in die Drususgasse ein, eine schmutzige Gegend, in der es noch immer Tümpel gab, die der Schnee hinterlassen hatte. Als Werner die nächste Kreuzung erreicht hatte und in die Röhrergasse eingebogen war, blickte er sich bei der Umgehung einer besonders tiefen Pfütze für einen Wimpernschlag um – niemand zu sehen! Also, er träumte wirklich, die Nacht war ihm schlecht bekommen. Werner ging weiter die Mörsergasse entlang, um wieder zur Breite Straße zu kommen, lief geradewegs seinem Ziel zu, als er plötzlich einem Fuhrwerk ausweichen musste. Da war die Gestalt wieder da, ein junger Mann in Arbeitskleidung und seines Alters, der im gleichen Augenblick stockte, sich umdrehte und verschwand. Erschrocken starrte ihm Werner nach.

Jemand beobachtete ihn also oder ließ ihn beobachten. Besser, als überfallen zu werden, versuchte er sich Mut zu machen. Aber schlechter, als seine Ruhe zu haben! Als er spürte, dass die ersten Passanten ihn merkwürdig ansahen, wie er so versteinert in eine Richtung schaute, wandte er sich wieder um und marschierte geradewegs in die Redaktion.

*

»Nein, das war nicht Joseph DuMont, das war Karl Heinrich Brüggemann«, sagte Herr Hampel, der Redakteur, den Werner inzwischen recht gut kannte.

Werner war zielstrebig in Hampels Büro gegangen und hatte auf der Treppe einen kleingewachsenen Herrn in gesetztem Alter und bester Kleidung angerempelt, der trotz der unangenehmen Situation höflich geblieben war.

»Aber auch bei Brüggemann würde ich vorsichtig sein. Er ist der Chefredakteur, leitet also die Zeitung, seitdem sich DuMont in den Hintergrund zurückgezogen hat und den großen Überblick zu behalten versucht, wirtschaftlich vor allem, Sie verstehen.«

Werner verstand zwar nicht, nickte jedoch trotzdem.

Herr Hampel merkte es und fuhr fort: »Nun setzen Sie sich erst hin, der Schreck ist berechtigt, aber es ist ja nichts wirklich Schlimmes passiert – Brüggemann lebt noch und Sie offensichtlich auch.«

Herr Hampel lachte gut gelaunt und belustigte sich daran, wie Werner verwirrt vor ihm saß. »Also, wo wir einmal dabei sind: DuMont ist der Inhaber der Zeitung und übrigens auch des Buchverlags hier im Hause. Brüggemann ist der Chef, und zwar für die Zeitung insgesamt, speziell aber für die Nachrichten. Es gibt noch einen zweiten Chef: Das ist eigentlich Herr Schücking, Levin Schücking, aber der befindet sich im Augenblick in Italien, in Rom, und wird uns demnächst über die Bestrebungen zur Vereinigung Italiens und die Rolle des Papstes dabei berichten. Im Augenblick wird er von Dr. Schwanbeck vertreten. Dr. Schwanbeck leitet das Feuilleton, wie wir seit einiger Zeit sagen: das ›Blättchen‹ also, in dem die Kultur untergebracht ist im Gegensatz zur Politik – hübsch sichtbar unter dem dicken Strich. Früher war es wirklich ein Blättchen, das der Zeitung alle vierzehn Tage beigelegt wurde. DuMont hat das tägliche Feuilleton eingeführt, womit wir in Deutschland führend sind. Sie sind ja mehr den realen Dingen des Lebens zugewandt und deshalb bei mir gelandet. Herr Brüggemann kam gerade von hier und hat mit mir die Lage besprochen. Mit Lage meinen wir die Lage der eingehenden Artikel. Langweile ich Sie?«

Werner schüttelte heftig den Kopf. »Um Gottes willen, nichts interessiert mich mehr. Mir kommt die Zeitung immer ziemlich verwirrend vor.«

Herr Hampel schaute Werner streng an. »Verwirrend also. Sie finden das Ergebnis von mehrjähriger Arbeit verwirrend.«

Werner schüttelte den Kopf noch heftiger: »Nicht verwirrend, ich meine: vielfältig, vielschichtig, nicht auf Anhieb zu verarbeiten.«

»Ach, lassen Sie, ›verwirrend‹ finde ich durchaus nicht unangebracht. Es ist immer noch verwirrend, aber es wird besser, wir arbeiten daran. Und mit Brüggemann haben wir auch den richtigen Mann – über Dr. Schwanbeck kann ich nicht so viel sagen, er vertritt ja auch nur. Und außerdem ist das Feuilleton das Feuilleton, Sie verstehen, was ich meine.«

Werner nickte so eifrig, wie er vorher den Kopf geschüttelt hatte. Er wollte um keinen Preis sein Gegenüber von weiteren Ausführungen abhalten.

Herr Hampel fuhr denn auch fort: »Brüggemann will der Zeitung eine Linie, ein Profil geben. Ich meine, er will die Artikel so haben, als wenn sie einem Geist entspringen, was bei einer Zeitung ja nicht möglich ist, aber eben angestrebt werden kann. Und dieser Geist ist liberal. Brüggemann ist politisch für Freiheit, für Beteiligung des Volkes an den Entscheidungen, für nationale Einheit. Dafür hat er schon im Gefängnis gesessen und ist sogar zum Tode verurteilt gewesen. Zum Tode: Wissen Sie, wie es einem zumute ist? Und wissen Sie, was Brüggemann gesagt hat, als ihn seine Freunde herausholen wollten? Zuerst hat er schlicht abgelehnt, weil er nicht glaubte, dass man ihn verurteilen werde – das war nach seiner Rede auf dem Hambacher Fest 1832. Und als er doch verurteilt war, hat er gefragt, ob man den Kerkermeister behelligen werde, wenn er flöhe. Als man das nicht ausschließen konnte, ist er geblieben. Und so einen Mann haben Sie eben fast umgerannt – Sie sollten sich schämen.«

Wieder lachte Herr Hampel laut auf und freute sich an Werners betretener Miene. »Er blieb also im Gefängnis, keinem besonders gemütlichen, es war Posen, und kam 1840 per Amnestie heraus, als Friedrich Wilhelm IV. bei seiner Thronbesteigung die politischen

Gefangenen freiließ. Dann hat ihn DuMont geholt, und jetzt ist er hier in Köln, das er nicht liebt, weil er letztlich ein Preuße geblieben ist – verstehe es, wer will – und sich in Köln noch nie ein Preuße wohl gefühlt hat – das versteht ja nun jeder. Also Brüggemann prägt die Kölnische Zeitung im Sinne liberaler Ideen und liest dafür täglich bis zu sechzehn Stunden Artikel. Das heißt, das hat er gemacht, inzwischen verlässt er sich mehr als früher auf Mitarbeiter wie mich. Sie können froh sein, dass heute ein ruhiger Tag ist, sonst könnte ich hier nicht mit Ihnen plaudern.«

Herr Hampel lehnte sich zurück und entzündete sich eine Zigarre, nachdem Werner ein Angebot zurückgewiesen hatte.

»Wir sind hier eine Art Bienenstock«, fuhr er blaffend fort, »in den ständig Bienen einkehren, heimische und nicht heimische – ich glaube, das gibt es gar nicht bei Bienen, also lassen wir das alberne Beispiel. Mit Heimischen meine ich die Berichte unserer Kölner Mitarbeiter, allen voran der Leitartikler, neben Brüggemann im Augenblick noch Herr Kruse, dann Korrespondenten in Deutschland und im Ausland, ich weiß selbst nicht, wie viele insgesamt. Mit nicht Heimischen meine ich die Zeitungen, die hier ankommen und aus denen wir sozusagen weiterberichten – früher gab es gar nichts anderes, also keine eigenen Korrespondenten. Und dann kommen noch die ›Unheimlichen‹, also die Angebote von Leuten, die etwas schreiben wollen, weil sie etwas zu wissen glauben. Das ist ein ziemlich gemischtes Völkchen, darunter bedeutende Kölner Bürger wie Mevissen oder Camphausen, Bonner Professoren wie Dahlmann und von Beckerath, und natürlich Leute wie Sie, die Herren Studenten. Können Sie sich vorstellen, was da zusammenkommt? Und verstehen Sie, wieso es schwierig ist, daraus kein Durcheinander, wie Sie zu sagen beliebten, anzurichten?«

Werner versuchte neuerlich abzuwehren, kam aber nicht zu Wort, weil Herr Hampel fortfuhr: »Und das ist ja keineswegs alles. Neuerdings lässt die Polizei Steckbriefe einrücken« – Werner nickte deutlich zum Zeichen, dass er dies mitbekommen hatte –, »wir berichten seit letztem Jahr aus dem Vereinigten Landtag in Berlin, und DuMont selbst hat die Unterstützung der schlesischen Weber inszeniert, worüber Sie in den nächsten Tagen übrigens ein sehr erfreuliches Zwischenergebnis lesen werden. Alles das will gesichtet, sortiert, ausgewählt, überprüft werden. Und auch das ist noch nicht das Ende. Wenn wir die Berichte endlich druckfertig haben, geht in einigen Fällen der Kampf erst richtig los. Dann kommt die Zensur. In den letzten Tagen haben wir zwei Artikel, die beanstandet wurden, lediglich mit Überschrift und darunter der Notiz herausgebracht: ›Dieser Artikel liegt dem Ober-Zensurgericht vor.‹ DuMont hat sich das ausgedacht, mal sehen, wie es wirkt. Das also zu unserer Zeitung, nachdem Sie auf Ihren Chef einen Anschlag verübt haben.«

Herr Hampel lehnte sich zurück, paffte, dass sein Gesicht vorübergehend in Wolken verschwand, aus denen heraus er Werner gleichwohl scharf beobachtete, um herauszufinden, wie seine Worte auf ihn gewirkt hatten.

»Und ich kann trotzdem weiterhin anfragen?«, erkundigte sich Werner kleinlaut.

»Natürlich«, antwortete Herr Hampel, »das war neulich richtig gut, ich meine den Bericht über die Eisenbahnen. Brüggemann hat ihn gelesen und gefragt, von wem das stamme. Ich konnte ja nicht wissen, dass Sie ein Attentat auf ihn vorhatten.«

Herr Hampel lachte fast wiehernd, weil er sich freute, dass ihm eine derartige Steigerung gelungen war, und vor allem darüber, dass diese auch ihre Wirkung nicht verfehlte.

»Schreiben Sie nur, Sie haben sogar Glück: Von den Verkehrsproblemen verstehen wenige Leute etwas, vom Telegraphen, der ja Ihr Steckenpferd zu sein scheint, wenn ich das richtig in Erinnerung habe, noch weniger. Vielleicht veröffentlichen wir ja eines Tages telegraphische Depeschen. Dann sollten die Leser besser vorbereitet sein, mit was für einem Nachrichtenorgan sie es zu tun haben. Und bleiben Sie kritisch, denken Sie an Ihren Lieblingsgegner Brüggemann! Aber bleiben Sie vor allem aktuell! Zeitungen veröffentlichen, was passiert. Die schönsten Ideen nützen nichts, wenn sie nicht mit einem Ereignis zusammenhängen. Passen Sie also auf. Vielleicht fällt einmal der Telegraphenmast von Sankt Pantaleon herunter. Dann können Sie sofort loslegen. So ist das nun einmal.«

Herr Hampel stand auf zum Zeichen, dass seine Zeit jetzt erschöpft war. Werner schüttelte dankbar die ausgestreckte Hand, grüßte und verließ das Büro, in dem ihm gerade eine Welt eröffnet worden war. Im Flur passte er auf, ob ihm jemand entgegenkam – die Scherze von Herrn Hampel hatten ihre Spuren hinterlassen. Dann war Werner wieder auf der Breite Straße.

Eine halbe Stunde lang war er völlig abgelenkt gewesen von seinen Gedanken, nun kehrte das Erlebnis vom Morgen zurück. Werner schaute sich um, ob er den Verfolger erblicken konnte, sah aber niemanden. Als die Straße für einen Moment fast leer blieb, machte er sich auf den Weg nach Hause. Vor der Tür blickte er sich mehrfach um, ehe er so schnell wie möglich im Haus verschwand. Nein, es war ihm keiner gefolgt. Auch vom Fenster aus, von dem er die Straße gut überblicken konnte, war niemand zu sehen.

Stunde für Stunde ging Werner zum Fenster, um nachzusehen. Nichts, niemand. Als der Abend nahte und die Entscheidung fallen musste, ob er ins Café Royal gehen sollte, legte er sich in seiner Kleidung aufs Bett und dachte nach. Er konnte sich einfach nicht entschließen, dann zog er sich doch an, machte sich auf den Weg, nicht ohne sich immer wieder umzuschauen, und kreiste schleppenden Schrittes um das Café, ohne es zu betreten.

So bekam er nicht mit, dass zuerst Herr Ringelhardt mit seinem Freund eingetreten war, dann der feine Herr vom vorigen Tage, dass sich am Tisch bei Napoleon eine Runde bildete, die sich offenbar angeregt unterhielt, verstand, auf die Zukunft anstieß. Und Werner bekam auch nicht mit, dass sich weitere Blicke auf den Tisch bei Napoleon richteten, dass sich im Café Royal eine kleine Welt bildete, in deren Zentrum die Telegraphie stand. Als sich diese Welt auflöste, um die Werner unwissentlich wie ein Wandelstern gekreist war, war er selbst bereits zu Hause und zu Bett gegangen.

ELFTES KAPITEL *In dem Werner krank daniederliegt und nach der Genesung seinen Freund Lengfeld aufsucht, wonach sich am Abend große Ereignisse abspielen*

Keine Albträume, aber gegen Morgen doch unruhiger Schlaf, Schweißausbrüche: Werner fühlte sich fiebrig. Es konnte an den ungewohnt langen Fußmärschen der letzten Tage gelegen haben, am nasskalten Wetter, an den Schuhen, die sich schon beim Anziehen nicht trocken anfühlten. Im Übrigen heizte er seinen Ofen nur dann ein, wenn es nicht mehr anders ging. Als er aufstehen wollte, um wie immer Zeitung und Frühstück hereinzuholen, drohte er zusammenzusacken und legte sich sofort wieder hin. Eine Stunde später fand sich Werner mit dem Schicksal ab, krank zu sein. Er rief laut nach Witwe Eichhoff, die ihn endlich hörte und erschreckt ins Zimmer trat: eine ältere Dame, adrett gekleidet in braunem Wollkleid mit großen Puffärmeln und weißer Baumwollschürze mit aufgesetzten Taschen. Als sie das gerötete Gesicht und die nasse Stirn sah, beruhigte sie sich, ja, zeigte in ihrem Gesichtsausdruck deutliche Züge von Zufriedenheit.

»Jetzt bleiben wir hübsch liegen«, sagte sie und strich ihre Schürze glatt, obwohl die vor Frische strahlte. »Damit werden wir schon fertig. Ich hab ganze drei von Ihrer Sorte großgezogen, und mein Ehemann, Gott hab ihn selig, war auch nicht der gesündeste. Glauben Sie mir, das gibt sich wieder, ich habe meine Hausmittelchen.«

»Brauchen wir keinen Arzt?«, fragte Werner und hustete gleich darauf.

»Einen was? Um Gottes willen, wollen Sie denn sterben? Nein, einen Arzt habe ich noch nie gebraucht, nicht einmal bei den Geburten. Und so reich sind Sie denn auch noch nicht. Nein, einen Augenblick! Vielleicht hilft schon Ihre geliebte Zeitung.«

Mit diesen Worten drehte sie sich um, ging zur Tür, um die Zeitung zu holen, vergaß auch das Frühstück nicht und brachte beides ans Bett. Dann verschwand sie im Treppenhaus, wobei sie die Tür offen stehen ließ, was Werner als Zeichen deutete, dass er nun nicht mehr einfach Mieter war, sondern Familienmitglied, Sohn Nummer vier, mit vermutlich sehr wenigen Rechten und sehr eindeutigen Pflichten. Die erste lernte er kaum zehn Minuten später kennen. Er musste ein heißes Getränk schlürfen, das wie Tee aussah, aber abscheulich schmeckte. Als er nach dem ersten Kosten Witwe Eichhoff fragend ansah, schüttelte diese nur den Kopf, was wohl heißen mochte: Egal, was drin ist, Hauptsache, es hilft. Dies freilich galt es nun abzuwarten.

Werner richtete sich mit der Krankheit ein, wozu auch der Gebrauch des Topfes unter seinem Bett gehörte, den er hasste, weil er schon immer eine empfindliche Nase besaß, und über dessen in Wort und Miene gleichermaßen kommentarlose Beseitigung durch seine Zimmerwirtin er nicht genug staunen konnte. Dann schlug er die Zeitung auf und wunderte sich darüber, wie wenig ihn all diese Nachrichten interessierten. Nachdem ihm das unförmige Blatt mehrfach geknickt oder sonst wie aus den Händen gesunken war, las er einen Bericht nur deshalb, weil er beim Zusammenklappen genau vor seinen Augen liegen geblieben war. Unter dem Aufruf der Ärzte des Siegkreises, die zu einer Versammlung einluden – das Wort »Ärzte« hatte ihn für einen Moment magisch angezogen –, fand sich eine Erklärung, in der ein Kunstreiter mit Namen Eduard Wollschläger gegen seine steckbriefliche Suche in der Kölnischen Zeitung Einspruch erhob. Der Artikel war so gut geschrieben, dass Werner von Satz zu Satz in größeres Staunen geriet.

»Die ›Kölnische Zeitung‹ enthält in einer ihrer letzten Nummern einen Steckbrief, betreffend den Kunstreiter Eduard Wollschläger, wegen heimlicher Entfernung von hier, um sich einer Gefängnisstrafe von sieben Tagen zu entziehen. Da nun kein Kunstreiter namens Wollschläger außer mir bekannt, so vermute ich, dass dieser Steckbrief auf mich gerichtet, und zwar wegen einer Geldstrafe von fünf Talern. Da nun in meinen Verhältnissen die öffentliche Meinung Hauptsache ist und die Aufrechterhaltung der Solidität meines Geschäftes einzig und allein von meinem guten Rufe abhängt, so fühle ich mich verpflichtet, die Sachlage einem geehrten Publikum zur Beurteilung vorzulegen: Wegen eines allseitig bekannten Wortwechsels mit dem gewesenen Polizeikommissar Herrn Huber wurde ich zu vier Talern Strafe verurteilt, welche ich auch bereitwilligst bezahlen wollte, wogegen indessen bemerkt wurde, dass das Strafgeld bei mir eingeholt werden würde – Letzteres ist aber nicht geschehen, ich habe keine Zahlungsaufforderung erhalten. Was die heimliche Entfernung meinerseits betritt, so ist eine solche nicht denkbar, denn als Vorsteher eines Institutes von circa vierzig Personen (welches durch die Passkontrolle nachgewiesen werden kann) und dreißig Pferden ist es rein unmöglich, mich auch nur vierundzwanzig Stunden von demselben zu entfernen. Nach meiner Abreise von Köln (zwei Monate nach meiner Verurteilung) blieb ich noch drei Monate in der Rheinprovinz und führe hier nur noch an, dass die Behörde während dieser Zeit stets meinen Aufenthaltsort gekannt hat, was daraus hervorgeht, dass in jedem Orte, wo ich arbeitete, der Polizeibehörde von Köln aus die Anzeige gemacht wurde, darauf zu achten, dass Kindern unter vierzehn Jahren das Auftreten bei mir zu untersagen sei. Ich enthalte mich weiterer Erklärung und hoffe, dass ein wohllöbliches Publikum diese Angelegenheit richtig beurteilen möge. Indem ich mich einem geehrten Publikum bestens empfehle, hoffe ich, dass die wackeren Kölner, bei welchen ich stets eine so freundliche und günstige Aufnahme gefunden, mir bei meinem Wiedereintreffen in Köln nächsten Winter ihre freundliche Teilnahme durch diese Steckbriefgeschichte nicht entziehen werden. Übrigens habe ich den Betrag meiner Verurteilung samt Kosten eingeschickt, wie oben zu sehen. Eduard Wollschläger, Direktor des königlich preußischen generalkonzessionierten Circus (gegenwärtig in Schwerin im Mecklenburgischen).«

Nach der letzten Zeile war Werner erschöpft und begann, ernsthaft an seinem Berufsziel zu zweifeln. Wenn ein Kunstreiter so schreiben konnte! Die ganze Behördenwillkür bloßstellen und kein einziges provozierendes Wort sagen! Dazu kein Leser, der nicht verstand! Und am Ende eine Polizei, die dagegen nichts unternehmen kann, wenn sie sich nicht unsterblich blamieren will! Mehrfach noch las er den Artikel, kostete förmlich die Formulierungen aus, bis ihn endlich der Schlaf erlöste.

Tage vergingen, ohne dass sich Werners Zustand änderte. Erst am Sonntag fühlte er sich deutlich besser, wurde von Witwe Eichhoff aber derart energisch verwarnt, dass er im Bett blieb, zumal die Versorgung mit Mahlzeiten nie so gut war wie jetzt – nach einfachen

Suppen und Mehlspeisen gab es mittlerweile Würste und Speck. Im Übrigen genoss er wieder sein Zeitunglesen, was sich an diesem Feiertag auch lohnte.

Zwar schüttelte er missmutig den Kopf bei der Nachricht über die Erfindung eines neuen Mittels, das das teure Chloroform überflüssig mache, weil ihn dies an seinen Zustand erinnerte. Mit Freude las er dafür den Artikel, in dem über die Ankunft von Lola Montez in Bonn berichtet wurde. Die berüchtigte Exgeliebte Ludwigs I. von Bayern, die dieser zur Gräfin von Landsfeld gemacht und damit eine Regierungskrise ausgelöst hatte, zog mittlerweile durch Deutschland und wurde überall als große Attraktion gefeiert. In Bonn also hatte sie einen Massenandrang vor ihrem Hotel ausgelöst, sodass zwei Gendarmen die Bewachung übernehmen mussten. Dabei war sie mit Reitpeitsche auf der Straße erschienen, um »mehrere höchst naive Fragen höchst naiv« zu beantworten. Am Abend hatten ihr Bonner Studenten jedoch weniger wohlwollend eine »gräuliche Katzenmusik« unter ihrem Fenster dargeboten, die Spottvariante galanter Musik. Zum Schluss des Artikels fand sich die Mutmaßung, dass Lola Montez sich mit einem Studenten verlobt habe, der sie auf ihrer eigenartigen Flucht begleite.

Das ist etwas für die Leute, dachte Werner und begann, sofort wieder Pläne für die Zukunft zu schmieden. Vielleicht kommt sie ja auch noch nach Köln. Wenn ich gesund bin, stelle ich mich vor ihr Hotel und schreibe einen noch viel interessanteren Artikel.

Aber dann verdunkelten sich seine Gedanken. Werner kam plötzlich zu Bewusstsein, wie die Zeit verrann, dass er noch vor wenigen Tagen eine Annonce aufgegeben hatte, die ihn auf die Spur des Mörders seines Vaters bringen sollte. Er schämte sich entsetzlich, wie rasch er die Wirklichkeit vergessen konnte, ärgerte sich über seine Sorglosigkeit, führte die Krankheit ins Feld, ohne darin eine ausreichende Entschuldigung sehen zu können. Mitten in diesen Gedanken sprang er aus seinem Bett, schob die Vorhänge am Fenster vorsichtig auseinander und schaute zur Straße hinab. Nur unverdächtige Passanten, in diesem Punkt also Ruhe. Oder hatte man gemerkt, dass er krank geworden war, und pausierte bis zur Genesung? Noch war er zu schwach, um aufzustehen, aber der Tag rückte näher und näher.

Am Donnerstag war eine volle Woche seit seinem Fieberanfall verstrichen, das Fieber samt Husten offensichtlich gewichen. Werner stand für ein paar Stunden auf, las die Zeitung am Tisch. Am Freitag, es war der 25. Februar, empfing er seine Zimmerwirtin in Straßenkleidung bei prasselndem Ofen, wartete die Schimpf- und Drohkanonade geduldig ab, bedankte sich dann für die Pflege und schlug demonstrativ die Zeitung auf, die sie mitgebracht hatte. Aber er legte sie gleich wieder weg, als Witwe Eichhoff die Zimmertür wütend und durchaus krachend hinter sich geschlossen hatte. Werner hatte in den letzten Tagen den Plan gefasst, nicht lockerzulassen, den Kontakt wieder aufzunehmen. Vorher aber sollte Lengfeld eingeweiht sein. Lengfeld hatte ihm immer gut geraten. Also in die Buchhandlung auf der Hohe Straße!

*

Ein wenig unsicher, mit noch schleppenderem Schritt als gewöhnlich, mischte sich Werner unter die Passanten. Als er schon eine Weile unterwegs war, fiel ihm die Verfolgung wieder ein. Er drehte sich um, blieb einen Augenblick abwartend stehen, sah niemanden. Das Kapitel ist zu Ende, sagte er sich, wenn ich es überhaupt richtig eingeschätzt habe. Aber dann kam ihm doch ein anderer Gedanke: Wieso habe ich mich eigentlich umgedreht? Ich hatte doch ein merkwürdiges Gefühl, so wie man immer sagt, dass man Blicke auch im Rücken spürt. Er ging weiter, überquerte die Hohe Straße, lief die Brückenstraße entlang, bog um die nächste Straßenecke bei Sankt Kolumba ab und blieb gleich hinter der Ecke in einem Hauseingang stehen. Kurze Zeit später gingen Passanten vorüber. Es war ein junger Mann darunter in Arbeiterkleidung. Ein Blickkontakt kam nicht zustande. Darauf ging Werner wieder zurück, bog in die Hohe Straße ein und stand endlich vor der Buchhandlung. Kein Kunde war zu sehen – Gott sei Dank!

Lengfeld, ganz bürgerliche Respektsperson wie immer, begrüßte ihn erfreut, erkundigte sich sofort danach, wieso er sich so lange nicht gemeldet hatte, ließ sich von der Krankheit berichten und merkte schließlich, dass Werner etwas auf dem Herzen hatte.

»Also, leg los, ich weiß, dass dich etwas bewegt und dass nicht nur das Fieber dir zugesetzt hat.«

Werner ließ sich nicht zweimal bitten, sondern begann. Er erzählte von der Begegnung mit Herrn Ringelhardt bei Mathilde Anneke, dass es sich um jemanden handle, der sehr viel mehr über Telegraphie wisse als er selbst, besonders über elektrische. Er erzählte von der Einladung ins Café Royal und vor allem von der Annonce.

»Du hast das wirklich getan?«, fragte Lengfeld dazwischen. »Ich kenne mich mit Annoncen aus und weiß, wie viele Leute sie lesen. Da hätten ganze Völkerscharen kommen können, nur nicht Leute, die dich zu einem Mörder führen.«

Werner berichtete darauf vom zweiten Abend im Café Royal, von seiner Beobachtung des Tischs bei Napoleon, von der eigenartigen Konfrontation mit dem vornehmen Herrn, der nach ihm gefragt hatte, und dann von dem noch eigenartigeren Beobachter im Eingang, der so plötzlich verschwunden war. Als er ans Ende seiner Geschichte kam und nur noch das letzte Detail mit der Verfolgung nachtrug, war Lengfeld nachdenklich geworden.

»Also, das gefällt mir nicht«, begann er. »Es gefällt mir eigentlich alles nicht, aber an der Annonce ist ja nichts mehr zu ändern. Zuerst müsste man genauer wissen, wer dieser Herr Ringelhardt ist. Mir kommt da ein Verdacht oder jedenfalls eine Vermutung –«

»Aber den kenne ich doch aus dem Anneke-Kreis«, unterbrach ihn Werner.

»Ja, dieser Anneke-Kreis. Da verkehren durchaus unterschiedliche Gestalten. Es sind Utopisten darunter und Realisten, es gibt Aufsteiger und Etablierte, die es interessant finden, an politischen Diskussionen teilzunehmen. Und es gibt kühle Beobachter, die irgendwelche Interessen haben und auf eine günstige Gelegenheit warten, aus der sich ein Vorteil schlagen lässt. Dein Herr Ringelhardt passt eigentlich nicht in diesen Kreis. Er ist zu vornehm, er weiß zu viel, irgendetwas stimmt nicht. Ich werde mich näher erkundigen, ich habe da so meine Möglichkeiten.«

»In welche Richtung denkst du?«

Lengfeld lachte. »Wenn ich das sage, nagelst du mich hinterher fest, vor allem, wenn ich im Unrecht bin. Aber du wirst ja doch keine Ruhe geben, und so viel kann ich sicher verraten: Wenn Herr Ringelhardt reich ist und etwas von der elektrischen Telegraphie versteht, dann gibt es nur eine einzige sinnvolle Vermutung.«

»Und die wäre?«

»Er will mit der Telegraphie noch reicher werden.«

Lengfeld lachte erneut, weil er Werners Gesicht ansah, dass er nicht verstand. »Ach, Werner, was bist du doch für ein Träumer! Du kennst dich mit Eisenbahngesellschaften aus, studierst deren Gewinnentwicklung in der Zeitung und kommst nicht darauf, dass man heute Geld nicht mehr mit seiner Hände Arbeit verdient, sondern mit klug investiertem Kapital. Herr Ringelhardt träumt vielleicht wie du von der elektrischen Telegraphie, nur träumt er nicht von technischen Neuerungen, sondern von der Betreibung von Expeditionsbüros durch Aktiengesellschaften. Dann hast du bei ihm allerdings nicht viel zu erwarten. Er wird dich ganz nett finden, weil du ihn bewunderst, aber er wird dir kaum Kontakte zu Leuten vermitteln, die auf Telegraphenstationen Anschläge planen. Und diese Leute werden wesentlich schlauer sein als du. Sie werden jeden Kontakt mit Herrn Ringelhardt meiden wie der Teufel das Weihwasser.«

Werner war bestürzt. »Aber wieso hat er mir dann die Sache mit der Annonce vorgeschlagen?«

»Die Annonce – ja, natürlich, warum nicht? Und wenn er dich als Lockvogel benutzen wollte, um *seinerseits* heranzukommen an Leute, die solche Anschläge planen. Wer sein Geld in die Telegraphie investiert, ist doch sehr interessiert daran, seine möglichen Gegner kennen zu lernen, oder nicht?«

»Das klingt ja teuflisch«, sagte Werner, »aber ich kann es mir nicht vorstellen, du kannst mich naiv nennen, wie du willst. Spekulant und Anneke-Kreis, das geht mir nicht in den Kopf.«

»Weißt du was?«, schlug Lengfeld vor. »Du machst ganz einfach die Probe aufs Exempel. Heute ist Freitag, und freitags trifft sich der Anneke-Kreis. Geh einfach hin, sprich Herrn Ringelhardt an, frag ihn, ob da nicht Möglichkeiten bestehen wie bei den Eisenbahnen und so fort. Und beobachte ihn dabei, wie er reagiert. Achte nicht so sehr darauf, was er sagt. Ich ziehe meine Erkundigungen ein, vielleicht schon heute, wenn wir Glück haben. Dann tauschen wir so bald wie möglich unsere Erfahrungen aus.«

Werner war einverstanden und bedankte sich herzlich bei seinem Freund.

»Und leg dich vorher noch etwas hin, bevor du zu den Annekes gehst. Richtig gesund siehst du mir noch nicht aus.«

Werner verließ zufrieden die Buchhandlung, merkte bald, dass er wirklich noch rascher ermüdete als sonst, und war froh, als er zu Hause ankam. Diesmal hatte er sich nicht auf der Straße umgesehen, nicht gemerkt, dass ihm eine Gestalt folgte, die er ganz sicher erkannt hätte, wäre ihm nur noch einmal der Trick mit der Straßenecke eingefallen.

Als Werner das Angelusläuten um sechs Uhr hörte, schreckte er hoch und kleidete sich wieder sorgfältig an. Punkt sieben war er auf der Straße und überlegte, ob er vorher bei Clara vorbeigehen solle, um nicht ganz unangemeldet zu erscheinen. Er wollte gerade nach Obenmarspforten einbiegen, als er abgelenkt wurde. Vom Alter Markt her hörte er einen schwachen Laut, der wie der Ruf eines Zeitungsverkäufers klang. Er ging in die Richtung und hörte es bald lauter und lauter:

»Extrablatt, Extrablatt! Schlimme Nachrichten aus Paris! Extrablatt, Extrablatt …«

Werner war zuletzt in Laufschritt übergegangen und sah es schon von weitem: Eine dichte Menschentraube hatte sich gebildet, das Extrablatt wurde dem Verkäufer fast aus der Hand gerissen. Überall Gruppen von Leuten, die laut sprachen und gestikulierten. Das Wort »Revolution« drang an sein Ohr, dann hatte er das Blatt selbst erstanden.

Werner war vor Aufregung nicht fähig, Wort für Wort zu lesen, er sprang förmlich mit den Augen von Absatz zu Absatz. Das Volk in Paris hatte also am 23. Februar gewütet, nach kurzer Beruhigung war es am Morgen des 24. noch viel schlimmer geworden. Die Schienen der Nordbahn Richtung Brüssel waren aufgerissen worden, weil man angeblich einen Truppentransport in die Hauptstadt verhindern wollte. Die Nachrichten waren von Saint Denis aus nach Brüssel gelangt, dort in der Nacht von Donnerstag auf Freitag zusammengestellt und nach Köln gebracht worden, wo sie am Mittag eintrafen und sofort im Extrablatt veröffentlicht wurden. Es war von nächtlicher Beleuchtung der Stadt Paris die Rede, vom Volk, das in Massen auf den Straßen unterwegs war, von fünfzig Toten und Verwundeten, von Barrikaden in verschiedenen Stadtteilen, von Sturmläuten auf allen Kirchtürmen, bis vorübergehend Ruhe einkehrte.

Als Werner ans Ende des Extrablatts gekommen war, mischte er sich unter die Scharen der Diskutierenden, wurde mehrfach zur Seite gedrängt, musste sich immer wieder Platz schaffen, um etwas mitzubekommen. Zwei Kölner standen sich erregt gegenüber, weil der eine seine Begeisterung ausdrückte, während der andere Ängste artikulierte. »Es lebe die Freiheit!«, hieß es, und: »Es wird wieder Krieg geben!«

Umstehende griffen ein, die Fronten verschärften sich, Fäuste hoben sich drohend in den Himmel. Das Gaslicht erhellte die Szene, aber an den Rändern des Alter Markts versank das Geschehen im Dämmer.

Werner blieb noch eine Weile stehen, dann riss er sich los, lief, so schnell er konnte, in Richtung der Anneke-Wohnung Am alten Ufer. Ob sie schon Bescheid wussten? Jedenfalls hatte er nun einen viel dringenderen Grund zum Besuch.

ZWÖLFTES KAPITEL *In dem Werner den Anneke-Kreis Am alten Ufer mit dem Extrablatt der Kölnischen Zeitung aufwirbelt, während Herr Ringelhardt merkwürdige Andeutungen macht*

Als sich die Tür öffnete, blickte Werner diesmal in blauweiß gestreiftem Baumwollkleid mit getüpfeltem Halstuch und langer Schürze unverkennbar das Dienstmädchen an, das ihn offenkundig nicht erkannte und irritiert wirkte. Werner hob das Extrablatt hoch und stammelte, er wolle der Versammlung eine wichtige Neuigkeit mitteilen. Das Dienstmädchen registrierte lediglich, dass es sich um einen Studenten handeln musste, jedenfalls keinen Gendarmen, erfasste wohl auch die Überschrift des Blattes und gab Werner den Weg in die Wohnung frei. In der Tür des Salons wiederholte sich die Peinlichkeit des Auftritts, ja, steigerte sich angesichts der Ratlosigkeit sämtlicher Anwesenden, von denen sich niemand an Werners ersten Besuch erinnerte. Werner selbst bemerkte, dass weder Clara noch Herr Ringelhardt da waren, erkannte dagegen sofort Mathilde Anneke, die mit dem Rücken zu ihm stand und fast als Einzige den Eintretenden nicht wahrgenommen hatte. Als jedoch die Gespräche der Gruppen plötzlich verstummten, schaute die Hausherrin zur Tür, erblickte Werner und ging auf ihn zu, überrascht, aber doch entschlossen, ihn freundlich zu begrüßen. Da hob Werner das Blatt so, dass sie es lesen konnte, und sagte: »Das hier wird gerade in Köln verteilt. In Paris herrscht Revolution.«

Im selben Augenblick veränderte sich die Gesellschaft schlagartig. Aus der unheimlichen Stille wurde ein allgemeiner Aufschrei, Hurras vermischten sich mit Fragen, die im Durcheinander untergingen. Mathilde Anneke nahm das Extrablatt entgegen, überflog es und erstarrte. Alle Anwesenden beobachteten sie, forderten Aufklärung. Sie begann vorzulesen, zuerst zögernd, im Ton von kühler Information, dann immer lauter, begeisterter, fast als Jubelarie. Dem Wüten des Volkes gab sie einen ironischen Unterton, die herausgerissenen Schienen klangen triumphierend, bei der Erwähnung der Toten modulierte die Stimme ins Fahle, das Sturmläuten während der Nacht wurde selbst zum stürmischen Vortrag. Als die Zuhörer begriffen, dass das Ende des Artikels erreicht war, brach Chaos aus. Mathilde Anneke hielt das Extrablatt hoch über ihren Kopf, während sie fast von ihren Freunden erdrückt wurde.

»Lass sehen«, erklang ein Ruf, »nun gib es doch endlich hierher!« – ein geordnetes Gespräch kam nicht zustande. Ein Neuankömmling, der das Blatt ebenfalls in der Hand trug und geglaubt hatte, er überbringe die Neuigkeit als Erster, betrachtete enttäuscht, aber sogleich verstehend die Gesellschaft, ehe sich diese auf ihn stürzte, um ihn jubelnd zu begrüßen.

Dann tauchte ein Mitarbeiter der Kölnischen Zeitung auf, der direkt aus der Redaktion kam. Wieder trat Ruhe ein, weil man hören wollte, was er zu erzählen hatte, wie aufregend die Situation in der Breite Straße gewesen war. Von DuMont selbst stamme die Entscheidung, nicht bis zur Ausgabe am nächsten Morgen zu warten, sondern das Extrablatt zu bringen, wie man es schon früher in Ausnahmefällen gehandhabt hatte. Sämtliche Mitarbeiter mussten kurz nach Mittag zusammengeholt werden: Setzer, Drucker, vor allem Zeitungsjungen für den Straßenverkauf. Es war zugegangen wie in einem Taubenschlag, aber um drei Uhr war alles fertig. Punkt sieben kam das Blatt aus der Schnellpresse und ging bündelweise an die Jungen, denen man vorher genau den Verkaufsort angewiesen hatte. In der Redaktion selbst sanken um diese Zeit alle Beteiligten erschöpft auf die Stühle, Brüggemann hatte einige Flaschen Champagner geholt, die Korken knallten. Die Meinung war einhellig: Wenn die französischen Bürger gegen das Joch der Unterdrückung aufbegehrten, würde sich ganz Europa anschließen. Die Ziele, für die man bislang gekämpft hatte, rückten in greifbare Nähe: Pressefreiheit als Erstes, als Allerwichtigstes für eine Zeitung, dann Beteiligung an der Regierung. Klar, dass dies in Deutschland anders aussehen würde als in Frankreich.

Damit war das Stichwort gegeben, das den Jubel einmünden ließ in Diskussionen. Ein großer Kreis hatte sich gebildet, in dem ein fast glatzköpfiger, aber noch jüngerer Mann das Wort ergriff, den Werner nicht kannte.

»Das ist Dr. Gottschalk, der Armenarzt«, sagte sein Nachbar, als er ihn fragend anblickte.

Werner hatte von Gottschalk gehört, wusste, dass er einer derjenigen war, die sich seit Jahren für die Verbesserung des Loses der untersten Schichten einsetzte. Dr. Gottschalk war Chirurg, hatte wiederholt glückliche Operationen bei als hoffnungslos geltenden Fällen durchgeführt, wofür er bei den Ärmsten keinerlei Honorar forderte.

»Das ist möglicherweise die Wende in unserem Kampf, liebe Freunde«, begann er in sichtlicher Erregung. »Was jetzt nötig ist, ist wirkliche Aktion, die Aktion von Bürgern, die ihr Schicksal selbst in die Hand nehmen. Wir müssen Versammlungen einberufen, die Forderungen formulieren. Und wir müssen diese Forderungen dem Stadtrat vortragen. Über diese Forderungen brauche ich in unserem Kreis nicht viel zu sagen. Pressefreiheit« – dabei blickte er in Richtung des Mitarbeiters der Kölnischen Zeitung – »gehört auch dazu, natürlich, aber an die Spitze gehört eine Gesetzgebung und Verwaltung unter Beteiligung des Volkes. Dafür brauchen wir ein allgemeines Wahlrecht. Und am Ende geht es um den Schutz der Arbeit und die Sicherstellung der menschlichen Bedürfnisse. Ich sage damit natürlich nichts Neues. Ich weiß auch, dass wir über das Vorgehen, über Details sprechen müssen. Entscheidend im Augenblick ist auf jeden Fall, dass die Ereignisse in Paris als Signal verstanden werden. Ich hoffe, dass unsere Schwestern und Brüder in Frankreich nicht aufgeben, sondern diesmal – es ist immerhin der dritte Anlauf – die Revolution zu Ende führen. Die Tage von Louis Philippe dürften gezählt sein.«

Wieder brauste Jubel auf, der sich verstärkte, als Fritz Anneke in der Tür erschien: in der hoch erhobenen Rechten den Rinaldo, den breitkrempigen weißen Filzhut der Demokraten, in der ebenfalls erhobenen Linken das Extrablatt. Seine Frau stürzte auf ihn zu, das Ehepaar lag sich in den Armen. Im Salon wandten sich die Anwesenden ebenfalls einander zu, fielen sich so, wie sie gerade dastanden, um den Hals. Werner wurde von seinem Nachbarn umschlungen und drückte diesen ebenfalls fest an seine Brust, Tränen der Rührung flossen. Dann lösten sich die Umarmungen auf, Gruppen bildeten sich, Diskussionen wurden wieder aufgenommen. Werner geriet zufällig in eine Vierergruppe, von der er niemanden kannte, die ihn aber als ersten Überbringer der Nachricht offenbar als einen der Ihrigen betrachtete. Da spürte er eine Berührung am Arm, ein leichtes Ziehen, drehte sich um und erkannte Clara. Sie blickte ihn erstaunt an und ließ sich in ein paar Sätzen die Situation erklären.

»Da habe ich ja den Annekes ein Früchtchen gebracht«, sagte Clara schließlich, »überbringt ihnen beim zweiten Erscheinen die Nachricht ihres Lebens. Ich nehme an, du wirst nun offiziell aufgenommen sein im Kommunistisch-ästhetischen Kränzchen, auch wenn ich für deinen Kommunismus nicht die Hände ins Feuer legen würde. Aber vielleicht kommt das ja noch, wenn die Franzosen jetzt wirklich Ernst machen.«

Werner schaute Clara betroffen an, bekam aber kein Wort heraus.

»Das war ein Scherz«, ergänzte Clara, die die Reaktion bemerkt hatte. »Ich bin übrigens selbst gar nicht so begeistert, wie es hier alle zu sein scheinen«, sagte sie dann halb flüsternd. »Das Ästhetische wird wohl jetzt sehr zurücktreten, statt Gedichtvortrag und Liedersingen, worin wir Frauen bislang führend waren, dürften jetzt die Männer das Heft in die Hand nehmen. Ich merke schon, wie sie zusammenstehen.«

»Wer ist denn der große Schwarze dort, der mit seinen Locken und dem Spitzbart aussieht wie ein Schauspieler?«, fragte Werner.

»Dem Namen nach kennst du ihn bestimmt, es ist Franz Raveaux, dieser Karnevalspräsident mit dem Zug zum Barrikadenkämpfer. Er hat dieselbe Biographie wie sie alle hier: Fritz Anneke in spektakulärem Prozess unehrenhaft aus der Armee entlassen, weil er sich geweigert hat, sich zu duellieren. Sein Freund Willich dort hinten ebenfalls unehrenhaft entlassen, weil er sich für Fritz eingesetzt hat. Nur der Schönling Raveaux ist aus dem preußischen Heer nicht durch Entlassung ausgeschieden, sondern hat es vorgezogen zu desertieren. Dabei war er nicht den Soldatenberuf leid, denn er verdingte sich gleich anschließend zuerst als französischer Fremdenlegionär in Spanien, half dann den Belgiern 1830 bei ihrer Erhebung, ehe er neben deinem Freund Lengfeld auf der Hohe Straße ein Zigarrengeschäft eröffnete, in dem die Zigarren zusammen mit demokratischen Sprüchen verkauft werden. Dr. Gottschalk dort hinten wirst du ja wohl kennen, der ist in Köln von allen hier der bekannteste Demokrat.«

Werner sagte nicht, wie kurz diese Bekanntschaft zurückreichte. Er nickte Clara nur zu und nahm bei einer Wendung seines Kopfes wahr, dass Herr Ringelhardt direkt hinter ihm stand. Leicht erschreckt drehte er sich vollends um, machte auch Clara aufmerksam und grüßte förmlich.

»Der junge Herr wird also eingeweiht«, sagte Herr Ringelhardt, indem er zuerst Clara, dann Werner die Hand reichte. »Ich hoffe, ich störe nicht. Ich wollte eigentlich heute Abend nicht kommen, aber als man vor meinem Fenster das Extrablatt ausgerufen hat, dachte ich mir, dass es hier hoch hergeht.«

»Und Sie kommen auf Ihre Kosten?«, fragte Clara in etwas spitzem Tonfall.

»Ach, wissen Sie, Unternehmer wie ich, die sich für Freiheit und Mitbestimmen einsetzen, sind immer gut beraten, wenn sie wissen, was in der Welt vorgeht, besonders wenn sich etwas verändert.«

»Dann glauben Sie auch an einen bevorstehenden Umbruch in Frankreich?«, versuchte sich Werner einzuschalten.

»Ich denke schon, aber ich kann die einhellige Begeisterung hier trotzdem nicht teilen. Bei Umbrüchen weiß man nie, was herauskommt. Und gerade die Franzosen: 1789 haben sie die Freiheit mit der Guillotine verteidigt. Und 1830 haben sie zwar die Bourbonen vertrieben, sich dann jedoch auf diesen windigen angeblichen ›Bürgerkönig‹ eingelassen, von dem sie jetzt die Nase voll zu haben scheinen. Was aber wird kommen? Ich sage Ihnen mit Nachdruck: Gerade jetzt, wo es in Technik und Industrie aufwärts geht, brauchen wir Stabilität. Sicher nicht die auf Gewehr oder Prügelstock gestützte Stabilität der Preußen – da stimme ich mit allen hier überein –, aber doch Stabilität. Und da machen sich einige eben Illusionen, wo die bei einem wirklichen Umsturz herkommen soll. Jeder hier weiß, dass ich so denke, und ich rechne es den Damen und Herren des Klubs hoch an, dass sie mich dafür nicht in Eisen legen lassen. Darin unterscheiden sie sich wirklich sehr stark von ihren Gegnern.«

»Unterhaltet euch weiter«, sagte Clara, die einen günstigen Augenblick abgepasst hatte, um mit Mathilde Anneke zu sprechen, und die beiden Männer einfach stehen ließ.

»Interessant, diese verschiedenen Interessen, die hier alle zusammenkommen«, sagte Herr Ringelhardt nun allein an Werner gewandt. »Clara ist durch und durch Künstlerin – Sie haben sie doch schon auf dem Klavier gehört? Sie will Karriere machen und weiß genau, dass Frauen dafür nicht infrage kommen, sie mögen spielen, wie sie wollen. Mathilde stärkt ihr den Rücken, deshalb hängt Clara an ihr wie an einer Mutter oder sagen wir Tante. Wenn ich die kleine Vorstellungsrunde von eben fortführen darf: Die Frauen hier sind zwar nicht aus der Armee entlassen oder desertiert, aber so unähnlich sind ihre Schicksale nicht. Mathilde ist immerhin aus ihrer ersten Ehe desertiert, wenn man die Einreichung der Scheidung so nennen darf. Unehrenhaft entlassen wurde sie obendrein, wenn man bedenkt, dass ihr praktisch kein Unterhalt gewährt wurde. Und das alles übrigens, weil sich ihr Vater in Eisenbahnaktien verspekuliert hatte und seine Tochter an einen reichen Adligen verkuppelte, wonach sich die Ehe entsprechend gestaltete.«

»In Eisenbahnaktien?«, hakte Werner nach. »Ich dachte, die Aktionäre hätten nur Gewinne gemacht.«

»Hier in Köln schon, ich kann nicht klagen«, antwortete Herr Ringelhardt mit einem unangenehm süffisanten Lächeln, »aber das war gerade in der Anfangszeit anders. Es gab Betrüger, und niemand hatte Erfahrung.«

In diesem Augenblick brandete im Salon wieder Jubel auf, weil offenbar ein gelungener Toast auf die Pariser Ereignisse ausgebracht worden war. Es schien Raveaux gewesen zu sein, denn der setzte mit seiner heiseren Grabesstimme, deren rauer Klang durch den kölschen Einschlag etwas gemildert wurde, offenbar seine Rede fort:

»Wenn wirklich Revolution ist in Frankreich, dann wird es kein Halten mehr geben in Europa. Sogar wir Deutsche sind nicht unvorbereitet. Und für den Zeitplan dürfen wir dankbar sein. Bisher revolutionierten die Franzosen immer im Juli, in der warmen Jahreszeit, das war 1789 so und 1830 ebenfalls. Jetzt reißen sie sogar im Winter die Straßen auf. Uns kommt die Zeit durchaus gelegen. In wenigen Wochen ist Karneval. Da sollen die Preußen erst einmal zwischen Ernst und Scherz unterscheiden. Ich werde jedenfalls als Präsident der Allgemeinen Karnevalsgesellschaft alles dafür tun, dass die Preußen nichts zu lachen haben.«

Der Witz wurde in der Runde als wohltuend empfunden, weil neben allem Jubel doch auch eine Anspannung fühlbar geworden war.

»Eigenartig, woran sie denken«, sagte Herr Ringelhardt, der immer noch neben Werner stand. »Sie denken wirklich an alles, nur nicht an das, worauf es am allermeisten ankommt.«

Werner schaute seinen Nachbarn irritiert an, wollte jetzt auch wissen, mit wem er es zu tun hatte: »Sie meinen den Informationsfluss, nicht wahr? Es wird darauf ankommen, wer wann was am schnellsten und zuverlässigsten erfährt.«

»Genau, junger Mann. Wenn es nach mir ginge, wäre dies längst geregelt. Ich würde die Revolution mit der Kommunikation beginnen lassen. Wenn ich das Extrablatt richtig verstanden habe, brodelt es in Paris seit Mittwoch. Und wir unterhalten uns darüber am Freitagabend. Wo die Technik alles längst bereitstellt, dass es auch bei uns am Mittwoch hätte bekannt werden können.«

»Haben Sie denn noch keine Initiative ergriffen?«, fragte Werner.

»Initiative? Initiativen genug, es geht aber nicht um Initiativen, jedenfalls nicht, solange die Menschen nicht begreifen, worauf diese Initiativen zielen.«

»Bei den Eisenbahnen hat es doch auch geklappt.«

»Ja, und jetzt reißen sie Schienen heraus, was sich einige Leute vermutlich gut merken werden. Wenn man schon Eisenbahnschienen im Handumdrehen beseitigen kann, um wie viel besser erst Drähte?«

Werner spürte eine Aufregung in sich hochsteigen, weil das Thema eine Wendung nahm, die er sich allenfalls erträumt hatte. Er rang mit sich, ob er jetzt ganz direkt fragen sollte, brachte es aber nur zu einem verklausulierten Vorstoß: »Rechnen Sie denn mit solchen Angriffen?«

»Oh, junger Mann, das tue ich allerdings.«

In diesem Augenblick kehrte Clara zurück, fragte nach, ob sich die Herren gut unterhalten hätten, und zog Werner schließlich von Herrn Ringelhardt weg, um ihn zu Mathilde Anneke zu schleppen. Diese empfing ihn zum zweiten Mal an diesem Abend, bedankte sich für seine Initiative, das Extrablatt zu bringen.

»Sie schreiben doch für die Kölnische Zeitung. Gut so, und achten Sie mir darauf, dass die Redaktion jetzt durchhält. In den letzten Jahren stand DuMont auf unserer Seite. Auch die Ernennung von Herrn Brüggemann zum Chefredakteur war eine gute Entscheidung. Aber man weiß nie. Die Preußen werden DuMont jetzt noch mehr zusetzen als schon in der Vergangenheit. Hoffentlich bleibt er stark. Sonst müssen wir es mit einer Wiederbelebung der Rheinischen Zeitung versuchen, die sie uns dichtgemacht haben.«

Sie wandte sich ab zu jemandem, der sie gerufen hatte. Werner wechselte noch einige Worte mit Clara, deutete den Besuch bei Lengfeld an, ohne genauer auf dessen Einschätzung von Herrn Ringelhardt einzugehen. Dann verabschiedete er sich und bemerkte verwundert, dass Herr Ringelhardt bereits gegangen war.

Auf den Straßen herrschte überall Aufregung. Menschen standen zusammen und diskutierten. Aus einer Kneipe hörte Werner die »Marseillaise«. Er trat hinein, trank ein Glas Punsch, der hier in Strömen floss, und genoss die heitere Atmosphäre, ehe er endgültig nach Hause ging. Aber seine Stimmung war getrübt. Er ärgerte sich, dass er nicht doch bei Herrn Ringelhardt alles auf eine Karte gesetzt hatte. Er hätte fragen müssen, ob er nicht inzwischen Namen nennen könne von Personen, die für Anschläge infrage kämen. Bei der ersten Begegnung hatte er doch versprochen, seinen Freund zu fragen. Schon beim überraschenden Zusammentreffen im Café Royal, wo der fremde Begleiter vielleicht sogar dieser Freund gewesen war, hatte er sich nicht zu fragen getraut. Dann eben beim nächsten Mal, sagte er sich, und zwar möglichst bald. Dieser Ringelhardt wusste auf jeden Fall mehr, als er vorgab. Er würde ihn zum Mörder führen. Als er bereits im Bett lag, kam ihm im Dahindämmern plötzlich ein anderer Gedanke: Und wenn Ringelhardt selbst dahinter steckte?

DREIZEHNTES KAPITEL *In dem Werner einen seiner Verfolger kennen lernt und von diesem etwas über eine Gruppe von Arbeitern erfährt, die sich gegen den preußischen Staat und besonders sein Militär auflehnen*

Werner erwachte am Samstagmorgen mit Kopfschmerzen und dachte schon, die Krankheit sei zurückgekehrt. Aber es war wohl doch nur der Punsch gewesen, der ihm zu schaffen machte. Von der Straße her hörte er keinen besonderen Lärm, die Lage hatte sich also beruhigt. Werner holte das Frühstück und stürzte sich auf die Zeitung, in der keine neuen Meldungen aus Paris standen. Dafür war die Fahrordnung der Rheinischen und der Köln-Mindener Eisenbahn für den Winter in großen Lettern abgedruckt.

Ansonsten vertiefte er sich ausnahmsweise in das Protokoll der Sitzung des Vereinigten Ständischen Ausschusses, der gerade über Verbrechen wider das Leben und die Gesundheit beraten hatte. Im Überblick war er am Stichwort »Mord und Totschlag« hängen geblieben, was für einen Moment alle Erinnerungen aufriss. Die Todesstrafe sollte beibehalten, aber auf wenige Einzelfälle reduziert werden. Körperliche Züchtigung und Vermögenskonfiszierung im Anschluss an die Verurteilung sollte es nicht mehr geben. Ein Abgeordneter stellte die Frage, ob man in den Maßnahmen insgesamt wirklich einen Triumph der Humanität sehen könne, und wollte bei der Freiheitsstrafe berücksichtigt wissen, dass sie nur den treffe, dem die Freiheit etwas nütze. Sofort kehrte der Gedanke an das Schicksal seines Vaters wieder, und bestürzt las er weiter, auch die Leidenschaft als Motiv sei nicht genügend berücksichtigt, die Natur verlange gelegentlich ihre Rechte. Schließlich sollte sogar das Temperament angemessen gewürdigt werden, um dem hehren Ziel der Gerechtigkeit und damit der Verwirklichung wahrer Humanität näher zu kommen. Insgesamt ging es dem Abgeordneten um mildere Strafen, unter anderem um die Reduzierung der Höchststrafe von zwanzig auf zehn Jahre. Werner beruhigte sich erst, als er las, dass diese Vorschläge als absurd abgelehnt wurden.

Dann musste der Tag geplant werden. Werner beschloss, zur Redaktion zu gehen, und machte sich auf. In der Breite Straße fand er das Pressehaus jedoch so umlagert, dass fast kein Hineinkommen möglich schien. Man wartete auf neue Nachrichten, wollte noch vor einem neuen Extrablatt informiert sein. Werner mischte sich unter die Scharen, blieb dort stehen, wo er Gespräche mithören konnte. Im Gedränge nahm er zunächst nicht wahr, dass jemand nicht von seiner Seite wich. Erst plötzlich wurde ihm bewusst, dass er seit dem Ausgehen das Gefühl hatte, verfolgt zu werden. Er starrte einen Burschen in schlichter Arbeiterkleidung an, der offenbar schon die ganze Zeit neben ihm gestanden hatte. Der hielt den Blickkontakt ebenfalls aufrecht, wobei der kalte Gesichtsausdruck allmählich in ein leichtes Grinsen überging. Werner überlegte einen Moment, ob er sich mit Gewalt den Weg frei machen sollte – die Tür zum Redaktionsgebäude war nur wenige Schritte entfernt. Da sprach der Fremde ihn an: »Keine Angst, ich will mit dir nur reden. Ich denke, ich habe genug gewartet. Folge mir – bitte!«

Werner zögerte. Um ihn herum nahm das Gedränge eher zu, hier hatte er nichts zu befürchten. Aber folgen? Sollte er nach Unterstützung rufen, die nächsten Umstehenden bitten, ihm zu helfen? Da sah er, dass der Fremde sich aus dem Knäuel zu lösen begann, dass er sich entfernte, ohne sich umzublicken. In rasender Schnelle ging Werner die Alternativen durch, fragte sich, was Lengfeld ihm raten würde, was Clara. Dann musste er an Herrn Ringelhardt denken. Gestern Abend hatte er zu spät reagiert, regelrecht gekniffen. Er hatte sich darüber maßlos geärgert. Dies sollte sich nicht wiederholen. Werner folgte dem Fremden.

Es fiel ihm schwer, ihn einzuholen, aber er schaffte es. Der Fremde ging weiter Richtung Hohe Straße. »Sprich mich nicht an«, sagte er lediglich, und Werner folgte ihm in ein paar Schritten Abstand. Der Waidmarkt war passiert, die Severinstraße, die Ecke zum Weißgerbergraben. Endlich meldete sich der Fremde noch einmal: »Geh jetzt an mir vorbei und verschwinde im Haus Nr. 46, die Tür ist angelehnt.«

Er blieb stehen und entschwand aus Werners Blickfeld. Wieder musste Werner binnen Sekunden entscheiden. Er ging weiter. Das Haus Nr. 46 lag etwa dreißig Schritte vor ihm. Nur wenige Passanten kamen ihm entgegen, aber eine Frau näherte sich aus der Gegenrichtung, würde ihn bei Nr. 46 treffen, wenn er sich beeilte. Werner beeilte sich, begrüßte die verdutzte Frau genau nach dem Vorbild des Berliner Gauners, umrundete sie dabei, sodass er die Straße zurückblicken konnte, nahm eine andere Gestalt wahr, die ihm zu folgen schien, jedenfalls abrupt stehen blieb – und war im fast dunklen Hausflur verschwunden.

»Einen Moment«, hörte er eine männliche Stimme, »ich schließe erst die Tür.«

Werner vernahm das Knacken des Schlosses, merkte am Geräusch, dass eine Gestalt an ihm vorbeihuschte, und konnte plötzlich sehen, weil sich die gegenüberliegende Hoftür öffnete.

»Na, es hat doch geklappt«, sagte die fremde Gestalt, »es wurde auch Zeit. Komm mit.«

Werner war zu keiner Antwort fähig, sondern folgte dem jungen Burschen über einen Hinterhof, gelangte in ein anderes Haus, wurde in ein Zimmer geführt und sah plötzlich den Burschen vor sich, der ihn hierher gebracht hatte. Er war gerade dabei, einen überwurfartigen Mantel abzulegen, unter dem eine wollene Jacke sichtbar wurde. Die Beine steckten in weiten, ebenfalls wollenen Hosen. Nachdem er für einen Moment die kalten Hände über den Ofen gehalten hatte, forderte er Werner auf, dasselbe zu tun. Werner tat die wohlige Wärme gut. Er sah sich um und bemerkte zu seiner Verwunderung nur kahle Wände, ohne jedes Mobiliar.

»Leider ziemlich ungemütlich hier«, sagte der Fremde. »Ich bin Franz, du bist Werner, nicht wahr?«

Werner nickte. War es eine Falle? Sollte er protestieren?

»Ich würde lieber wissen, was hier gespielt wird«, sagte er in einer Sachlichkeit, die ihn selbst wunderte. »Woher kennst du überhaupt meinen Namen? Und wer war eben sonst noch hinter mir her?«

Franz nahm wieder diesen leicht grinsenden Gesichtsausdruck an, der eine unangenehme Überlegenheit ausdrückte, gab aber keine Antwort auf die Frage. Stattdessen erzählte er, dass er schon länger hinter ihm her sei, ihn jedoch zuerst nur beobachtet habe – zum Beispiel im Café Royal. Dabei musterte Werner sein Gegenüber nach Art der Steckbriefe in der Kölnischen Zeitung: glattes Gesicht, tiefschwarze lange Haare, leicht wellig, dunkle Augen, vermutlich braun, kölnischer Akzent, gehobene Ausdrucksfähigkeit, aber eindeutig Arbeiterkleidung – vielleicht einer der Arbeiter, die Gottschalk anhingen?

»Du bist leicht zu erkennen an deinem Gang und auch leicht auszurechnen«, sagte Franz gerade, »ich habe dich heute Morgen in der Breite Straße erwartet. Der andere ist wesentlich begriffsstutziger, er hat dich wohl nicht aus den Augen gelassen. Armer Kerl, aber so ist das mit Polizeispitzeln.«

»Polizeispitzel?«

»Was denkst du denn, wo wir leben? Hier ist Preußen. Und wo Preußen ist, gibt es Spitzel. Das ist das Staatsprinzip: alles wissen, nichts erlauben. Wusstest du das nicht?«

»Und was ist an mir zu bespitzeln?«

Franz lachte laut auf. »Wenn sie könnten, würden sie jeden bespitzeln. Aber Interesse an der Telegraphie genügt auf jeden Fall, vor allem wenn es in der Zeitung steht und der Interessierte bei den Annekes verkehrt. Allerdings gibt es auch immer noch eine zweite Möglichkeit.«

»Und die wäre?

»Verpfeifen.«

Werner zuckte zusammen, als Franz bereits fortfuhr: »Darauf können wir später noch eingehen. Wollen wir nicht zunächst über das sprechen, was *mich* zu dir führt?«

Werner nickte einigermaßen hilflos und beschloss, schlicht alles über sich ergehen zu lassen. Und so hörte er, dass Franz ein Gymnasium besucht hatte, dass er studieren wollte, aber dass das Geld nicht reichte, dass er eine Zimmermannslehre angefangen habe in einem Betrieb, der plötzlich immer weniger zahlen wollte. Damals habe er sich einer Gruppe von Arbeitern angeschlossen, denen es ähnlich wie ihm ergangen sei und die nun vereint um ihre Rechte kämpfen wollten. Es habe Kontakt zu Dr. Gottschalk gegeben, aber dann sei ein Ereignis eingetreten, das sie auf einen radikaleren Weg gebracht habe.

»Bei uns hat alles vor zwei Jahren auf der Martinskirmes begonnen – du weißt: auf der Kirmes bei Groß Sankt Martin am 4. August. Damals sahen die Preußen das Versammlungsverbot verletzt – eine Absurdität angesichts eines Volksfestes – und kamen mit einer ganzen Schwadron Dragoner aus der Deutzer Kaserne über die Rheinbrücke, um sofort auf die Menge zu schießen. Als sich das Fest in Panik auflöste, begaben sich einige besonders fanatische Dragoner anschließend noch auf die Jagd nach Einzelpersonen, auf unbeteiligte und völlig wehrlose Bürger, die sie im günstigsten Fall zusammenschlugen, im ungünstigen mit ihren Säbeln niedermetzelten. Es haben sich unbeschreibliche Szenen abgespielt, flehentliche Bitten der Verfolgten, denen keinerlei Pardon gewährt wurde. Unter diesen waren auch zwei Kameraden von uns, ein Fassbinder- und ein Dachdeckergeselle, von denen der erste auf der Stelle seinen Verletzungen erlag, während der andere halb tot von uns geborgen wurde und heute noch nicht wieder auf den Beinen ist.«

»Und da wolltet ihr euch rächen«, fiel Werner ein und merkte zu spät, dass er sein Gegenüber offenbar falsch eingeschätzt hatte. Der blickte Werner jedoch nur für einen Moment tief in die Augen und fuhr dann auf eine Weise fort, dass dieser vorerst nicht mehr zu unterbrechen wagte.

»Wir sind zur Meinung gelangt, dass man in diesem preußischen Staat nicht weiterkommt, wenn man das dauernde Unrecht protokolliert, die Missstände aufzeigt oder flammende Flugblätter verteilt – das haben wir alles versucht. Nach der Martinskirmes haben wir über hundert Zeugen gefunden, die ihre Beobachtungen über die Ausschreitungen des Militärs zu Protokoll gegeben haben. Wir haben den Dragoner mit Namen ausfindig gemacht, der für den Mord an dem Fassbindergesellen verantwortlich war. Wir konnten zuletzt genau sagen, wie er sein Opfer mit dem Säbel umgebracht hat. Wir haben alles an Raveaux weitergegeben, der damit vor sämtliche Autoritäten gezogen ist. Der Erfolg war gleich null. Kein Dragoner ist bestraft, soweit wir wissen, nicht einmal angeklagt worden. Die Regierung deckt jedes Unrecht, heuchelt allenfalls Bedauern, verdreht jedoch alle Fakten. Es hieß sogar, die Opfer hätten das Militär provoziert. Da haben wir uns entschlossen zu handeln. Wir haben dem Dragoner, der den Fassbindergesellen auf dem Gewissen hat, aufgelauert und ihn bestraft – er lebt nicht mehr. Auf diese Weise sollte ein Zeichen gesetzt werden. Aber es kam ganz anders. Als dem Kommandanten klar wurde, wer da von seinen Dragonern erwischt worden war, hat er jede Untersuchung unterbunden. Wir wollen aber Zeichen setzen. Wir wollen zeigen, dass es Leute gibt, die sich Unrecht nicht gefallen lassen. Und wir wollen, dass die Bürger das merken.«

»Und da dachtet ihr an den Telegraphen«, warf Werner ein, der nun verstanden zu haben glaubte.

»Ja, unter anderem. Das ganze System der Unterdrückung beruht letztlich auf Informationen. Wer Herr über die Informationen ist, kann immer rechtzeitig reagieren. Nach dem 4. August hat es einiges Durcheinander gegeben, was Informationen betrifft. Die Regierung war teilweise nicht mehr im Bilde, wer wo wie entschieden hatte. Fast hätte Raveaux etwas erreicht. Aber dann haben sie sich gefangen. Plötzlich wusste jeder, was zu tun war, die Informationen flossen wieder, die Nervosität verflog. Wir denken, wir können die Nervosität wieder zurückbringen, wenn wir den Informationsfluss treffen, am besten, wenn wir ihn kontrollieren. Was mag nach dem 4. August über den Telegraphen gegangen sein? Eben! Wir wissen es nicht. Aber wir wissen, wie wir an dieses Wissen kommen können.«

»Ihr wollt ans Codebuch.«

»Richtig, wir wollen den Code knacken. Wir glaubten erst, es handle sich um einen Buchstabencode. Dafür hätten wir Leute gehabt, die damit zurechtkommen. Aber es ist eben kein Buchstabencode – die Herren wissen offenbar genau, worauf es ankommt. Es gibt Zeichen für Wörter und ganze Sätze. Das lässt sich nicht knacken. Als wir deine Annonce in der Kölnischen Zeitung lasen, dachten wir, dass uns da jemand helfen könnte …«

»Indem ihr etwa einen telegraphischen Befehl, die Ordnung mit Gewalt wiederherzustellen, veröffentlicht.«

»Jetzt gefällst du mir, genau darum geht es.«

»Aber ich kenne den Code nicht.«

Franz reagierte durchaus nicht irritiert. »Das dachten wir uns, aber wer sich für Telegraphie interessiert, könnte jemanden kennen, der den Code kennt, du verstehst?«

Werner musste an Herrn Lindenborn denken, aber auch an seinen Vater. Sollte er fragen, ob man es schon einmal mit Gewalt versucht hatte? Er entschied sich anders, wollte Zeit gewinnen, um sich alles in Ruhe zu überlegen.

»Ich kenne in der Tat jemanden, aber ihr stellt euch das zu einfach vor. Die Telegraphisten besitzen den Code, aber er ist verschlossen, darf nicht abgeschrieben werden. Sie geben codierte Nachrichten weiter, am Ziel werden sie erst decodiert, zum Beispiel im Expeditionsbüro bei Sankt Pantaleon. Dieses Büro wird militärisch bewacht.«

»Das wissen wir. Wir dachten auch nicht an Sankt Pantaleon, sondern an Niederzündorf – oder Flittard.«

Das Wort durchzuckte Werner, der sich wunderte, dass Franz seine aufgerissenen Augen nicht bemerkte. Aber er behielt die Ruhe. »Ihr wollt doch keine Unschuldigen überfallen?«, fragte er und fasste Franz ganz genau ins Auge.

Der zeigte keine Regung, als er antwortete: »Wenn das auch für die Preußen gelten würde!« Und als Werner nicht antwortete, fuhr er fort: »Es gibt andere Mittel. Vielleicht gibt es sogar Telegraphisten, die mit uns kooperieren. Unter den Offizieren der preußischen Armee gibt es welche, die auf keinen Fall nochmals auf unschuldige Zivilisten einschlagen lassen wollen.«

»Und wenn du mir Zeit gibst?«

»Wir haben nicht mehr viel Zeit.«

»Wie finde ich dich?«

»Ich spreche dich an.«

»Und der Polizeispitzel? Der ist doch jetzt erst richtig scharf, wo ich ihm entwischt bin. Glaubst du, dass er mitbekommen hat, was geschehen ist?«

»Das eben? Nein, das sind sie gewöhnt. Er denkt wahrscheinlich, du hast ihn irgendwie bemerkt. Das ist nichts Besonderes, er wundert sich vermutlich mehr darüber, wie lange du gebraucht hast.«

Die Unterhaltung war beendet. Franz brachte Werner zur Tür, ging vor ihm auf die Straße und schaute sich um. Als er niemanden sah, verabschiedete er sich mit dem Hinweis darauf, dass Werner für heute wohl ohne Spitzel durch die Stadt laufen könne.

»Ich würde allerdings nicht ins Café Royal gehen, jedenfalls nicht am Abend. Wahrscheinlich wartet er dort auf dich. Du bist nicht besonders schwer zu entdecken.«

Franz lachte und war im Haus verschwunden. Werner ging den langen Weg zurück, suchte dabei auch noch nach Umwegen und geriet erst nach und nach wieder in Richtung seiner Wohnung Unter Goldschmied. In seinem Schädel hämmerte es. Irgendwie hatte er das Gefühl, es richtig angestellt zu haben. Er musste diese Leute näher kennen lernen. Sie waren zu Gewalt bereit, hatten Gewalt angewendet. Aber Gewalt gegen einen Schuldigen? Franz machte nicht den Eindruck, sich an einem Unschuldigen vergreifen zu wollen. Und wenn Gewalt nicht geplant war, die Situation jedoch eskalierte? Oder die anderen, ob sie eher zu Gewalt bereit waren? Er musste sie auf jeden Fall kennen lernen, ohne seine eigene Identität preiszugeben, ohne die Beziehung zu seinem Vater herzustellen. Seinen Namen kannten die anderen vermutlich nicht, auch nicht von seiner Hauswirtin, die in diesen Dingen den Mund halten konnte. Und vom Mord an seinem Vater hatte sie erst recht keine Ahnung.

Dann fragte er sich, wen er einweihen oder um Rat fragen sollte. Lengfeld auf jeden Fall, das war verabredet, aber nicht heute, wo jener anderes im Kopf hatte. Und Clara? Bei Clara hätte es nicht den geringsten Sinn, sie würde jeden weiteren Kontakt für viel zu gefährlich halten. Trotzdem fühlte er sich gerade zu ihr hingezogen. Er würde auf jeden Fall an ihrem Haus vorbeikommen. Dann konnte er sie auch besuchen.

Werner rang mit sich, merkte selbst, wie gemischt die Gefühle waren, wie sehr er mittlerweile an dieser Frau hing, ihre Nähe auch ohne bestimmten Grund suchte. Als er vor der Tür stand, war alles längst entschieden. Er lauschte. Kein Klavierspiel – wie schade! Ob sie trotzdem da war? Werner besann sich, als ihn von hinten jemand anstieß:

»Nun klopf doch schon!«

Es war Paul, der wie jeden Samstag gerade aus Bonn ankam und sogleich auf ihn eindrang. »Was sagst du jetzt, du alter Bücherwurm? Die Franzosen machen es uns vor, und wir machen es nach. Das wird einen Tanz geben. Komm herauf, Clara wird auch da sein oder gleich kommen. Das Dienstmädchen macht uns Tee, jedenfalls solange die Revolution noch nicht alles auf den Kopf gestellt hat.«

Werner ließ sich nicht weiter bitten. Aber er erzählte nichts von seiner Begegnung. Clara kam und kam nicht. Als Paul merkte, dass nichts Rechtes mit dem Freund anzufangen war, schob er es auf die Krankheit, von der Werner erzählt hatte, und riet ihm, sich lieber noch etwas zu schonen, als auf der Straße herumzulaufen.

Es war früher Nachmittag, als Werner schließlich nach Hause ging. Er hatte sich nach allen Seiten umgesehen, aber keinen Verfolger mehr entdeckt. Der hat vielleicht auch anderes zu tun, dachte er, und trat in den Hausflur.

Er sagte das Abendbrot ab, legte sich aufs Bett und versank alsbald in tiefen Schlaf. Er bekam nicht mehr mit, dass Witwe Eichhoff mit einem fein gekleideten älteren Herrn stritt, der sich als sein Bekannter ausgab und ihn unbedingt besuchen wollte. Witwe Eichhoff raffte alle ihre Energie zusammen und wurde so deutlich, dass der Herr das Weite suchte.

VIERZEHNTES KAPITEL *In dem Clara die Kreisleriana von Schumann spielt und sich dann erneut die Ereignisse überstürzen*

Am Sonntagmorgen wurde Werner von einem Glockengeläut geweckt, das ihm so festlich vorkam wie schon lange nicht mehr. Die Kirche kämpfte zwar gegen die Preußen, seit die ihren Erzbischof verhaftet hatten, aber seit wann stand die Kirche auf der Seite der Revolution? Während sich Werner einlullen ließ von den Klängen, hin und wieder neu einsetzende Glocken und verstummende registrierte, sammelte er seine Gedanken. Franz wollte ihn treffen, also musste er sich irgendwann zeigen, zum Beispiel in der Breite Straße oder im Café Royal. Lengfeld musste er aufsuchen, was aber am Sonntag schlecht ging, weil die Buchhandlung geschlossen war und er die Familie nicht stören wollte. Dabei baute er auf neue Informationen gerade von Lengfeld, während er zu Franz lieber etwas Abstand gewinnen wollte. Sollte er in die Redaktion gehen?

Unkonzentriert überflog Werner beim Frühstück die Nachrichten. Nach dem Extrablatt war nicht mehr viel aus Paris berichtet worden. Hatte sich die Lage beruhigt und war alle Aufregung in Köln vergeblich gewesen? In der Redaktion würde man es jedenfalls zuerst wissen. Gestern war sie umlagert gewesen, aber jetzt am frühen Sonntagmorgen, wo brave Bürger zur Kirche gingen – er tat es schon lange nur noch sehr unregelmäßig –, wäre es sicher möglich. Werner kleidete sich ausgehfertig an. Die Stadt war ruhig, als er auf die Straße trat. Der Spitzel wird jetzt die Messe besuchen und frühestens nach dem Schlussgebet des Pfarrers, dem »Gehet hin in Frieden«, sich wieder ganz unfriedlich an seine Fersen heften. Aber dann würde er in der Redaktion verschwunden sein und seine Ruhe haben.

Dies erwies sich jedoch als Irrtum. Zwar glaubte er, nicht verfolgt worden zu sein, aber an Ruhe war trotzdem nicht zu denken – in der

Redaktion brodelte es. Es gab offenbar eine Konferenz, alle eilten in einen Saal. Als Herr Hampel ihn sah, winkte der nur ab und verschwand. Hier also gab es nichts zu tun. Minuten später stand Werner wieder auf der Straße, die sich jetzt merklich belebte, weil offenbar die Messe zu Ende war und die Besucher nach Hause strömten. Werner strebte der Sankt-Laurenz-Kirche zu, die zu seiner wie zu Claras Pfarrei gehörte, und bezog Posten. Schon bald verfluchte er dieses Warten, spürte seine Füße kälter und kälter werden und tröstete sich damit, dass es seinen Verfolgern noch viel schlimmer gegangen sein musste. Dann sah er Clara mit ihrer Mutter und einer kleinen Damengesellschaft auf sich zukommen. Clara scherte aus der Gruppe von Damen aus, die in ihrem Sonntagsstaat mit den riesigen, teilweise pelzbesetzten Kapuzenmänteln über den Krinolinenröcken die Straße regelrecht blockierten, und begrüßte ihn, während die Mutter mit einem bloßen Kopfnicken weiterging.

»Du siehst aus wie jemand, der mit seinem Latein am Ende ist«, begann Clara in scherzhaftem Ton. »Du brauchst etwas Ablenkung. Wir essen jetzt im Familienkreis zu Mittag, aber danach gibt es keine Pläne. Ich bin mit dem Üben so weit, dass ich jetzt einmal jemandem vorspielen möchte. Das wirst du sein. Punkt fünf?«

Werner sagte freudig zu. »Und du hast danach auch noch etwas Zeit zum Plaudern?«

»Natürlich.« Clara drehte sich um und eilte der Gruppe nach, die langsam weitergegangen war und schon nach Obenmarspforten einbog.

*

Das Klavierspiel war Balsam für die Seele. Werner liebte Musik, ob es sich nun um Glockenklänge handelte oder um Klavierspiel. Ohnehin ähnelte sich beides mit seinem Auf- und Abschwellen, mit seinen tiefen, samtenen Tönen und den hohen, spitzen. Freilich schälten sich beim Klavierspiel Melodien heraus, ließen sich wiedererkennen, während die Glocken viel mehr Phantasie verlangten, um Melodien herauszuhören, die sich im nächsten Augenblick auflösten, um nie mehr in der alten Form wiederzukehren. Bei den Polonaisen gab es immer einen Anfangsteil, dem ein neues Thema in der Mitte folgte, ehe zum Schluss der Anfang zurückkehrte, um in einem Furioso zu enden. Clara nannte bei jedem neuen Stück die Tonart, die Werner nichts sagte, die ihm sogar herzlich gleichgültig war.

Eine ganze Stunde musste auf diese Weise vergangen sein, während Werner von einem Stuhl am Teetisch aus Clara nicht nur zuhörte, sondern auch zusah. Er saß zwei, drei Schritte entfernt, ein wenig zurückversetzt, sodass er Clara gerade noch im Profil betrachten konnte, besonders wenn sie mit beiden Händen in die hohe Lage geriet und den Körper stark nach rechts drehen musste. Sie hatte ihren Sonntagsstaat abgelegt und durch ein schlichteres Faltenkleid mit bequemen Ärmeln in strahlendem Weiß ersetzt. Meist neigte sie sich nach vorn, hin und wieder richtete sie sich auch auf, beugte sich sogar weit zurück, wobei Werner sich wunderte, wie sie auf diese Weise noch Töne treffen konnte. Er bewunderte die Schönheit dieser Frau, von der er immer noch nicht begreifen konnte, dass sie kein Kind mehr war, obwohl das eng taillierte Kleid die weiblichen Formen überdeutlich hervortreten ließ. Dann ging der Blick zu den schwarzen Haaren, die wirklich bläulich glänzten, wenn aus irgendeinem günstigen Winkel plötzlich Licht darauf traf. Der Gesichtsausdruck wechselte ständig, feurige Blicke folgten melancholischen, und Werner wurde bald klar, wie die Körperhaltung die Musik jeweils geradezu mit ausdrückte. Schon an einem plötzlichen Ruck in der Körperspannung erkannte er die nächste Wendung und lächelte immer, wenn er es richtig erriet.

Als Clara die letzte Polonaise beendet hatte, beugte sie sich besonders weit nach vorn, legte die Hände in die tiefen Rockfalten ihres Kleides und verharrte einen Augenblick, als müsse die Spannung aus ihr herausfließen. Werner wagte kaum zu atmen. Dann richtete sie sich ganz vorsichtig auf, rückte den Stuhl zurück und stand auf, den Blick immer noch nach vorn, aufs Klavier, gerichtet.

»Du könntest ruhig klatschen«, sagte sie unvermittelt.

Werner klatschte, so laut er konnte.

»Ach, so war es nicht gemeint«, fuhr Clara fort, wobei sie Werner endlich ansah und zum Teetisch kam. »Eigentlich verdirbt das Klatschen nur die Stimmung. Ich weiß gar nicht, ob ich mich für eine Berufspianistin eigne, falls wir Frauen wirklich einmal einen solchen Beruf ausüben können. Am schönsten ist es, so zu spielen wie jetzt. Es macht schon etwas aus, ob jemand zuhört. Man stellt sich auf dieses Hören ein, will jemanden regelrecht von etwas überzeugen. Und das fällt bei einem einzigen Zuhörer einfacher als bei einem ganzen Saal. Bei dir ging es mir eben übrigens um die Schönheit der Kunst im Gegensatz zur Technik. Auch eine Eisenbahn hat ja etwas Schönes. Ich staune immer, wenn ich sie auf mich zukommen sehe, etwa von Bonn her am Bahnhof von Sankt Pantaleon, oder wenn sie aus Aachen vom Norden her mitten durch die Stadt fährt zum Bahnhof am Thürmchenswall. Dieses Schnaufen, diese ungeheure Kraft! Aber es ist bei ihr doch immer dasselbe. Chopin bietet dagegen eine ganze Welt von Klängen.«

»Und der revolutionäre Unterton?«

»Ach, Unsinn«, sagte Clara. »Als wenn die Kunst etwas mit Politik zu tun hätte. Ich habe es zeitweilig auch geglaubt. Wenn ich dann spiele, kommt es mir einfach blödsinnig vor. Ich weiß nicht, was Chopin wirklich will, es ist mir letztlich auch gleichgültig, es sind einfach himmlische Töne.«

Das Dienstmädchen brachte Tee, es trat eine kleine Pause im Gespräch ein, während Werner nach der Kanne griff und Clara einschenkte, die die ungewohnte Bedienung mit einem Lächeln quittierte, ehe sie fortfuhr:

»Weißt du, Mathilde würde sich zerreißen für mich, wenn ich den Versuch wagen und auftreten würde und irgendwelche Männer das zu verhindern suchten. Sie hat so etwas schon einmal getan, bei Luise Aston, die sich wie sie selbst von einem ekligen Ehemann hatte scheiden lassen. Als die Aston dann schriftstellerte, in Berlin Erfolg hatte, gab es Anfeindungen, die zu ihrer polizeilichen Ausweisung führten. Unglaubliche Gehässigkeiten waren vorausgegangen, ein Gnadengesuch beim König brachte keinen Erfolg. Da hat Mathilde eine Broschüre über das Schicksal der Aston verfasst mit dem Titel ›Das Weib im Konflikt mit den sozialen Verhältnissen‹. Darin werden alle Umstände aufgerollt, stehen die Männer als Kleingeister und Betrüger da. So etwas liegt ihr, ich bewundere sie auch dafür, denn du kannst dir denken, welcher Sturm der Entrüstung Mathilde selbst darauf traf. Aber es gibt für mich einen Wermutstropfen. Die Aston war eine politisch-kämpferische Frau, schreibt zwar Erzählungen, aber über Tagelöhner und Bettler. Für eine ästhetisch-kämpferische hätte die gute Mathilde wohl doch nicht das rechte Verständnis. Sie hört mir gelegentlich zu wie jetzt du, aber sie schätzt Chopin als flüchtigen Polen, der sich für sein Vaterland einsetzt, und nicht als jemanden, der das Klavierspiel mit Griffen revolutioniert hat, die über die Oktave hinausgehen, oder Septimenakkorde in Cis-Dur verwendet, weil man dann mit dem Daumen Cis und Dis gleichzeitig treffen kann.«

Werner hörte staunend zu.

»So hat jeder seine eigenen Probleme«, fuhr Clara fort. »Und du hast schließlich wieder andere. Was machen denn deine Aufklärungsversuche?«

Werner wusste nicht, ob er glücklich über die Wendung des Gesprächs sein sollte, obwohl er hergekommen war, um sich genau deswegen Trost zu holen.

»Ich glaube, es tut sich da etwas«, begann er. »Mindestens zwei verschiedene Gruppen von Leuten verfolgen mich, und auch Herr Ringelhardt aus eurem Kränzchen hat ein Interesse an mir, das ich mir im Augenblick am allerwenigsten erklären kann.«

Dann erzählte er Einzelheiten, während Clara geduldig zuhörte. Als Werner zu Herrn Ringelhardt kam und sagte, dass sich Lengfeld genauer erkundigen wollte, griff sie kurz ein.

»Da verrennt sich dein Freund, Mathilde hat einen guten Blick für ihre Besucher. Unterwandern lässt sie sich nicht, dann eher noch Fritz, ihr Mann.«

Als er die Begegnung mit Franz schilderte, ohne die Rache am Dragoner zu erwähnen, geriet sie dagegen in helle Aufregung.

»Du schilderst diesen Franz mit viel zu viel Sympathie. Warum bleiben sie nicht bei Dr. Gottschalk, sondern wollen diese Zeichen setzen? Nicht, dass sie am Ende ein Zeichen an dir setzen, wenn sie herausfinden, wer du wirklich bist! Und dann die Unterhaltung in einem leeren Haus. Ich wette, da wohnt auch sonst niemand. Im Falle des Falles könntest du ihn nicht einmal finden.«

Werner musste dies zugeben, versprach, die Augen offen zu halten. Dann stand er auf, weil er merkte, dass Clara den Abschied für gekommen hielt, und bedankte sich für alles: für das Klavierspiel, für das Gespräch, für den Tee.

»Wenn man den von einem Mann eingeschenkt bekommt …«, witzelte Clara, als Werner bereits in der Tür stand.

»Auch Männer lernen«, antwortete dieser und war im nächsten Augenblick im Treppenhaus verschwunden. Dort stieß er fast mit dem Dienstmädchen zusammen, das aufgeregt von der Haustür kam, wo gerade eine zweite Ausgabe der Kölnischen Zeitung abgegeben worden war. »Revolution!«, hatte der Bote nur gesagt, ehe er sich im Laufschritt fortmachte, und »Revolution!« wiederholte das Dienstmädchen in einer eigenartigen Mischung von Freude und Entsetzen.

»Wo?«, fragte Werner. Doch das Dienstmädchen antwortete nicht, sondern reichte ihm stattdessen die Zeitung, während Clara auf dem oberen Treppenabsatz gespannt wartete.

»In Paris«, rief Werner hinauf, »jetzt haben sie wirklich die Republik proklamiert.« Und nach einem Moment hektischen Überfliegens im schummrigen Licht des Treppenhauses fügte er hinzu: »Sie haben ihren König abgesetzt, ich muss in die Redaktion!«

Er reichte die Zeitung dem sprachlosen Dienstmädchen zurück, grüßte die Treppe hinauf und war im nächsten Augenblick auf der Straße.

*

Wenn schon am letzten Freitag nach dem Erscheinen des Extrablatts die Menschen in Scharen aus ihren Häusern gekommen waren, so schienen nun wirklich alle auf den Beinen. Binnen kurzem fühlte sich Werner wie von einem Strom fortgetragen und brauchte sich um die Richtung keine Gedanken zu machen: Es ging zu Stollwerck im Café Royal. Unterwegs schnappte Werner von überall her Einzelheiten auf. Das Kabinett in Paris war aufgelöst, der König hatte offenbar versucht, mit Zugeständnissen den Thron zu erhalten, was jedoch kläglich gescheitert war. Andererseits hörte er nichts von Gewalt. Zwar sollen Pflastersteine bereitgelegt worden sein, aber Barrikaden waren nicht errichtet worden, waren offenbar nicht nötig, weil nirgends Widerstand drohte. Als Werner eine Zeitung erwischte, las er die Proklamation der provisorischen Regierung:

»An das französische Volk! Eine retrograde und oligarchische Regierung ist soeben durch den Heldenmut des Volkes von Paris gestürzt. Diese Regierung ist geflohen, indem sie eine Blutspur hinter sich zurückließ, welche es ihr auf immer verbietet, wiederzukehren. Das Blut des Volkes ist geflossen, wie im Juli; aber dieses Mal wird dieses edle Blut nicht betrogen werden.«

Darauf folgten bereits die Namen der neuen Mitglieder der Regierung, worunter Werner nur den von Lamartine kannte. Immer wieder wurde die »Einheit der Nation« betont, der Wegfall jeglicher »Klassen«. Freiheit, Gleichheit, Brüderlichkeit, die Schlachtrufe der Revolution von 1789, bildeten den Rahmen. Unter den Wünschen des Volkes waren allgemeine Amnestie, Recht auf Versammlungsfreiheit, Redefreiheit, Wahlreformen genannt, dann weitere Reformen bis zum Schutz der Schwachen und der Abschaffung des Krieges.

Werner war immer langsamer vorangekommen, vor dem Café Royal bildete sich ein regelrechter Auflauf. Zwar konnte der Saal mehr als zweitausend Personen fassen, aber nur, wenn sämtliche Tische und Stühle entfernt wurden. Man war offensichtlich dabei, Derartiges zu bewerkstelligen, weil immer wieder neue Trupps Einlass fanden.

Da hörte man aus dem Inneren die »Marseillaise«. Auf der Straße fielen Hunderte von Kehlen ein, und ein donnernder Gesang erhob sich gegen den nächtlichen Himmel. Nur zaghaft gab es den Versuch, mit der preußischen Hymne »Heil dir im Siegerkranz« zu kontern. Die wenigen Sänger wurden ausgepfiffen. Der Kern aller Jubelrufe lautete immer wieder: Wir schließen uns an, Freiheit auch für uns Deutsche!

Ein Bürger fand für einige Minuten Aufmerksamkeit, um mit kräftiger Stimme seine Forderungen auszudrücken: Endlich sollte das Versprechen Friedrich Wilhelms III. eingelöst werden, eine Verfassung zu geben, eine parlamentarische Verfassung für eine konstitutionelle Monarchie. Die kurze Rede wurde bejubelt.

Dann gab es erneut einen Schub, in dem sich Werner fast erdrückt fühlte, aber er kam näher und näher an die Tür, erreichte sie endlich und stand im Saal. Tische und Stühle waren tatsächlich entfernt – bis auf einen, auf dem jemand gerade eine Rede hielt, die immer wieder von Beifallsstürmen unterbrochen wurde. Werner erkannte den Redner als Dr. Gottschalk, sah in seiner Nähe die wichtigsten Männer des Anneke-Kreises, Fritz Anneke selbst und Franz Raveaux, der als Nächster sprach. Werner konnte nur Wortfetzen verstehen, weil zu viel Unruhe vom Eingang her herrschte. Aber auch hier tosender Beifall, immer wieder die Worte »Freiheit«, »Nation«. Ein weiterer Redner setzte sich für eine Volksversammlung ein, die Wahlen vorbereiten solle. Er verstand das Wort »Petition« und hörte um sich Kritik, dass man es mit Petitionen statt mit Sturm wie in Paris versuchen wolle.

Volksversammlung? – es herrschte doch Versammlungsverbot. Wo war eigentlich die Polizei? Oder gar das Militär? Würde es wieder zu Ereignissen wie am 4. August kommen? Werner blickte sich um, aber schon das war im Gedränge fast unmöglich. Ein Eingreifen der Polizei war ganz ausgeschlossen. Dann kamen Werner die eigenen Pläne in den Sinn. Wer würde sich jetzt noch für Telegraphie interessieren? Ob Franz noch einmal auftauchte? Und Herr Ringelhardt? Was würde ein Herr Ringelhardt jetzt machen?

Rede folgte auf Rede, kein Einschreiten, von welcher Seite auch immer. Mitternacht musste erreicht sein. Da setzte wie ein Schlusschor noch einmal die »Marseillaise« ein. Die Kölner fühlten sich wie die französischen Revolutionäre und wollten dennoch nur einen preußischen König an die Spitze Deutschlands stellen. Dabei blickte auch noch ein bronzener Napoleon auf sie herab. Dass sich die Preußen das hatten gefallen lassen! Endlich löste sich die Versammlung langsam auf. Werner wurde hinausgespült, so wie er zuvor hineingespült worden war. Auf der Straße bildeten sich noch Gruppen, aber die große Menge zerstreute sich. Auch Werner ging nach Hause. Niemand folgte ihm.

FÜNFZEHNTES KAPITEL *In dem Lengfeld einen Vortrag über eine Gummimasse hält, die sich als neue Spur erweist, während eine alte Spur mehr und mehr in den Hintergrund tritt*

»Hast du schon einmal etwas von Guttapercha gehört?« Lengfeld lachte, als er Werners ratlose Miene sah. »Du reitest nicht, brauchst also keine Reitpeitsche, auch keine Wasserschläuche, soviel ich weiß.« Lengfeld lachte wieder und hatte dann ein Einsehen: »Na, nun setz dich erst, ich habe Neuigkeiten, sehr wichtige Neuigkeiten, und ich weiß nicht, wie ich sie dir beibringen soll. Ich kannte Guttapercha übrigens bis gestern auch nicht.« Und nach einem kurzen Augenblick, in dem er einen ernsten Gesichtsausdruck annahm: »Es könnte aber der Schlüssel zum Mord an deinem Vater sein.«

Werner wollte von seinem Stuhl aufspringen, auf den Lengfeld ihn gerade niedergedrückt hatte. Er war am Mittag in der Buchhandlung erschienen, um sich, wie verabredet, über Lengfelds Erkundigungen zu informieren. Mit viel hatte er gerechnet, aber nicht damit. »Sag das noch einmal«, stöhnte er, »ich kann es nicht glauben.«

»Nun fasse dich erst, ich bin mir nicht sicher, aber es ist eine Möglichkeit. Du musst etwas über Guttapercha wissen, aber auch über unsere Kölner Großunternehmer, über Camphausen und Mevissen zum Beispiel. Außerdem führt die Spur nach Berlin. Wo soll ich beginnen?«

Werner zog seine Taschenuhr hervor. Es war ein Uhr. »Zeit haben wir genug. Aber irgendwann will auch ich erzählen. Du wirst dich wundern, was geschehen ist. Wer soll denn wen zuerst schockieren?«

»Ich habe nun einmal angefangen, und ich glaube auch, dass du sehr bald erkennen wirst, dass meine Nachricht die wichtigere ist.«

Lengfeld ging wieder zu seinem Angestellten, besprach etwas mit ihm und kehrte dann zurück. »Ich fange also mit diesem Guttapercha an. Es handelt sich im Grunde um einen Ersatz für Kautschuk. Beides wird als eine Art Milchsaft von Bäumen gewonnen, indem man ihre Rinde einschneidet. Kautschuk kommt seit hundert Jahren aus Südamerika, Guttapercha seit genau 1842 aus Singapur, Borneo und so fort.«

»Wo liegt das denn?«, fragte Werner.

»Weiß ich auch nicht genau. Bei uns hat man diese Gummimasse jedenfalls für alles verwendet, was biegsam sein muss: daher die Reitpeitschen und Wasserschläuche. Keine Angst, du wirst bald merken, worauf es hinausläuft. In Berlin sitzt ein Mann namens Werner Siemens, den Namen hast du bestimmt schon gehört« – Werner nickte. »Dieser Werner Siemens war einst preußischer Soldat, ist es nebenbei sogar heute noch, hat dann mit Erlaubnis seiner Vorgesetzten in Berlin zusammen mit einem Mann namens Halske die Telegraphenbauanstalt Siemens und Halske gegründet, die sich auf die Weiterentwicklung des Telegraphen und natürlich alles, was mit Elektrizität zu tun hat, konzentriert. Bislang benutzte man für die Leitung des Stroms Drähte, die an schönen hohen Masten die Landschaft verzieren und des Nachts von jedem, der mit einer Schere unterwegs ist, unterbrochen werden können. Merkst du, worauf es hinausläuft?«

Lengfeld ließ Werner trotz seiner Frage keine Zeit zu antworten und fuhr fort: »Dieser Siemens hat nun entdeckt, dass man Drähte auch in der Erde vergraben kann, wo man sie erstens nicht sieht und zweitens mit der Schere nicht ohne weiteres herankommt. Nur kann man den Strom nicht durch blanke Drähte schicken, weil er dann im Boden versickert wie Wasser, das man durch ein löchriges Rohr fließen lassen wollte – der Vergleich ist wohl nicht ganz passend, aber das ist auch egal. Jedenfalls hat Siemens Drähte mit Guttapercha ummantelt, und siehe da: Der Strom fließt nicht mehr ab, sondern bleibt im Gummischlauch – so schlecht war der Vergleich also doch nicht. So etwas lassen sich gescheite Leute patentieren und machen anschließend glänzende Geschäfte. In diesem Fall hat Siemens auf dem Weltmarkt auch noch alles Guttapercha aufgekauft, an das er kam, solange keiner merkte, wofür man es gebrauchen konnte. Die Engländer haben gelacht, aber sie werden sich noch wundern.«

Lengfeld sah das lange Gesicht von Werner, der endlich wissen wollte, worum genau es ging. »Gleich kommt es, einen Augenblick noch Geduld. Siemens ist also ein gescheiter Mann. Er hat gemerkt, dass Drähte in der Erde besser sind als Drähte in der Luft, und er hat das Problem technisch gelöst. Nun kommt der zweite Akt des Schauspiels. Man musste der preußischen Regierung ein Angebot machen, die optische Telegraphenlinie auf Elektrizität umzustellen, und zwar auf die sehr teure Leitung in der Erde. Beim Direktor der Telegraphenlinie, einem Herrn von Etzel, war das im Handumdrehen geschafft. Der war restlos begeistert. Aber der muss das Ganze auch nicht bezahlen. Es ging also darum, Geldsäcke zu öffnen, und da braucht man andere Argumente als die gute Isolierfähigkeit von Guttapercha. Was man brauchte, war Angst – Angst vor Anschlägen auf Leitungen in der Luft.«

Mit einem Schlag war Werner hellwach. »Du meinst –«

Lengfeld unterbrach ihn mit einer Handbewegung. »Warte noch einen Augenblick. Die Verhandlungen liefen in Berlin im letzten Sommer. Im Herbst kamen sie ins Stocken. Dann wurde fast über Nacht die Telegraphenfirma gegründet, am 1. Oktober.«

»Und genau dazwischen wurde mein Vater ermordet«, rief Werner so laut, dass der Mitarbeiter von Lengfeld sich umdrehte.

Lengfeld beschwichtigte ihn. »Lieber Werner, es kommt noch schlimmer, viel schlimmer. Du musst nur versprechen, jetzt ganz ruhig zu bleiben.«

»So rede doch«, gab Werner halblaut von sich.

»In diesen Verhandlungen spielte ein Mann eine Rolle, den du kennst. Ich glaube sogar, du hältst ihn für deinen Freund.«

»Herr Ringelhardt!«, rief Werner aus, dessen Kopf raste.

»Eben, Herr Ringelhardt. Es gibt in Köln einige Leute, die über Nacht reich geworden sind und jetzt in der Politik eine große Rolle spielen. Im Kölner Stadtrat sitzen nicht nur die Demokraten, die du kennst – d'Ester und Raveaux –, im Stadtrat sitzen Großbürger mit gewissen liberalen Ansichten, die aber in allen entscheidenden Punkten konservativ geblieben sind, sich zum Beispiel etwas anderes als ein Wahlrecht nach Klassen gar nicht vorstellen können, um nur das Wichtigste zu nennen.«

»Du meinst Ludolf Camphausen …«

»Zum Beispiel. Dessen Vater hatte noch ein Tabakgeschäft, na, seien wir ehrlich: eine Tabak- und Ölhandelsgesellschaft. Die Söhne, und dieser Ludolf an erster Stelle, gründeten dann das bedeutende Handelshaus, zu dem noch der Getreidehandel hinzukam und schließlich das Wichtigste, die Bank. Camphausens Aufstieg war damit kein Kunststück mehr. Er wurde Präsident der Handelskammer, setzte sich in dieser Funktion besonders für Eisenbahnen und Dampfschiffe ein und wurde so ganz von allein Mitglied des Rheinischen Provinziallandtags. Im Augenblick sitzt er in Berlin im Vereinigten Landtag, der wenigstens formal das Kabinett des Königs berät. Du kannst von ihm fast täglich in der Zeitung lesen, wo ja die Debatten abgedruckt werden. Nehmen wir noch Gustav von Mevissen, ebenfalls Abgeordneter des Vereinigten Landtags. Er stammt vom Niederrhein, ist hier nach Köln Anfang der vierziger Jahre gekommen. Wovon lebt er? Er hat in Köln Großunternehmen in der Textil- und Versicherungsbranche gegründet, betätigt sich im Bergbau und ist nebenbei Präsident der Rheinischen Eisenbahngesellschaft.«

Lengfeld sah wieder die ungeduldige Miene von Werner. »Warum erzähle ich dir das? Ganz einfach, weil wir wieder zu Herrn Ringelhardt kommen. Herr Ringelhardt ist ein guter Freund sowohl von Camphausen wie von Mevissen. Und weißt du, was ich glaube? Dein Herr Ringelhardt steht vor dem Aufstieg. Er soll die elektrische Telegraphie in Deutschland auf die Bahn bringen, möglichst Direktor einer Aktiengesellschaft werden, die den Bau zuerst finanziert und dann die Kunden schröpfen darf. Ich bin gespannt, ob die Preußen sich dies gefallen lassen, bei den Eisenbahnen tut es ihnen sicher schon Leid.«

»Und du glaubst, all das ist im Augenblick ganz unbemerkt im Gange, sodass ein Mord nicht auffällt, außer denen, die Angst bekommen sollen. Ein teuflischer Plan. Dieser verfluchte Hund! Woher weißt du das eigentlich alles?«

»Ich sagte dir doch, ich habe unter meinen Kunden Leute, die sich in der großen Gesellschaft auskennen. Ich habe auf den Busch geklopft, und prompt tönte es heraus.«

»Und was machen wir jetzt?«

»Zuerst abwarten! Jetzt bist du an der Reihe. Und zwar nicht mit Racheplänen, sondern mit Ermittlungen, mit sehr vorsichtigen Ermittlungen. Wir müssen herausfinden, ob alles passt. Ich muss ehrlich sagen: Es passt verteufelt gut, fast zu gut, um wahr zu sein. Aber im Augenblick wissen wir nur, dass dieser Herr Ringelhardt mit elektrischer Telegraphie ins Geschäft kommen will und dass dabei die Angst vor Anschlägen eine Rolle spielt. Also das steht wirklich fest. Ob der Anschlag auf deinen Vater –«

»Ist mir klar, völlig klar«, fiel ihm Werner ins Wort. »Aber du kannst nicht wissen, dass das, was du mir jetzt erzählt hast, genau zu dem passt, was ich dir erzählen wollte. Hast du wirklich noch Zeit für mich?«

In der Buchhandlung befanden sich mittlerweile mehrere Personen, die das Angebot betrachteten und hin und wieder dem Angestellten Fragen stellten. Lengfeld wurde nicht verlangt, sodass er abwinkte.

»Keine Sorge, wir können ja unterbrechen, wenn ein wichtiger Kunde kommt.«

Dann begann Werner zu erzählen: die Geschichte seiner doppelten Verfolgung, vor allem die Begegnung mit Franz, den Werner in immer rosigeren Farben darstellte – als einen edlen Revolutionär, der Gewalt höchstens als Gegengewalt anwende, einen Mord räche, wo der Staat alles tue, den Mord zuzudecken.

»Für den Mord an meinem Vater kommt er nicht infrage, da bin ich mir sicher. Es fehlt einfach alles, was dazu nötig wäre: die vorausgegangene Gewalt vor allem, überhaupt ein Täter, ein Verbrecher. Franz und seine Truppe haben Rache genommen an jemandem, der einen Unschuldigen ermordet hat. Sie würden niemals selbst Unschuldige umbringen. Und jetzt ist der Verdacht ja auch noch weiter in die Ferne gerückt als ohnehin schon. Jetzt erklärt sich alles ganz anders.«

Lengfeld hatte schon während Werners Erzählung gelegentlich bedenklich den Kopf geschüttelt.

»Ganz so einfach ist es nicht. Du bist – entschuldige! – etwas naiv. Ich bin mir nicht sicher, ob man dich nicht doch an der Nase herumführt. Aber das lässt sich überprüfen, leichter jedenfalls als die wahre Gesinnung von Herrn Ringelhardt, der mir mehr als durchtrieben zu sein scheint. Bei den Annekes verkehren und über eine Aktiengesellschaft verhandeln! Dass das niemandem auffällt! Wir brauchen natürlich mehr Informationen, viel mehr, als wir haben – und ich weiß noch nicht, wie ich daran kommen soll. Unterdessen kannst du dir in aller Ruhe deinen Franz näher anschauen. Hoffentlich meldet er sich nur bald. Bei den jetzigen Verhältnissen könnte bei uns bald alles drunter und drüber gehen. Dann ist dein Franz mit seinen Leuten vielleicht in Berlin und baut Barrikaden.«

»Und was wäre, wenn ich ihn suche? Ich kenne doch diese Wohnung, dahin könnte er doch zurückkehren, auch wenn das kein richtig eingerichtetes Heim war.«

Lengfeld nickte. »Tu das, aber sei vorsichtig, klammere dich nicht ganz und gar an Herrn Ringelhardt. Herr Ringelhardt ist *eine* Möglichkeit, die vielleicht wahrscheinlichere, aber Franz beziehungsweise seine Truppe bleibt eine zweite. Und gut möglich, dass wir nicht zu Ende sind.«

Werner verabschiedete sich von Lengfeld, der ihn bis auf die Straße begleitete, wo Werner sich bald in der Menge verlor. Sein Ziel war der Weißgerbergraben.

*

Als Werner in aller Ruhe vor dem Haus Nr. 46 stand, wurde ihm schlagartig klar, wieso Franz ihn dorthin gebracht hatte. Das Haus war unbewohnt, im Grunde eine Ruine. Auch die Nachbarhäuser machten einen verwahrlosten Eindruck. Wahrscheinlich hatte jemand den Verfall abgewartet, um niedrigere Preise zu erzielen – in Köln war der Immobilienmarkt zuerst schwindelerregend angezogen, um dann ebenso schwindelerregend zusammenzubrechen. Viele waren zu großen Vermögen gekommen, jeder kannte den Ausdruck »Quadratfüße« für erfolgreiche Immobilienspekulanten. Aber noch mehr waren am Ende ruiniert oder hatten zumindest ihren Einsatz verloren. Die Besitzer der Wohnblöcke um das neue Appellationsgericht, wo die Juristen einzogen, zählten zu den Gewinnern, hier im Weißgerbergraben hatten wohl die Verlierer investiert.

Werner drückte gegen die Haustür, die unverschlossen war und nachgab. Er konnte sofort ausreichend sehen, weil die Hoftür offen stand und genügend Licht einließ. Sein Ziel war das gegenüberliegende Hinterhaus, wo er mit Franz gesprochen hatte. Er besann sich aber und ging die Treppe hoch ins nächste Stockwerk. Die Türen zu den Wohnungen waren unverschlossen, Gerümpel war liegen geblieben, nirgends zeigten sich Spuren von Leben. Werner ging zum Flur zurück, überlegte, ob er noch höher hinaufsteigen sollte, verwarf den Gedanken aber beim Anblick der Treppe: Sie war von Müll fast verstopft.

Er wandte sich nicht ohne Schaudern ab, stieg wieder hinunter und ging über den Hof ins Hinterhaus. Er fand sofort die Wohnung, in der das Gespräch mit Franz stattgefunden hatte. Sie war jedoch verschlossen, auch Rütteln an der Haustür half nicht. Er ging zurück, um von außen durchs Fenster zu sehen, und erkannte den leeren Raum, in dem sich als einziger Einrichtungsgegenstand der Ofen befand, neben ihm gespaltenes Holz in einiger Menge. Hier wohnte niemand mehr, aber hier trafen sich Menschen, die entweder in ihren eigenen Wohnungen keinen Platz hatten oder ungestört sein wollten. Die Haustür zum Hauptgebäude war damals hinter ihm verschlossen worden. Weshalb stand sie jetzt offen? Weil sie sich vermutlich bald treffen, schoss es Werner durch den Kopf. Und ich stehe hier und laufe ihnen in die Arme! Nein, nichts wie weg!

Werner ging so rasch wie möglich über den Hof, merkte, dass sich tatsächlich an der Haustür etwas regte, trat neben einen Schuppen und wartete ab, bis zwei junge Männer, Mitglieder des Bundes vermutlich, an ihm vorbeiliefen und im Hinterhaus verschwanden. Besser hätte er sich nicht versteckt. Was tun, wenn sie ihn fänden?

Bevor die beiden den Versammlungsraum erreicht hatten und ihn durchs Fenster sehen konnten, war er vom Hof, verschwand im Flur des Haupthauses und stand auf der Straße. Sofort ging er auf die andere Seite, marschierte dann möglichst unauffällig in Richtung Severinstraße und drückte sich in einen Hauseingang. Niemand hatte ihn bemerkt.

Und er hatte richtig gerechnet. Kurz danach kamen junge Leute in Zweiergruppen oder auch allein und verschwanden im Haus Nr. 46, nicht ohne sich vorher nach allen Seiten umzusehen. In Winterkleidung, bei hochgezogenen Mantelkrägen und tief ins Gesicht gedrückten Mützen waren Gesichter aus dieser Entfernung nicht zu erkennen. Einmal hatte Werner den Eindruck, dass es sich um Franz handeln könne. Aber später tauchte noch einmal eine Gestalt auf, die ihm ähnelte.

Werner wartete und wartete, bis offenbar niemand mehr kam. Zwölf, wenn er recht gezählt hatte, Verschworene, die es mit der preußischen Polizei aufnahmen, sogar mit dem Militär. Und nicht unmöglich, dass sich darunter ein Mörder befand, wenn nicht Lengfeld doch Recht hatte mit seiner Theorie, die auf ganz andere Leute passen dürfte. Auf jeden Fall würde er Franz finden, wenn er es wollte. Und er würde nicht lange warten. Vielleicht hätten sie ihn doch besser in seinem Versteck entdeckt. Es wäre peinlich gewesen, aber es hätte zur Klärung geführt.

Während Werner noch seine Gedanken abwog, hörte er Rufe von der Severinstraße her: »Extrablatt!« Also ist schon wieder etwas passiert! Er schaute auf seine Taschenuhr: gerade drei Uhr nachmittags. Wie war man diesmal an Nachrichten gekommen? Werner erreichte kurz darauf den Zeitungsjungen, der nicht ganz so umdrängt wurde wie vor Tagen, erstand das Blatt und las.

»Paris ist ruhig« lautete die Überschrift. Der Lütticher Zug habe soeben Korrespondentenberichte aus der Hauptstadt gebracht. Diese lauteten: Louis Philippe, der König, ist mit seiner Familie abgereist, die provisorische Regierung ist eingesetzt, eine Gegenrevolution hat sich als falsches Gerücht erwiesen, das in Paris befindliche Militär ist in seine Heimat entlassen worden, die Banken sind wieder geöffnet. Zuletzt wurde berichtet, dass der Herzog von Namours in der Kammer seine Uniform abgelegt habe und im Paletot, den ihm ein Deputierter geliehen hatte, durch die tobende Menge gelangt und entflohen sei. Dann folgten Berichte aus dem offiziellen Teil der wichtigsten Pariser Zeitung, des »Moniteur«.

Paris war also ruhig, eine interessante Ruhe, bei der Herzöge sich bürgerliche Kleidung borgen, um am Leben zu bleiben. Kaum denkbar, dass dies in Berlin passieren würde. Nein, an den König würden sie nicht herangehen. Selbst im Anneke-Kreis wollte man nur die Konstitution. Aber was würden seine Freunde im Hinterhaus Nr. 46 aushecken, wenn sie es erführen? Und vor allem, was würde geschehen, wenn es in Paris nicht ruhig *blieb*? Da erinnerte sich Werner an den Gedanken, den Mathilde Anneke geäußert hatte: Ob DuMont auf der Seite der Reformer bleiben wird? Er selbst solle dafür sorgen, hatte sie gesagt, was natürlich ein Scherz war. Aber er würde die Lage sehr sorgfältig beobachten.

Darauf mischte sich Werner unter die Kölner Bürger, die sich wieder in größerer Zahl an den Ecken versammelten und diskutierten. Aber er hörte nur halb zu. Immer wieder überlegte er, ob er zu Franz und seinen Leuten gehen sollte. Er entschied sich dagegen: Nicht jetzt, aber bald!

SECHZEHNTES KAPITEL *In dem Werner zuerst über den Leitartikel in der Kölnischen Zeitung staunt und dann jemanden kennen lernt, der ihm wieder einmal ganz neue Horizonte eröffnet*

Nach den Aufregungen des letzten Tages fühlte sich Werner am Dienstagmorgen wider Erwarten gut ausgeschlafen und voller Tatendrang. Er stürzte sich förmlich auf die Zeitung, überflog als Erstes den Überblick. Eine telegraphische Depesche aus Paris! Aha, jetzt kommt der Kommunikationsfluss in Gang, dachte er und war enttäuscht, als er die dürre Meldung las, die ohnehin wohl überwiegend mit Kurier befördert worden war – erst von Koblenz aus konnte man nach Köln telegraphieren.

Dann machte er sich an den Leitartikel, »Deutschland und die Ereignisse in Frankreich«. Dabei wuchs seine Verblüffung von Zeile zu Zeile. Europa – nicht Frankreich! – stehe »am Anfang eines mit großen staatlichen Umgestaltungen schwangeren Zeitabschnitts«, hieß es im ersten Satz. Es folgte Trompetenstoß um Trompetenstoß: Zwar bezog sich die Aussage über den »so lange gewaltsam niedergehaltenen politischen Zeitgeist« auf Italien, aber das »Streben der erwachenden Völker nach staatsbürgerlicher Freiheit und nach nationaler Selbstregierung« galt für alle. Selbst die bereits vertraut gewordene »konstitutionelle Monarchie« reichte plötzlich nicht mehr aus – es öffnete sich der »alte Revolutionskrater an der Seine noch einmal«. Der »Thron« als Hort allen Widerstandes gegen die neuen Kräfte ging in Flammen auf, es entstand die »Republik«. Sogar noch dicker sollte es kommen. Die Menge war nicht mehr bereit, »dem Bestehenden Dauer zuzuschreiben, bloß weil es besteht«, nein: Diese »Gewohnheit« sei »jetzt plötzlich an den Grenzen ihrer Macht« angelangt. Wer »allen drängenden Reformbedürfnissen« »den Trotz des hartnäckigsten Nichtstuns« entgegensetze, der gehe unter.

Donnerwetter, dachte Werner, das ist sicherlich Brüggemanns

Geschoss! Wie konnte so etwas die Zensur passieren? Gab es überhaupt noch Zensur? Er musste in die Redaktion, vielleicht hatte Herr Hampel einen Moment Zeit. Mathilde Anneke würde staunen, vielleicht konnte er ihr berichten, dass die Kölnische Zeitung jetzt zur Speerspitze der Bewegung wurde. Mehr konnte niemand verlangen! Unverblümt die Republik als Ziel ausgeben und unverblümt denen den Kampf ansagen, die den Gang der Geschichte bremsen wollen!

Werner hatte den gestrigen Tag fast vergessen, wusch sich, frühstückte, machte sich ausgehfertig. Da hörte er auf dem Flur die Schritte seiner Zimmerwirtin. Es klopfte an der Tür, und die alte Dame stand mit gerötetem Gesicht im Zimmer.

»Ich bitte um Entschuldigung, Herr Schilling. Jetzt steht schon zum zweiten Mal dieser vornehme Herr da unten und will zu Ihnen. Beim ersten Mal, als Sie krank waren, habe ich ihn hinausgeschmissen, und er ist auch gegangen, das können Sie mir glauben. Aber jetzt will er unbedingt zu Ihnen. Er behauptet sogar, Sie würden ihn erwarten. Soll ich ihn heraufschicken?«

Werner war mehr als unangenehm berührt. Der feine Herr aus dem Café Royal vermutlich – einer seiner mittlerweile drei Verfolger. Aber er trat offen auf, gefährlich konnte es kaum werden. So besann er sich nicht lange. »Ja, schicken Sie ihn, ich erwarte ihn tatsächlich.«

Momente später knarrte die Treppe in anderem als dem gewohnten Ton, und auf das Klopfzeichen rief Werner: »Herein!« Ins Zimmer trat darauf ein schon etwas älterer Herr, dem man die Zugehörigkeit zur höchsten Gesellschaftsschicht sofort ansah. Eine tadellose gepflegte Erscheinung mit schütterem, silbrig grauem Haar und gepudertem Gesicht, in der Haltung nur leicht gebeugt, auch eher kleingewachsen, dafür in einer Kleidung, bei der auch unter dem pelzbesetzten Mantel die Vornehmheit unübersehbar war. Hosen aus feinstem Stoff ragten unten heraus, ein breiter, schärpenartiger Schal umhüllte den Hals, den Zylinder trug er in der Linken, in der Rechten stützte er sich auf ein spanisches Rohr mit elfenbeinernem Knauf, an dem Werner sofort den Herrn erkannte, der damals im Café Royal nach ihm gefragt hatte.

»Herr Schilling, wie ich hörte?«, grüßte er. »Mein Name ist Breuer, Robert Breuer. Sie müssen die Störung entschuldigen, aber ich eigne mich nicht für Verfolgungsjagden quer durch Köln. Ich dachte, um diese frühe Stunde würden Sie mir nicht entwischen. Sie haben aber auch eine Hauswirtin, ein wahrer Drache, der den Nibelungenhort zweifellos gut bewacht hätte, sozusagen.«

Werner überlegte angestrengt, mit wem er es wohl zu tun hatte. Er entschied sich, zunächst abzuwarten und mehr zu erfahren.

»Sie werden sich natürlich fragen, wie ich auf Sie gekommen bin«, fuhr Herr Breuer ungerührt fort, wobei die klugen Augen, für die er trotz des Alters offenbar keine Brille nötig hatte, unaufhörlich blitzten. »Nun, durch Ihre Annonce. Nette Idee mit Napoleon – ich liebe Leute mit Humor, sozusagen. Nur waren Sie schon weg, und ich erfuhr Ihren Namen von Herrn Ringelhardt, mit dem Sie ja in Verbindung stehen. Komischer Mann, dieser Herr Ringelhardt, ich habe ihm meinen Namen nicht genannt – aber lassen wir das, durch ihn bin ich letztlich an Sie gekommen, denn später waren Sie ja nicht mehr bei Ihrem Napoleon.«

»Es ist viel passiert nach dieser Annonce«, streute Werner ein, um nicht als einfältig dazustehen.

»Ja, natürlich, sehr viel. Mich beschäftigt das allerdings nicht besonders. Ich glaube nämlich, dass es Wichtigeres gibt, sozusagen.« Sein Gast lachte kurz und fuhr fort: »Die Telegraphie zum Beispiel, ich meine: die elektrische. Und zwar von der wissenschaftlich-technischen Seite her, ich bin kein Mann des Kommerzes wie offensichtlich Herr Ringelhardt. Mich interessieren keine Aktiengesellschaften, mich interessiert die Entwicklung eines Codes, mich interessieren Geschwindigkeiten. O Gott, wo soll ich nur anfangen?«

»Sind Sie Erfinder?«, fragte Werner.

»Nicht direkt, ich bin wohl mehr ein Enthusiast, der seine alten Tage damit verbringt, den Fortschritt der Menschheit zu befördern, sozusagen. Sie haben noch Zeit genug, Sie werden diesen Fortschritt auf jeden Fall erleben.«

»Aber Sie kennen mich doch gar nicht. Wie kann ich Ihnen dienen?«

»Oh, ein Mann, der zum Thema kommt. Das schätze ich genauso wie Humor, sozusagen. Ja, mit dem Kennenlernen haben Sie Recht. Ich dachte, wer sein Interesse an Telegraphie per Annonce verbreitet, versteht etwas von Telegraphie. Ich suche einfach Leute, auf die genau dies zutrifft. Sie können mir vielleicht helfen, ich bezahle dafür.«

Werner machte große Augen. »Helfen? Wobei könnte ich Ihnen denn helfen?«

»Ich betreibe eine kleine Werkstatt, ein Labor, sozusagen. Ich experimentiere, ich will Ideen verbessern. Verstehen Sie? Ideen, nicht unbedingt meine Geldbörse. Die ist gefüllt genug, höchstens meine Erben wollen mehr haben. Wie denken Sie über mein Angebot?«

»Ich verstehe vorerst immer noch nicht, wieso Sie auf mich setzen. Ich habe doch in der Annonce von optischer Telegraphie gesprochen.«

»Ja, gewiss, das habe ich auch gesehen. Aber ich dachte: Wenn er jung ist, lässt er sich vielleicht überzeugen. Und Sie sind ja jung, Student, nicht wahr? Jedenfalls weiß ich auch das von Herrn Ringelhardt.« Dabei blickte sich Herr Breuer durchaus wohlwollend im Zimmer um. »Wissen Sie was? Ich entführe Sie einfach in meine vier Wände. Wir reden nicht lange, sondern ich zeige Ihnen alles. Und dann nehmen Sie sich Zeit und entscheiden. Sie sind doch ungebunden, sozusagen: keine Familie und nicht in der Universität. Ich glaube, mit Ihnen habe ich Glück.«

»Wirklich jetzt gleich?«

»Ja, jetzt gleich, mein Kutscher schläft sonst noch ein.«

*

Schon in der Kutsche fühlte sich Werner wie in eine andere Welt entrückt, als er über das grobe Pflaster der Kölner Straßen rollte, in dem riesige Löcher mehr als einmal dafür sorgten, dass die Passagiere kräftig durchgeschaukelt wurden. Es ging nach Westen, zuletzt über die Ehrenstraße, dann hielt die Kutsche vor einer prachtvollen Villa an der Ehrenpforte. Werner war bei ihrem Anblick förmlich erschlagen.

Als sich die Haustür öffnete, wurde ein Diener in Livree sichtbar, der eine so tiefe Verbeugung machte, dass er aus dem Gleichgewicht zu geraten drohte. Er nahm den Eintretenden die Kleidung ab, Herrn Breuers Frack aus changeantem blaugrünem Wollstoff wurde sichtbar, unter dem er eine lila Weste und braune Beinkleider trug. Dann ging es durch ein offenes Treppenhaus, in dem ohne weiteres vier Personen hätten nebeneinander gehen können, auf eine Galerie, auf der sich in alle Richtungen Zimmer öffneten. Werner schaute über die breite Brüstung erst in die Tiefe, dann in die Höhe, musterte einige der Stuckfiguren, ohne die ganze Pracht aufnehmen zu können, und gelangte schließlich hinter dem vor sich hin schwadronierenden Herrn Breuer in einen Salon, wo er in einer Ecke einen Flügel entdeckte. Aber was wohl einmal ein Musikzimmer gewesen war, bot einen völlig anderen Eindruck. Überall Apparate, Drähte. Auf verschiedenen kleinen Tischen waren Versuchsanordnungen aufgebaut, ein Schreibtisch am Fenster quoll über von Papieren. An den Wänden standen Stühle, am Kopfende des Salons gab es einen Schrank, dessen eine Tür halb offen stand und ebenfalls Papiere erkennen ließ, Akten in Menge.

Herr Breuer erfreute sich an Werners verblüfftem Gesichtsausdruck und kam ohne Umstände zum für ihn offenbar Wesentlichen.

»Ich hoffe, Sie sehen, wo Sie sich befinden. Das hier ist meine Werkstatt, ich habe einige Hilfen, die jetzt nicht hier sind, aber ich brauche mehr. Nun nehmen Sie sich zuerst einen Stuhl und rücken zu mir an den Schreibtisch. Der Sessel dort ist mir am bequemsten, ich muss auf Derartiges achten, sozusagen.«

Er nahm Platz und Werner folgte.

»Ich weiß nicht, wie weit Sie eingeweiht sind. Natürlich werden Sie erkennen, dass all das mit elektrischer Telegraphie zu tun hat. Aber kennen Sie diesen Apparat hier?«

Damit zeigte er auf ein Instrument, das aussah wie eine Klaviertaste und offenbar auch wie eine solche niedergedrückt werden konnte. Nur gab es keine Verbindung zu einer Saite, vielmehr ruhte das andere Ende der Taste auf einem Metallstück, an dem ein Draht befestigt war, der quer über das Tischchen zu einer zweiten Taste ging, die mit einem wesentlich größeren Gerät verbunden war. Ein schmaler Streifen Papier lag unter dieser Taste, Papier, das rechts und links auf Spulen aufgerollt war.

»Ein Morseapparat«, sagte Werner, der sich an die Ausführungen von Herrn Ringelhardt erinnerte.

»Genau«, antwortete Herr Breuer erfreut, »ich sehe, Sie kennen sich aus. So wird die Zukunft aussehen, sozusagen. Herr Siemens in Berlin – Sie haben sicher von ihm gehört – arbeitet mit einem Zeigertelegraphen. Das hier ist etwas ganz anderes, das kommt aus Amerika. Wissen Sie, was dieser Morse als Erstes übermittelte? ›What hath God wrought?‹ – Sie können doch Englisch, also: ›Was hat Gott geschaffen?‹ Witzig, nicht wahr, ich liebe Leute mit Humor. Himmel und Erde zu erschaffen als Vorbild, einfach herrlich. Wenn Sie oben aus dem Dachfenster meines Hauses am Turm von Sankt Mauritius vorbeisehen, können Sie den Telegraphen auf Sankt Pantaleon erkennen: das Holzmonster, das auch schon eine nette Erschaffung war, sozusagen. Die Franzosen haben den optischen Telegraphen mehr oder weniger abgeschafft und durch den elektrischen ersetzt – aber durch ein neues Monster. Siemens in Berlin baut mittlerweile immerhin einen Zeigertelegraphen. Aber was ist das alles gegen dieses Morsegerät? Das macht Gott wirklich ernsthaft Konkurrenz.«

Herr Breuer lachte übers ganze Gesicht, stand dann auf, ging zum Tischchen mit den Tasten und drückte die eine der beiden.

»Sehen Sie? Wenn ich diese Taste drücke – den Sender, wie wir sagen –, fließt in die gegenüberliegende Spule des Empfängers Strom. Der Eisenstab in der Spule wird magnetisch und zieht die über ihm schwebende Taste an. Lasse ich meine Sendertaste los, wird der Strom unterbrochen, und die Empfängertaste wird durch Federdruck wieder in Ruhestellung gebracht. Aber während der Aktivierung hat sie mithilfe dieses kleinen Stifts« – Herr Breuer neigte sich weit vor und zeigte ihn – »auf dem darunter herlaufenden Papierband eine Spur hinterlassen: einen Punkt bei kurzem Drücken, einen Strich bei langem. Passen Sie auf, ich zeige Ihnen das jetzt.«

Herr Breuer legte an einem Apparat einen Hebel um, worauf ein leises Summen ertönte. Das kaum fingerbreite Papierband setzte sich in Bewegung. Dann tippte er auf die Taste: kurz, zweimal lang – Pause; kurz – Pause; dreimal kurz – Pause; lang, kurz – Pause; kurz – Pause; dreimal kurz – Pause. Schließlich stellte er den Apparat ab, ging zum Empfänger und riss den Papierstreifen von der Rolle, auf dem Werner Punkte und Striche sah.

Herr Breuer lachte. »Wissen Sie, was das heißt? Na ja, Entschuldigung, es ist Ihr Name: Werner. Nun stellen Sie sich vor, Sender- und Empfängerapparat stünden nicht einen Meter auseinander, sondern einen Kilometer oder sagen wir hundert oder auch tausend Kilometer, die Entfernung spielt überhaupt keine Rolle. Am Ende der Leitung dreht sich die Spule und tippt ›Werner‹ auf den Streifen, sozusagen. Haben Sie auf die Uhr geschaut? Natürlich nicht, aber die Erinnerung genügt ja. Es hat Sekunden gedauert, und der schläfrigste Angestellte am anderen Ende der Leitung hält die Nachricht in Händen. Kein Ablesen von irgendwelchen Geräten, kein langes Warten auf das nächste Springen von Armen oder Zeigern. Einfach das fertige Ergebnis, das auch in der Nacht gesendet und am nächsten Tag gefunden werden kann. Was sagen Sie jetzt?«

Werner war mehr als beeindruckt, er war schockiert. Er musste an Gespräche mit seinem Vater zurückdenken, an Argumente, die ihm nun völlig widersinnig vorkamen, die zusammenstürzten wie ein Kartenhaus. Erst nach einer Weile war er fähig, eine Frage zu stellen:

»Und warum baut man das nicht bei uns?«

»Man baut ja. Haben Sie nicht von den Plänen für die Strecke von Hamburg nach Cuxhaven gelesen? Dort wird das Morsesystem eingeführt. Ich nehme an, Siemens stellt sich dann sehr rasch um. Seine Firma wird den Zeigertelegraphen fallen lassen, auch wenn damit erst einmal das Geld geflossen ist – die Regierenden in Berlin waren bei einer Vorführung mächtig beeindruckt, sozusagen. Die jetzigen Zeiten dürften Siemens aber weiterhelfen. Die Berliner werden an Nachrichten von Tag zu Tag interessierter sein. Sie sind ohnehin schon nervös geworden, sonst hätten sie Siemens nicht so großzügig unterstützt.«

Beim Wort »nervös« schaute Werner so ruckartig auf, dass Herr Breuer verwundert fragte:

»Was haben Sie denn nur?«

»Oh, nichts«, redete sich Werner heraus, »es sind nur diese Aussichten, diese revolutionären Neuerungen, man wird selbst ganz nervös.« Und da Herr Breuer sich offenbar mit der Antwort zufrieden gab, fügte er hinzu: »Nur weiß ich jetzt noch weniger als zuvor, wie ich Ihnen helfen soll oder wofür Sie mich gar bezahlen wollen. Ich verstehe von all diesen Dingen rein gar nichts.«

Herr Breuer lächelte milde. »Dann schauen Sie auf meinen Schreibtisch. Hier türmen sich zum Beispiel Papiere, die mit der Untersuchung des deutschen Alphabets zu tun haben.«

»Ich denke, es geht um Telegraphieren, nicht um Schreiben.«

»Um telegraphisches Schreiben, sozusagen. Aber dieses Schreiben muss erstens schnell gehen und zweitens deutlich entzifferbar sein. Schnell geht es, wenn man die häufigsten Buchstaben mit den kürzesten Zeichen versieht. Sehen Sie hier bei Ihrem schönen Namen. Das E in Werner ist ein einziger Punkt. Und wieso? Weil das E der häufigste Buchstabe im Deutschen ist – genauso wie im Englischen. Das ist zum Beispiel eine Aufgabe: zu bestimmen, wie die Verteilung genau aussieht. Hier auf diesen Papieren sehen Sie einige Ergebnisse.«

Herr Breuer reichte Werner einen Zettel, auf dem hinter jedem Buchstaben Prozentzahlen eingetragen waren. Bei W war 1,4 Prozent angegeben, bei E 14,8 Prozent, bei R 6,9 Prozent und so weiter. Das W kam erst an achtzehnter Stelle, das E an erster, das R an zweiter, das N an dritter Stelle. Werner musste lächeln. Das hatte sein Vater zweifellos nicht gewusst, als er ihm einst diesen durchaus telegraphierfreundlichen Namen gegeben hatte.

»So etwas haben wir hier als Erstes erfasst«, fuhr Herr Breuer fort, »aber es gibt noch viele offene Fragen, sozusagen. Herr Gerke, der Inspekteur der Hamburger Telegraphenlinie, experimentiert zum Beispiel mit den Pausen zwischen den Zeichen, sucht nach einer Möglichkeit der Verbesserung, weil die Pausenlängen zu willkürlich ausfallen. Am besten wäre es natürlich, man könnte ohne diese Pausen telegraphieren. Hier gibt es jedenfalls etwas zu tun.«

»Und ich soll da mithelfen?«

»Durchaus. Ich bin übrigens sehr angetan von meinem neuesten Fang. Nach Lesen der Annonce war ich zwar hoffnungsvoll, aber dass es so gut ausgehen würde, hatte ich kaum zu hoffen gewagt. Und wie denken Sie selbst? Wenn Sie in diese ausgestreckte Hand einschlagen, stelle ich Sie unserem kleinen Verein vor. Darunter sind gute Leute, einer würde sich am liebsten eine lange Säge besorgen und alle optischen Telegraphen absägen, sozusagen.«

Werner schlug ein, noch ehe er den letzten Satz verarbeitet hatte, und erschrak nicht wenig, als er ihn verstand. Herr Breuer merkte es, ließ die Hand los und überging die Regung, weil er sie der Aufregung zuschrieb.

»Also vielleicht nächste Woche, wieder Dienstag? Um die Mittagszeit sind die anderen da. Dann lernen Sie sich erst einmal kennen, ehe wir die Arbeit verteilen. Ein Beruf ist es nicht gerade. Sie können ruhig bei der Kölnischen Zeitung weiterarbeiten – Herr Ringelhardt hat mir gesagt, dass Sie dort schreiben. Übrigens brauche ich auch einen zuverlässigen Kurier, um meine vielfältigen Kontakte zu pflegen. Noch können wir ja in Deutschland nicht einfach telegraphieren, sozusagen. Und über die Bezahlung werden wir uns noch einig.«

Damit war das Gespräch beendet. Werner verabschiedete sich und fühlte sich im Treppenhaus kleiner und kleiner werden. Erst diese Nachrichten über eine Revolution, die er sich so nicht vorgestellt hatte. Und dann auch noch die Einladung mitzumachen. Werner schaute sich beim Heruntergehen die Pracht des Hauses an. An einer besonders schönen Figur verharrte er und hörte von der Galerie her einen freundlichen Kommentar.

»Die einzige Skulptur, die ich selbst habe aufstellen lassen, alles andere stammt von meinem Vater. Sie erkennen ja wohl, um wen es sich handelt: Hermes, der Götterbote. Wir werden ihn schon noch überflügeln, sozusagen.«

SIEBZEHNTES KAPITEL *In dem Werner mit Entsetzen die Berichterstattung der Kölnischen Zeitung quittiert und dann eine Aufgabe annimmt, mit der er ebenso wenig gerechnet hat wie mit zwei Einladungen*

In den letzten Februartagen herrschte in Köln Schmuddelwetter. Die Luft war bereits lau, aber nass, und ein unangenehm böiger Wind fegte durch Straßen und Gassen. Werner drehte sich am Dienstagmorgen beim ersten Erwachen in seinem Bett noch einmal auf die andere Seite, versuchte einzuschlafen. Aber es hatte keinen Zweck, die Gedanken waren nicht aufzuhalten. Es gab fünf Möglichkeiten für den Mord. Erstens: Der Mörder war wider Erwarten ein Landstreicher. Zweitens: Der Mörder war gezielt vorgegangen, hatte es irgendwie auf die Telegraphie abgesehen, handelte aber auf eigene Faust, vielleicht sogar spontan. In diesen beiden Fällen war an eine Aufdeckung der Tat nicht zu denken. Blieben die drei weiteren Möglichkeiten. Drittens: Es war der Arbeiter, den Herr Lindenborn kennen gelernt hatte und der möglicherweise mit Franz in Verbindung stand. In diesem Fall läge eine politisch motivierte Tat vor, der Täter konnte noch in Köln sein und weitere Aktionen planen. Viertens: Dies galt auch für jemanden aus dem Kreis von Herrn Ringelhardt, falls Lengfeld Recht hatte. Dabei wäre der Hintergrund statt politisch wirtschaftlich gewesen – Interesse an schneller Ersetzung der optischen Telegraphie durch elektrische. Und fünftens hatte sich gestern eine allerletzte Spur aufgetan – im Umfeld von Herrn Breuer. Dann wäre aus Hass, Hochmut, vielleicht sogar aus einem bloßen Schabernack heraus eine Bluttat entstanden. Zu den letzten drei Fällen gab es Verbindungen, ließen sich wohl auch weitere Informationen erwarten. Wo lag die größte Wahrscheinlichkeit? Bei Fall eins und zwei oder bei Fall drei bis fünf? Sehr viel eher bei drei bis fünf. Und unter diesen Möglichkeiten? Wohl drei oder vier, mehr ließ sich nicht entscheiden. Außerdem kamen Querverbindungen infrage, konnte Politisches und Wirtschaftliches zusammenspielen, ja sogar der fünfte Fall eine politische oder wirtschaftliche Seite haben.

Bei diesen Gedanken erhob sich Werner ruckartig von seinem Lager, rieb sich die Augen, dehnte den Körper und setzte sich für einen Augenblick auf die Bettkante. Drei oder vier, eins und zwei kommen nicht infrage, auf fünf nur ein leichtes Augenmerk, nicht vergessen – mit diesem Fazit erhob er sich vollends, wobei er sich an Lengfelds Mahnung erinnerte, sich nicht zu früh festzulegen. Dann griff er nach dem Schlafrock und holte Zeitung und Frühstück. Schon beim ersten Überfliegen merkte er, dass es größerer Konzentration bedurfte, und er entschloss sich, mit dem Waschen und Ankleiden zu beginnen. Kurze Zeit später saß er am Tisch und breitete das Blatt aus.

Zwei Artikel des Berliner Korrespondenten interessierten ihn besonders. Im ersten wurde der Eindruck der Pariser Ereignisse auf die Menschen in der Hauptstadt geschildert. »Leute, die sich sonst nie um Politik bekümmern, sehen mit ängstlicher Begierde den Nachrichten entgegen, die uns die Lösung der dortigen Krise bringen sollen.« Wie in Köln, dachte Werner und las weiter über ständig neue Gerüchte. Dann stutzte er. Nach der Erwähnung der ausgerissenen Eisenbahnschienen war die Rede vom »furchtbaren Ausbruch der revolutionären Gewalten gegen die bisher so glücklich und erfolgreich durchgeführte Politik Louis Philippes«, der etwas später als »Gewähr des Volksfriedens«, als »unbezwinglicher Damm gegen die Revolution«, ja, als »Schild für das Bestehende, für die von den Jahrhunderten übernommene Erbschaft« apostrophiert war.

Dieser feige Kerl, dachte Werner, und wieso lässt Brüggemann das durchgehen, wo er selbst gestern genau das Gegenteil gesagt hatte, dass das Bestehende eben kein Recht auf Weiterbestehen habe, nur weil es da sei? Mit Entsetzen las Werner dann die nächste Passage: »Jetzt sieht er am Abend seines Lebens die mühevolle Arbeit so vieler Jahre in wenigen Stunden zerstört, sich zurückgeschleudert aus dem sicheren Hafen, den er erreicht zu haben glaubte, auf das stürmische Meer der Revolution, seinen Thron und die Zukunft seines Hauses ärger bedroht als in den ersten Jahren seiner Regierung, die finsteren Dämonen, die er für immer beschworen zu haben schien, in riesiger Größe von neuem erstanden und zu seinem Verderben verbunden!« Zum Schluss hieß es, alles habe nur am Ministerpräsidenten Guizot gelegen, »in dessen Seele die unbegrenzte Leidenschaft der Herrschsucht, der unersättliche Durst nach der Gewalt alle höheren Gefühle erstickt und ihn zum Abfall von jenen Ideen politischer Freiheit gebracht hatte, deren ruhmvoller Kämpfer er einst in seinen jüngeren Jahren gewesen war«.

Werner konnte sich kaum beruhigen. Genau, was Mathilde Anneke befürchtet hatte – sie knickten ein. Im nächsten Hauptstadtbericht war die Rede von der Unruhe unter der Bevölkerung. Der Artikel endete mit dem Hinweis, dass Friedrich Wilhelm IV. voller Sorge aus Charlottenburg in sein Stadtschloss gekommen sei, um persönlich dem Ministerrat zu präsidieren. Wütend sprang Werner mit den Augen über weitere Nachrichten hinweg, blieb bei Mannheim hängen, wo sich die Bürgerschaft versammelt hatte, um eine Petition an die Regierung zu richten. Volksbewaffnung und Pressefreiheit sollten nicht länger bloß erbeten, sondern endlich durchgesetzt werden. Es gab also auch andere Töne. In der Zeitung wird also um den Kurs gerungen. Mal sehen, wer sich durchsetzt!

Werner machte sich über sein Frühstück her. Wenig später verließ er die Wohnung, um Franz zu suchen. Fall drei oder vier, dachte er, auch fünf nicht vergessen, aber zwischen drei und vier zuvor entscheiden – das muss sich machen lassen.

Wieder lief er quer durch die Stadt Richtung Süden, zum Haus Nr. 46 am Weißgerbergraben. Dort traf er niemanden an, auch nicht im Hinterhaus. Nicht nötig, dachte er, ging zum Schuppen auf dem Hof, hinter dem er sich schon einmal versteckt hatte, und schrieb eine kurze Botschaft: »Ich erwarte dich dringend: Werner.«

Er schob den Zettel unter der Tür des Hinterhauses durch und machte sich auf den Rückweg. Herrn Ringelhardt hoffte er abends im Café Royal zu treffen, aber das war noch lange hin. Also in die Redaktion, um nach Aufträgen Ausschau zu halten. Ganz nebenbei wollte er auch nach der politischen Richtung fragen, die jetzt einzuschlagen sei.

*

Werner merkte es schon beim Hereintreten: In der Eingangshalle herrschte ein Leben wie in einem Bienenstock. Mitarbeiter kreuzten vor ihm seinen Weg, sodass er stehen blieb, um niemanden anzurempeln. Im Treppenhaus nahm jemand zwei Stufen auf einmal. Als sich eine Bürotür öffnete, hörte er lautes Reden, das nach Schimpfen klang. Jemand ließ die Tür lautstark ins Schloss fallen. Obwohl der Weg vor ihm mittlerweile frei war, verharrte Werner einen Moment und beobachtete weiter die Szene. So also sah es aus, wenn sich in der Welt große Ereignisse abspielten. Und so wurden aus Ereignissen Nachrichten, die wieder Ereignisse hervorriefen. Dass er nun dazugehörte!

Dann riss sich Werner los aus seinen Betrachtungen und ging wie immer in den ersten Stock. Schon auf dem Flur sah er Herrn Hampel, auf dem Arm einen Stapel Papiere und mit einer Miene, die nur eines signalisierte: keine Zeit. Entsprechend gestaltete sich das Zusammentreffen. Herr Hampel grüßte kurz und schüttelte den Kopf zum Zeichen, dass er jetzt niemanden empfangen könne. Schon war er vorbeigeeilt, als er sich mit einem Ruck wieder umdrehte und Werner fragte, ob er einen Korrektor vertreten könne, der krank geworden sei. Einige Artikel für die nächste Ausgabe lägen bereits vor und müssten durchgesehen werden, ehe sie zum Druck freigegeben würden. Werner sagte sofort zu.

Darauf führte Herr Hampel ihn in ein Zimmer mit mehreren Schreibtischen. Auf einem von ihnen lag der Artikel. Es war der Bericht aus dem Vereinigten Ausschuss, der mit mehr als einer Woche Verspätung täglich in Auszügen erschien. Werner konzentrierte sich auf Druckfehler und fand auch eine Reihe davon. Nur bei der Rede des Abgeordneten Camphausen las er einige Zeilen der Information halber. Es ging darum, ob der Versuch eines Verbrechens einem vollendeten Verbrechen gleichzustellen sei, etwa im Falle, dass man sich eines Menschen bemächtige, um ihn für auswärtige Kriegsdienste zu benutzen. Camphausen setzte sich gegen diese Gleichstellung energisch zur Wehr. Auch Kölner Bürger können es weit bringen, dachte Werner und erinnerte sich an die Information, die ihm Lengfeld gegeben hatte.

Um Mittag war er wieder frei, ging in seine Wohnung, um da zu sein, falls Franz die Nachricht erhalten hatte. Tatsächlich bekam er an der Haustür einen kleinen Brief von seiner Zimmerwirtin, den ein junger Mann abgegeben habe. Erfreut dachte Werner, es handle sich um eine Verabredung. Aber der Brief lautete: »Du hast uns den Polizeispitzel auf den Hals gehetzt. Komm auf keinen Fall zum Weißgerbergraben. Wir sind umgezogen. Melde mich später.«

Um Gottes willen, dachte Werner! Jemand hatte ihn also wieder verfolgt, und er hatte überhaupt nichts davon gemerkt. Er hatte sich kindisch verhalten, sich selbst und Franz samt seiner ganzen Gruppe in Schwierigkeiten gebracht. Wahrscheinlich würden sie mit ihm nichts mehr zu tun haben wollen. Am besten, er bliebe in der Wohnung, um kein weiteres Unheil anzurichten.

Aber er hielt es nicht lange aus: Er fühlte sich zu einsam, zu isoliert von den Geschehnissen, die sich draußen überstürzten. Am frühen Nachmittag war Werner wieder auf der Straße, blickte sich nach allen Seiten um, verfiel hinter der nächsten Straßenecke trotz seiner Abneigung gegen jede Art von übertriebener Fortbewegung in Laufschritt und war so plötzlich im Straßengewirr verschwunden, dass der Spitzel wohl fluchend aufgab. Als er sich sicher fühlte, fasste er den Plan, nach Sankt Pantaleon zu gehen, um zu beobachten, was sich auf den Türmen tat. Nach Mittag pflegten sogar in ruhigen Zeiten Nachrichten einzugehen, in diesen Tagen müsste auf jeden Fall Hochbetrieb herrschen.

Tatsächlich sah es Werner schon von weitem, als er die letzten Häuserzeilen passiert hatte und auf die freien Felder um Sankt Pantaleon zustrebte: Der Telegraph hatte seine sechs Arme ausgestreckt, zu Winkeln verrenkt, die gerade in sich zusammensanken, um neue Winkel zu bilden, die für eine Minute stehen blieben. Das Wetter hatte sich im Laufe des Tages spürbar gebessert, es war wieder etwas kälter, dafür klarer geworden, ideale Sende- und Empfangsbedingungen. Werner musste an Herrn Breuers Tisch mit dem Morseapparat denken – welch ein Unterschied! Dort zwei ausgediente Klaviertasten, die Laute von sich gaben wie pickende Hühner und dabei Botschaften austauschten, sie anwachsen ließen auf immerzu rollenden Papierstreifen. Hier die hölzernen Arme, denen man die Mühsal des Winkens gleichsam ansah, die sich immerfort ausruhen mussten, um kurze Dienste zu leisten, nach denen sie schon wieder der Ruhe bedurften.

Als Werner den Rotgerberbach und damit den schlimmsten Gestank bereits hinter sich gelassen hatte – als auf dem Lande Aufgewachsener konnte er sich nie an all die ätzenden und beißenden Ausdünstungen der Stadt gewöhnen – und schon vor der Kaserne in der Straße Am Weidenbach stand, hielt er am Torbogen der alten Stiftsmauer inne. Gerade musste das Ende einer Botschaft erreicht worden sein, die Arme legten sich an den Mast an, der nur noch wie ein Griffel in den Himmel ragte. Ob Herr Lindenborn Zeit für ein Gespräch hatte?

Während Werner überlegte, ob er einen Versuch wagen solle, begann sich auf dem Turm schon wieder Leben zu regen. Eine nächste Botschaft kam an oder ging ab. Werner schaute auf seine Taschenuhr, merkte sich die Zeit. Was wurde dort gesendet? Dass man nicht dahinter kam! Eben kein Buchstabencode, der leicht zu knacken wäre. Bei der elektrischen Telegraphie würde sich alles unter der Erde abspielen, jedem Zugriff entzogen. Deshalb auch die alphabetische Form des Sendens, die man sich bei der optischen nicht leisten konnte. Auch das ein riesiger Vorteil: keine mühsame Entschlüsselung, kaum Irrtümer, jeder auch noch so unwahrscheinliche Inhalt direkt umsetzbar.

Während des Sendens konnte er unmöglich die Glocke ziehen. Werner vertrat sich die Füße, weil er längst angefangen hatte zu frieren, drehte Runden vor der Kirche, ging wiederum durch den Torbogen hinüber zur Kaserne, die um diese Tageszeit verlassen dalag. Als die Arme wieder schlaff am Mast herabhingen, blickte Werner erneut auf seine Uhr: mehr als zwanzig Minuten. Sie hatten sich also allerhand mitzuteilen. Wurde vielleicht gerade berichtet, dass die Kölnische Zeitung königstreu ist?

Werner war mittlerweile entschlossen, Herrn Lindenborn wirklich aufzusuchen. Er setzte sich in Bewegung, durchschritt den Torbogen und erreichte das Portal der alten Stiftskirche. Dann zog er an der Glocke und wartete. Kurz darauf stand der Untertelegraphist vor ihm, erkannte ihn, fragte nach dem Begehr und schüttelte den Kopf, als er hörte, dass Werner zu Herr Lindenborn wollte. »Der Herr Obertelegraphist ist nicht da, er ist krank – Grippe, Sie verstehen. Ich selbst bin im Augenblick Obertelegraphist und habe eine Vertretung für den Untertelegraphisten. Wir haben alle Hände voll zu tun.«

Werner bedankte sich und ging. Er dachte kurz daran, dass man den elektrischen Telegraphen erstens ohne Ober- und Untertelegraphisten und zweitens zur Not vom Bett aus bedienen konnte. Wohin am frühen Nachmittag?

Er entschloss sich, in die Redaktion zurückzukehren.

*

»Der Himmel hat Sie geschickt«, wurde er von Herrn Hampel empfangen, als Werner dessen Büro betrat. »Sie haben doch Zeit? Sie müssen jetzt Zeit haben.«

Ehe Werner überlegen oder gar etwas sagen konnte, fand er sich in das ihm schon bekannte Zimmer gedrängt, wo auf den Schreibtischen die frischen Druckbögen mittlerweile gehäuft lagen. »Uns ist heute auch noch der zweite Korrektor krank geworden, wie eben seine Frau mitteilen ließ«, sagte Herr Hampel. »Wenn Sie einspringen und uns retten, können Sie demnächst große Karriere machen. Ich habe schon angefangen, aber ich muss Manuskripte lesen.«

Herr Hampel wartete die Antwort nicht ab, verwies Werner auf den bereitstehenden Stuhl, rückte Feder und Tinte zurecht, zeigte auf den Anfang eines Artikels und sagte nur: »Bis dorthin bin ich gekommen, ab hier muss weiter korrigiert werden. Und bitte mit größter Sorgfalt, selbst wenn es länger dauert. Unsere Auflage steigt im Augenblick täglich, wir sind schon bei 16.000 Exemplaren pro Tag – früher waren es in Spitzenzeiten gut 9.000. Jeder Fehler wird jetzt 7.000 Mal öfter verbreitet.«

Mit diesen Worten war er verschwunden und Werner allein im Raum. Drei Schreibtische standen für die Arbeit bereit, einer davon schien nur für den Augenblick verlassen, weil auch dort Druckbögen auslagen. Werner machte sich an die Korrektur.

Er hatte die Zeitung vom morgigen Tag, dem 1. März, vor sich – ein seltsames Gefühl. Gerade musste der Leitartikel herausgekommen sein, man konnte die Druckfarbe förmlich noch riechen. »Die Pariser Ereignisse« lautete die Überschrift, und Werner las, 85.000 Soldaten hätten um die Hauptstadt mit gefüllten Patronentaschen bereitgestanden, Extrazüge für den Truppentransport seien schon bestellt gewesen. Aber das Volk habe den Juli-Thron zerschmettert, die Regierung vernichtet, der bestürzten Welt seinen Sieg in einem einzigen Wort verkündet: dem Wort »Republik«. Immer schon habe man den Fall dieses Königs prophezeit. Dass er jetzt eingetreten sei, verdanke sich einem verfehlten Regierungssystem, Blindheit und Wahnsinn, auch wenn das Unglück den Gestürzten nun heilig mache. Die Lehre der Revolution sei klar: Es habe keinen Zusammenhang zwischen Dynastie und Volk gegeben, nur Egoismus, Günstlingswirtschaft. Der Schlusssatz lautete: »Die dritte Pariser Revolution ist kein Zwischenfall; sie ist die Frucht einer achtzehnjährigen Verkennung des Geistes Frankreichs und der Zeit.«

Ein König, den der Sturz heilig macht, und Verkennung des Zeitgeistes – in welche Richtung ging das? Wahrscheinlich war der heilige König für den Zensor und der verpasste Zeitgeist für die preußische Regierung gedacht. Dann merkte Werner, dass er keinen einzigen Druckfehler gefunden, auch nicht danach gesucht hatte, und begann, von vorn zu lesen. Als er den Leitartikel bearbeitet hatte, kam bereits ein Laufjunge und fragte danach, um den Bogen zum Setzer zurückzubringen. Werner ging zu kleineren Meldungen über, zu denen er teilweise das Manuskript heranziehen musste, wenn etwa Zahlen zu vergleichen waren wie bei den Spendeneingängen für die Unglücklichen in Schlesien. Auch bei den Anzeigen musste Werner immer wieder genau hinsehen: Bei Namen und Preisen durfte auf keinen Fall etwas schief gehen. »Cocus-Nuß-Oel-Soda-Seife« als Verschönerungsmittel für Gesicht, Hals und Hände kostete das Stück achtzehn Pfennige, das Dutzend fünfzehn Silbergroschen. Ein schöner Grabstein war billig abzugeben, Werner verglich die Adresse: Altengraben 15. Stellengesuche gingen in die Schildergasse, die Komödienstraße, zum Bayenturm, an den Buttermarkt – immer mit genauer Hausnummer. Lieber war Werner die Angabe: »Die Expedition sagt, wo.«

Am Abend brachte Herr Hampel Werner einen Teller mit Brot und Käse, dazu ein großes Glas Wasser mit dem Kommentar: »Bier gibt es bei uns nicht, wir brauchen nüchterne Leute.«

Gelegentlich entstanden kleine Wartezeiten, dann landete wieder etwas fertig Gesetztes auf seinem Schreibtisch. Nur für weniger als eine Stunde kam ein Kollege hinzu, ehe dieser offenbar für andere Aufgaben abgezogen wurde. Endlich erschien Herr Hampel mit leeren Händen, nahm die letzte Korrektur in Empfang und setzte sich zu Werner.

»Na, das war die Feuertaufe. Ich habe einmal gegengelesen und keinen Fehler gefunden. Wunderbar, Sie sind für die nächsten Tage eingestellt.« Und als Werner irritiert hochblickte und etwas sagen wollte, fügte er hinzu: »Natürlich Ihr Einverständnis vorausgesetzt, wir sind kein Gefängnis und betreiben auch keine Versklavung, jedenfalls nicht offiziell.«

Werner lächelte müde, sagte zu, am nächsten Tag wiederzukommen. Eigentlich wollte er sich noch nach der politischen Richtung der Zeitung erkundigen, schob es aber auf, weil er sich zu erschöpft fühlte.

Als er auf der Straße stand, war ihm die kalte, aber frische Luft angenehm. Sie machte ihn so munter, dass er beschloss, noch im Café Royal vorbeizugehen, obwohl es auf Mitternacht zuging. Tatsächlich war noch geöffnet. Werner trat ein, um sich umzusehen. Der Blick ging zu Napoleon, aber an den Tischen saß niemand. Irgendwie kein Glückstag, dachte er. Dann machte er sich auf den Weg nach Hause.

Als er in seine Straße Unter Goldschmied einbog und schon den Schlüssel aus der Tasche zog, um aufzuschließen, merkte er im letzten Moment, dass jemand in der Tür stand. Werner schrak zusammen, blieb abrupt stehen und hörte eine Stimme fragen.

»Folgt dir jemand?«

Werner wurde klar, dass er den ganzen Abend nicht darauf geachtet hatte. Er wusste sofort, wer fragte. Er blickte sich um und antwortete.

»Niemand. Du kannst beruhigt sein, Franz. Willst du mit hochkommen?«

»Nein, ich habe jetzt lange genug gewartet. Wir wollen, dass du uns besuchst. Meine Freunde möchten den Mann kennen lernen, der ihnen den Spitzel auf den Hals gehetzt hat. Vor allem wollen sie dich etwas fragen. Wir treffen uns am Tag nach Weiberfastnacht, also am 3. März. Du findest uns im Alten Brauhaus in der Severinstraße. Aber schau dich diesmal um.«

Franz wollte gehen. Werner hielt ihn zurück.

»Ich habe mittlerweile einen seltsamen Menschen kennen gelernt, einen ziemlich reichen Patron mit Namen Breuer. Sagt dir das etwas?«

»O ja, den kennen wir. Der hat auch schon bei uns angefragt. Er hat da ziemlich merkwürdige Leute eingestellt. Einer von uns war einmal dort, hat aber abgesagt.«

Franz grüßte, schlug Werner kurz auf die Schulter und war von der dunklen Straße verschluckt. Werner ging die Treppe hoch in sein Zimmer und sah im schwachen Schein der Kerze, die Witwe Eichhoff bei Dunkelheit stets anzündete, einen Zettel unter seiner Tür stecken. Er nahm ihn in die Hand, ging zur Kerze und las:

»Am Karnevalssonntag sind wir alle im ›Bieresel‹. Paul.«

Irgendwer hatte wohl die Nachricht der Zimmerwirtin abgegeben. Der Kreis der Bonner Studenten würde also wieder zusammen sein, um zu feiern. Also doch kein reiner Unglückstag – sogar zwei Einladungen im letzten Augenblick! Hoffentlich machte ihm nur die Redaktion keinen Strich durch die Rechnung. Auf die Freunde freute er sich, die Truppe von Franz, das dürfte nicht so einfach sein.

ACHTZEHNTES KAPITEL *In dem Werner Karneval und Revolution in Köln erlebt, während er überwiegend in der Redaktion sitzt und Korrektur liest*

Als Werner am Mittwochmorgen noch schlaftrunken Zeitung und Frühstück geholt hatte, dachte er einen Augenblick, mit seinem Verstand sei etwas nicht in Ordnung. Dann fiel ihm ein, weshalb er den Inhalt kannte: Natürlich, er hatte ihn ja letzte Nacht korrigiert, sagte er sich und legte das Blatt missmutig zur Seite. Zugleich wurde ihm der Tagesablauf klar, der ihm bevorstand. Er würde spätestens ab Mittag in der Redaktion sitzen und Druckfehler suchen – ein Hundeleben. Fast hätte er sich wieder ins Bett gelegt, aber der Duft frischen Brotes war zu verführerisch: Werner frühstückte noch vor dem Waschen. Während er die letzten Bissen genüsslich kaute, überdachte er seine Situation. Gestern hatte er sich um den Mörder Gedanken gemacht, Wahrscheinlichkeiten abgewogen. Heute ging es darum, die Wahrscheinlichkeiten einzuengen, die künftigen Treffen zu nutzen, um näher heranzukommen ans Ziel. Wieder entstand eine Reihenfolge in seinem Geist: am Samstag Treffen mit Franz und seinen Leuten, am Dienstag darauf Treffen mit Herrn Breuer und seinen Leuten, dazwischen, am Karnevalssonntag, ein Abend mit den alten Freunden – zur Erholung und nur, wenn die Kölnische Zeitung es zuließ. All dies würde sich an den Karnevalstagen vollziehen, wo man ohnehin nicht zu genau planen konnte. Die Stadt würde wie immer auf dem Kopf stehen. Donnerstags feierten die »Weiber«, Sonntag war Haupttreiben aller Bürger, am Montag ging der Karnevalszug über den Neumarkt, am Dienstag folgte der Ausklang. Wenigstens brauchte man sich in dieser Zeit kaum um Spitzel zu kümmern. Unter all den Maskierten fiel man nicht auf.

Werner überlegte, wie er den Morgen zubringen sollte, als er im Hausflur Stimmen hörte, weibliche Stimmen, unter denen er nur das durchdringende Organ seiner Zimmerwirtin erkannte. Merkwürdig, dachte er, seit wann empfängt sie Besuch? Aber schon klopfte es an seiner Tür, und Witwe Eichhoff trat auf sein »Herein« in Person ins Zimmer.

»Jungfer Clara will Sie sprechen. Sie wissen, dass ich Damenbesuch auf dem Zimmer in meinem Haus nicht dulde. Aber ich mache eine Ausnahme, weil es wohl um Wichtiges geht.«

Dabei gab sie ihrem Gesicht einen Ausdruck zwischen Sorge und Stolz darauf, an der Rettung vielleicht des ganzen Staates beteiligt zu sein, und zog sich zurück, nachdem sie sich davon überzeugt hatte, dass der Zustand des Zimmers und seines einzigen Bewohners diesen weiblichen Besuch zuließ. Clara trat im Mantel ein, machte freilich keine Anstalten, ihn abzulegen.

Werner wusste augenblicklich, dass dies nichts Gutes bedeutete, und sah es im Gesichtsausdruck von Clara bestätigt.

»Du wirst entschuldigen«, begann sie, »ich komme in Nöten.«

»Ist etwas mit Paul?«, fragte Werner, obwohl er es sich nicht erklären konnte, wo dieser doch gerade noch die Einladung abgegeben hatte.

»Nein, nicht mit Paul«, antwortete Clara. »Es geht um den Anneke-Kreis. Gottschalk spricht jeden Abend in Hinterzimmern und umgebauten Scheunen vor Hunderten von Arbeitern, Fritz Anneke ist mit dabei – aber natürlich auch die Polizei mit ihren Spitzeln. Mathilde macht sich Sorgen. Nicht, dass sie es nicht richtig fände. Aber sie sieht weiter als die Männer. Sie glaubt, es würde helfen, wenn die Kölnische Zeitung die Bewegung unterstützen würde. Sie hat schon überlegt, zu DuMont zu gehen. Kannst du nicht einfach vorfühlen? Du hast doch Kontakt zu diesem Redakteur, der wiederum Herrn Brüggemann direkt untersteht.«

Werner wurde unruhig. »Clara, du überschätzt mich gewaltig. Ich bin im Augenblick zwar täglich in der Redaktion, aber als Korrektor.«

»Man muss mit den Leuten reden, es ihnen immer wieder sagen.«

»Ich werde es versuchen. Ich bin schon selbst dabei, die Situation zu beobachten. Die Politik der Zeitung ist nicht eindeutig. Manche Artikel sind mutig, manche ängstlich, aber ich glaube, Brüggemann und auch DuMont selbst unterstützen die Mutigen.«

Clara stand immer noch im Mantel mitten im Zimmer, auch Werner war von seinem Stuhl am Tisch aufgestanden und versuchte, Clara den Stuhl anzubieten. Die aber wehrte ab.

»Ich musste deiner Hauswirtin hoch und heilig versprechen, nur wenige Minuten hier zu bleiben. Aber du versprichst mir, es wenigstens zu versuchen.« Sie machte eine kurze Pause, fuhr dann fort: »Bist du übrigens in deiner eigenen Angelegenheit weitergekommen? Hilft dir Herr Ringelhardt?«

Werner schilderte in größter Knappheit die Lage und nahm zufrieden wahr, dass Clara sich nicht wenig ängstigte angesichts der vielen seltsamen Begegnungen, vor allem der neuerlichen mit Franz.

Dann verabschiedete sie sich und war im Hausflur verschwunden. Werner hörte die laute Stimme seiner Zimmerwirtin, dann war er mit seinen Gedanken allein. Er versuchte sich klar zu machen, was da vorging – jedenfalls bedeutungsvolle Dinge, an denen gemessen ihm sein eigenes Anliegen kleiner und kleiner vorkam, auch viel weniger gefährlich, als was da ein Gottschalk und ein Anneke auf sich nahmen. Den Rest des Vormittags vertrödelte er, als wolle er Kraft schöpfen für die bevorstehenden Stunden.

Um die Mittagszeit nahm er noch eine kleine Stärkung zu sich und machte sich auf den Weg in die Redaktion – mit klarer Vorstellung, was ihn erwartete. Herr Hampel wies ihn ins Arbeitszimmer, wo er sich wieder allein fand. Er brauchte nicht lange auf Probeabzüge zu warten. Als Erstes bekam er die Ankündigung des großen »Damencomités« am Donnerstagabend im festlich beleuchteten Schauspielhaus. Für das Gedicht, teilweise in Kölsch verfasst, musste er sich Verstärkung holen, um die Korrektur zu bewältigen:

Ein Gruß von uns, Ihr Damen,
Der beste soll es sein,
Und tausend noch im Namen
Der Narren, groß und klein.
Wir werden heut' beglücket
Durch Eure Gegenwart,
Das macht uns ganz verrücket,
Ich schwör's bei meinem Bart. –
Nettche, Lisettche, Kathrinche, Paulinche,
Kunigunde, Jännche, mer ha Üch su gähn,
Komm an uns Hätzche, do schwatzäugig Kätzche,
Niesche, Marieche – do han mer der Rähn!
Seid willkommen, Turteltauben,

Hört, was heut' Hanswurst Euch sagt,
Hüte, Schleier, Locken, Hauben
Haben zwar ihn oft geplagt;
Aber Euer Herz zu rauben
Gibt er Kapp' und Pritsche selbst,
Ja sogar
Das Land, wo die Zitronen blüh'n,
Seh' ich jetzt in Bewegung.

Das Schwören der Damen bei ihrem Bart war ja ganz originell. Dass jedoch *sogar* das Land, wo die Zitronen blühen, in Bewegung sei, verstand Werner als Hinweis erstens auf Italien und zweitens darauf, dass es für Deutschland allmählich Zeit werde, sich dieser Bewegung anzuschließen – eine politische Anspielung also, von denen es wohl in diesem Jahr viele geben würde.

Dann galt es, den langen Hirtenbrief des Erzbischofs Johann von Geissel – o Gott, warum ausgerechnet Geissel? – zu lesen, in dem die Fastenverordnung für die Quatember- oder Fronfastentage des Jahres verkündet wurden. Das ellenlange Schreiben enthielt eine ausgiebige biblische Begründung, warum die Kölner vierzig Tage fasten sollten, aber keinerlei Hinweis darauf, dass sehr viele Bewohner der Stadt das ganze Jahr fasteten, und zwar keineswegs freiwillig. Werner war froh, als der Leitartikel zu »Deutschlands nächsten Maßregeln« eintraf, und noch froher, als er las, dass er die Revolution in Frankreich mit unverhohlener Sympathie beschrieb. Der friedliche Ablauf war betont, die Hoffnung, dass sich die Männer im Waffenrock und die Männer in der Bluse – die Arbeiter also – nicht bekämpfen würden. Zwar waren die »arbeitenden Klassen« in Anführungszeichen gesetzt, als es um deren Ansprüche ging, aber auch dabei schien die Sympathie unverkennbar. Die einzige Sorge betraf die Friedfertigkeit des revolutionären Frankreich, die Hoffnung, dass sich die Ereignisse nach 1789 nicht wiederholten, keine Kriege folgen würden. Dazu sollte die preußische Regierung sofort den diplomatischen Verkehr mit dem republikanischen Frankreich aufnehmen.

Werner war schon bei der Bearbeitung der Anzeigen, als Herr Hampel zu ihm hereinkam, um nach dem Rechten zu sehen. Diesmal ließ er sich die Chance nicht entgehen zu fragen:

»Ganz schön mutig der Leitartikel. Wird Herr Brüggemann durchhalten?«

Herr Hampel verstand sofort und legte statt einer Antwort seinen ausgestreckten Zeigefinger vor den Mund. Erst auf Werners unnachgiebigen Blick hin sagte er:

»Wir tun, was wir können. Eine Zensur besteht kaum noch. Ich bin selbst gespannt, wie es weitergeht.«

»Es gibt Leute, die jetzt die Kölnische Zeitung brauchen – Gottschalk und Anneke zum Beispiel. Sie organisieren eine Art Arbeiterverein und bereiten Forderungen vor, die der Regierung vorgelegt werden sollen. Was wird die Kölnische Zeitung machen, wenn das von der Regierung gestoppt wird?«

»Um Gottes willen, wir sind froh, wenn wir wegen unserer Berichterstattung aus Paris und Berlin keine Schwierigkeiten bekommen. Ich will hoffen, unsere Kölner Demokraten halten sich im Zaum. Ich werde es Brüggemann auf jeden Fall sagen.«

Im nächsten Augenblick war Herr Hampel verschwunden.

*

Werner hatte bis in die Nacht korrigiert, was von Herrn Hampel ausdrücklich mit einem Lob bedacht worden war. Am nächsten Tag erschien er zur mittlerweile gewohnten Stunde. In den Straßen war fast kein Durchkommen gewesen. Als gäbe es keine Sorgen um Politik und Krieg, um Arbeit und tägliches Brot, waren die Straßen voll von singenden und tanzenden Frauen, die meisten in rotweißen Kostümen, wie es den Stadtfarben entsprach. In den Fenstern lagen die Alten, die dem Treiben nur noch zusehen wollten oder konnten, gaben ihre Kommentare ab und sangen mit, wenn Trupps vorbeikamen und ihre Lieder schmetterten. Werner wurde mehrmals umarmt, geküsst und musste sich allerlei Hänseleien gefallen lassen, von denen nicht wenige unter die Gürtellinie gingen. Mehrmals blieb er auch freiwillig stehen, weil er den Einfallsreichtum der Kostüme bestaunte oder einem Lied zuhörte, dessen Text er noch nicht kannte.

Es war höchste Zeit, als er in der Redaktion eintraf. Dort wartete nicht nur die Zeitung vom nächsten Tag auf ihn, sondern es war eine zweite Ausgabe vom Donnerstag in Arbeit, die die Nachricht des Tages brachte: In Mannheim hatte der badische Staatsrat die Aufhebung der Zensur und die Errichtung einer Bürgerwehr beschlossen. Jeder wusste, was das bedeutete. Die ersten großen Forderungen aller Demokraten waren damit durchgesetzt: Meinungsfreiheit und Aufhebung der Bedrohung durch Truppen der eigenen Regierung. Die Nachricht war von Friedrich Daniel Bassermann gezeichnet, der – wie aus dem Kommentar hervorging – auch den Antrag auf die Herbeiführung nationaler Einheit mit einheitlich nationaler Gesetzgebung gestellt hatte: eine Bundesverfassung mit einem König an der Spitze, der sich auf den Rat des Volkes stützte, mit anderen Worten: die Konstitution. Im Grunde war dies die Revolution, Deutschland folgte Frankreich.

In der Redaktion herrschte unbeschreibliche Hektik. Werner zwang sich zu lesen, Druckfehler zu suchen in Berichten, die womöglich die Welt veränderten. Hin und wieder kam ihm Clara in den Sinn, ihre Sorge um Gottschalk und die Annekes. An seine eigenen Probleme dachte Werner keine Sekunde lang. Die Stunden rasten, Mitternacht war längst überschritten, als er nach Hause kam. Nur vereinzelt kamen ihm Trupps von Frauen entgegen, die immer noch lärmend durch die Stadt zogen, ohne von den aus dem Schlaf gerissenen Bewohnern behelligt zu werden. Es war Weiberfastnacht, auch noch nach Mitternacht.

*

Am Freitag sollte Werner noch früher in der Redaktion sein. Als er eintraf, gab es allerdings Entwarnung – einer der beiden Korrektoren war wieder halbwegs gesund, jedenfalls erschienen und las bereits erste Berichte. Werner musste warten, vertrat sich auf dem Flur die Beine und traf dabei Herrn Hampel, der heute ruhiger wirkte als gestern. Er verkündete stolz eine weitere Erhöhung der Auflagenziffer. Überall würde die Kölnische Zeitung mittlerweile sehnsüchtig erwartet, teilweise bei kleineren Versammlungen oder in Wirtshäusern vorgelesen. Die meisten Leser waren erfahren genug, um bei manchen Formulierungen mitzudenken, Hintergedanken zu verstehen, die anschließend besprochen wurden.

»Im Augenblick können wir sagen, was wir wollen, auch ohne offizielle Aufhebung der Zensur«, meinte Herr Hampel. »Allerdings halten wir uns bewusst zurück. Es soll so bleiben, wie es ist.«

Am Nachmittag korrigierte Werner die Artikel des Berliner Korrespondenten. Es hieß, selbst in Berlin werde die Kölnische Zeitung gelesen, sogar noch abends auf der Straße bei Laternenlicht. In Köln war für drei Armeecorps die Mobilmachung angeordnet, und zwar für genau diejenigen, die im Juli 1830 zu den Waffen gerufen wurden. Und dann merkte Werner auf: Mit telegraphischer Depesche sei der Befehl abgegangen, Saarlouis in Belagerungszustand zu erklären, wobei hinter dem Wort »Belagerungszustand« in Klammern ein Fragezeichen gesetzt war. Werner rief nach dem Setzer, ließ sich das Manuskript zeigen, ob das Fragezeichen seine Ordnung habe. Als dies bestätigt wurde, war ihm klar, dass wieder einmal eine telegraphische Nachricht unklar übermittelt worden sein musste. Irgendwer hatte wohl »Belagerungszustand« entziffert, wo zweifellos »Verteidigungszustand« gemeint war. Darüber würde er mit Herrn Ringelhardt und Herrn Breuer sprechen, und ihm war schon klar, was diese sagen würden: Eben, auf diese hölzernen Arme ist kein Verlass!

Werner las die Berichte Wort für Wort, um keine Fehler passieren zu lassen. Dann lag ein ganz anderes Blatt vor ihm. In großer Schrift verkündete die Allgemeine Karnevalsgesellschaft, in der Raveaux den Vorsitz führte, dass man sich der Aufhebung der Karnevalsfeierlichkeiten angesichts der ernsten politischen Ereignisse im Gegensatz zu Mainz nicht anschließen wolle. »Wohl ist es wahr«, hieß es, »dass die gegenwärtige Zeit eine ernste ist; doch auch wir verfolgen mit unserem Karneval einen ernsten Zweck. Wir wollen Arbeiter beschäftigen und Arme unterstützen. Sollen wir diesen Zweck aus dem Auge lassen, solange nicht ganz direkte Ursachen und Hindernisse vorhanden sind, solange nur einige aufgeregte Köpfe sich exaltiert Prophezeiungen, Plänen und Befürchtungen hingeben? Nein! Sollen wir unseren Behörden durch eigene Aufhebung unseres Karnevals eine Mutlosigkeit und Schwäche zeigen, die eines Rheinländers unwürdig ist? Nein! Sollen wir endlich dem Pariser Charivari zur Zielscheibe des Spottes werden, indem er sich mit Recht brüsten könnte, dass die Pariser Republik nicht nur die Dynastie, sondern auch den Kölner Karneval gestürzt habe? Nein! Also der Kölner Karneval wird stattfinden in seinem vollen möglichen Glanze!« Der letzte Satz war in großen Lettern geschrieben. Es folgte noch ein Aufruf, Mut zu beweisen, und am Ende stand wieder in großen Lettern: »Alaaf Colonia! Alaaf der Karneval!«

Als am späten Abend auch der zweite Korrektor melden ließ, dass er am nächsten Morgen zur Arbeit antreten werde, atmete Werner auf. Die letzten Blätter korrigierte er beschwingt.

Auf dem Heimweg holte ihn die raue Wirklichkeit jedoch rasch ein. An den Ecken diskutierten Menschen, und immer wieder hörte er Wortfetzen, die nichts Gutes verhießen. Nach und nach setzte sich ein Bild zusammen: Während der Stadtrat über das weitere Vorgehen beriet und sich lediglich auf eine vorsichtige Umgestaltung der deutschen Bundesverfassung einließ, nachdem d'Esters Antrag auf eine preußische Verfassung abgelehnt und Raveauxs Antrag auf Volksbewaffnung gar nicht erst diskutiert worden war, war es zu genau dem Zwischenfall gekommen, den Clara befürchtet hatte.

Andreas Gottschalk zog zusammen mit Fritz Anneke und Willich an der Spitze von Handwerkern und Arbeitern vors Rathaus, um das Ergebnis ihrer Beratungen bekannt zu geben, das schon per Flugblatt als »Forderungen des Volkes« überall in der Stadt verteilt wurde: Gesetzgebung und Verwaltung durch das Volk, verbunden mit allgemeinem Wahlrecht und allgemeiner Wählbarkeit.

Weiter wurden Rede- und Pressefreiheit gefordert, Aufhebung des stehenden Heeres und einiges andere, darunter Schutz der Arbeit und Sicherstellung der menschlichen Bedürfnisse für alle, vollständige Erziehung aller Kinder auf öffentliche Kosten.

Die Veranstaltung habe in größter Ruhe begonnen, hieß es, die Handwerker und Arbeiter hätten Sonntagskleidung getragen. Als Gottschalk die Forderung im Rathaus vortrug, sei es jedoch zu immer weiter gehenden Forderungen gekommen, darunter der nach Befreiung vom Elend der Tyrannei und Schutz vor Ausbeutung durch die Kamarilla der Börsenmänner und Geldspekulanten. Sogar die Abschaffung der Maschinen habe jemand verlangt. Die Menge sei in die Tausende gegangen. Aber dann habe das preußische Militär eingegriffen, zuerst gegen neun Uhr abends, dann erheblich rigoroser gegen dreiundzwanzig Uhr. Schon bei der Aktion um neun sei August Willich verhaftet worden.

Wie würde die Kölnische Zeitung reagieren? Werner musste an die fehlerhafte Depesche denken. Was, wenn einmal das Gegenteil von dem gemeldet würde, was wirklich vorgefallen war? Und wenn jemand die Möglichkeit hätte, genau dies zu manipulieren. Damit war er wieder bei seinen eigenen Sorgen. Er fand erst Ruhe, als er sich eingestand, im Grunde nur Zuschauer zu sein. Clara hatte ihn überschätzt, er selbst sich wohl auch beim Versuch, Licht ins Dunkel eines Mordes zu bringen, der unmöglich aufzuklären schien, wenn er in diese Art von Politik verstrickt sein sollte.

*

Am Samstagmorgen verzichtete Werner auf die Lektüre der Morgenzeitung, weil er den Inhalt schon kannte. Als er am Nachmittag vom neuesten Extrablatt hörte, eilte er, es sich zu besorgen. Es war keine wirkliche Ausgabe der Kölnischen Zeitung, sondern die Veröffentlichung einer amtlichen Bekanntmachung im Auftrag der Regierung.

Darin wurde das gestrige Ereignis als bedauerliche »Ruhestörung« bezeichnet, als Bestürmung des Gemeinderats mit Forderungen statt Bitten, die in allen Einzelheiten säuberlich aufgezählt waren. Weiter wurde von einer »Belagerung« des Rathauses, von »aufrührerischen Reden« gesprochen, von der Verhaftung eines nicht namentlich genannten »Rädelsführers«. Abschließend hieß es: »Die gerichtliche Untersuchung wird sofort über dies in unserer Provinz unerhörte Attentat eingeleitet werden.« Unterzeichnet vom Regierungspräsidenten von Raumer.

Attentat! Werner stöhnte auf. Vielleicht konnte DuMont nicht anders, dachte er und beschloss, noch vor dem abendlichen Zusammentreffen mit Franz in der Redaktion vorbeizugehen und den Bericht über die Ereignisse im Leitartikel zu lesen.

Es war schlimmer, als er es befürchtet hatte. Nicht nur, dass mittlerweile Gottschalk und Anneke ebenfalls verhaftet waren. Der Auftritt der Deputation Kölner Bürger vor dem Rathaus war in den grellsten Farben ausgemalt. Der Anführer habe »in der aufgeregtesten Sprache« seine Forderungen vorgetragen, bei jedem einzelnen Punkt »durch das furchtbarste Geschrei der tobenden Menge« unterbrochen. Am Ende wurden Verlautbarungen des Oberbürgermeisters abgedruckt, die jede Ruhestörung zu ahnden drohten.

Werner fühlte sich zerschmettert. In dieser Stimmung machte er sich auf den Weg, um Menschen kennen zu lernen, von denen er nichts wusste, als dass sie bereit waren, sich gegen die Obrigkeit aufzulehnen. Schon der Besuch bei den Annekes hatte ihm den Spion eingebracht. Was würde erst geschehen, wenn sie ihn dort entdeckten?

NEUNZEHNTES KAPITEL *In dem in einem Hinterzimmer eine politische Versammlung stattfindet, auf der Werner über die Telegraphie ausgefragt wird, dafür etwas über eine Aktion in Flittard erfährt*

Als Werner die Schankstube im Alten Brauhaus betrat, hellte sich seine Miene auf. Er hatte eine finstere Höhle erwartet, sah aber einen bunt geschmückten Raum vor sich, Papiergirlanden in Rot und Weiß, riesige Pappfiguren in grotesken Kostümen und mit noch groteskeren Gesichtern, eingehüllt freilich in dichten Tabaksqualm. Sämtliche Tische waren besetzt, Männer und Frauen unterhielten sich offenbar bestens, johlendes Lachen überdeckte für einen Moment eine Klangkulisse, die schon als solche eine Verständigung unmöglich zu machen schien. Minutenlang stand Werner hilflos im Eingang, bis ihn der Wirt hinter dem großen Bierfass auf dem Tresen entdeckte. Er musterte ihn kurz und wies endlich mit dem Finger zuerst in eine Ecke und dann in die Höhe. Werner verstand und setzte sich in Bewegung. Wo er aneckte, musste er spöttische Reden über sich ergehen lassen, die er nur halb mitbekam. Dann erreichte er eine Tür, die halb offen stand und einen schwach erhellten Flur erkennen ließ. Werner brauchte einen Augenblick, um sich zu orientieren, stieg die Treppe nach oben, stand vor einer geschlossenen Tür, klopfte und trat ein.

Von innen schien man ihn trotz des Lärms, der von unten heraufdrang, gehört zu haben. Jedenfalls war Franz schon von seinem Stuhl aufgestanden und kam ihm entgegen.

»Da ist er ja, er traut sich also«, lautete die Begrüßung. Mit einer Armbewegung stellte Franz darauf die Gesellschaft vor, die um einen rechteckigen Tisch Platz genommen hatte. »Und das sind meine Freunde«, fuhr er fort, »Kaspar, Dachdeckergeselle, Robert, Zimmermann, aber arbeitslos, Hermann, Steinhauer, ebenfalls arbeitslos, Joseph, Maurer, natürlich auch arbeitslos – hier hast du fast das ganze Bauhandwerk beisammen, das seit langem Arbeitsbeschaffungsmaßnahmen verlangt, aber von der Stadt im Stich gelassen wird – weiter Wilhelm, nicht ganz arbeitslos, dafür abgebrochener Student, im Augenblick Mitarbeiter der Kölnischen Zeitung – die anderen können sich zur Not selbst vorstellen.«

Bei jeder Namensnennung hatte jemand genickt, wobei Werner die Gesichter nur zum Teil erkennen konnte. Insgesamt waren es vierzehn Personen, etwa die Hälfte Anfang zwanzig wie Werner selbst, aber auch ältere, sicher mindestens Vierzigjährige, wenn nicht das Äußere trog: Abgearbeitet, schlecht ernährt, von mancherlei Krankheit gezeichnet waren sie eigentlich alle. Sie saßen in dicken Jacken und Mützen am Tisch, weil es im Raum keinen Ofen gab, sondern die Wärme von der Schankstube im Geschoss darunter stammte. Die zwei Kerzen im Leuchter auf dem Tisch verbreiteten nicht allzu viel Licht, und geraucht wurde auch in diesem Kreis – freilich nicht teure Zigarren, sondern Pfeifen. Nur war die Lautstärke eine ganz andere. Bei der Vorstellung sprach niemand, später wechselten sich Vorträge und lebhafte Diskussionen ab, ohne dass jemand einschreiten musste. Es schien überhaupt keinen Anführer zu geben, man kam auch so aus.

Als Werner den ihm zugewiesenen Platz erreicht und sich niedergelassen hatte, fuhr ein Teilnehmer in einer Rede fort, die er offenbar unterbrochen hatte, sprach über das Vorgehen der Anführer der gestrigen Versammlung der Arbeiter vor dem Rathaus und setzte sich unverblümt für ein Vorgehen mit Gewalt ein. Man habe ja gesehen, dass die Stadt einen Militäreinsatz nicht scheue. Fast sei es Willich gelungen, die Soldaten von einem Eingreifen abzuhalten, aber eben nur fast – dafür sei er schließlich festgenommen worden. Wäre man selbst bewaffnet vors Rathaus gezogen und hätte Barrikaden gebaut, wäre alles möglicherweise anders abgelaufen.

Es entstand eine lebhafte Diskussion, bei der sich Anhänger und Gegner scharf widersprachen, ohne den grundsätzlichen Gewaltverzicht, wie ihn besonders Gottschalk immer wieder einschärfte, infrage zu stellen. Außerdem spielte es eine große Rolle, dass man zwar Willich verhaftet hatte, es aber nicht zu Blutvergießen gekommen war – der ganz große Unterschied zur Martinskirmes am 4. August.

Nach einer Weile waren die Kontrahenten erschöpft, und Franz meldete sich zu Wort.

»Lassen wir das Thema für heute ruhen«, sagte er. »Werner ist hier, wir sollten uns mit der Telegraphie befassen, selbst wenn das Thema nicht mehr ganz aktuell ist.«

Für einen Augenblick setzte wieder ein Stimmengewirr ein, das Franz nutzte, um zu Werner zu gehen und ihn für die anderen unhörbar anzusprechen:

»Du bist hier sicher, es ist noch nie ein Wort herausgedrungen. Das Problem ist eher, dass meine Kameraden bei dir nicht ganz sicher sind. Wenn du kannst, beruhige sie.«

Franz kehrte auf seinen Platz zurück und richtete wiederum das Wort an alle.

»Der Faden ist mittlerweile etwas abgerissen, ich weiß. Aber wir haben Werner nun hier, wir können die alte Diskussion noch einmal aufnehmen. Ich habe ihn übrigens lange genug beobachtet. Ich weiß, wo er verkehrt: zum Beispiel Am alten Ufer. Wenn er ein Spitzel ist, bin ich auch einer.«

Darauf wendete er sich an Werner. »Du solltest uns sagen, welche Bedeutung die Telegraphie für die Politik hat, was die preußische Regierung damit macht und was sich im Hintergrund abspielt. Wenn es nichts für uns ist, ist es auch gut. Wir interessieren uns eben für alles.«

Werner war erleichtert über diese Art von Einladung, weil er so sprechen konnte, wie er es sich tagelang immer wieder sorgfältig überlegt hatte. Er nickte, blickte verstohlen in die Runde, um die Stimmung zu prüfen, stellte fest, dass man ihn durchaus erwartungsvoll anblickte, und begann.

»Ich kenne das Thema von meinem Vater her, einem Telegraphisten der ersten Stunde, natürlich einem optischen.«

Ja, genau so war es richtig gewesen, niemand sollte wissen, dass sein Vater nicht mehr lebte, aber niemand sollte ihm später einen Vorwurf machen können, er habe gelogen.

»Ich bin ein Vertreter der elektrischen Telegraphie, ja, habe es immer für einen Fehler gehalten, dass die optische Linie überhaupt gebaut wurde. Schon die Erfindung des optischen Telegraphen durch Claude Chappe war im Grunde ein Rückfall hinter das damals technisch Mögliche. 1790 gab es Strom und gelungene Experimente zu dessen Nutzung für die Kommunikation. Als Napoleon ganz Europa mit seinen Siegen verblüffte, die sich in einigen Fällen durchaus dem Telegraphen verdankten, hat in München ein Mann namens Samuel Sömmering einen elektrischen Telegraphen gebastelt, den man in ein, zwei Jahren hätte gebrauchsfähig weiterentwickeln können. Sömmering hat auch Nachfolger gefunden, den Göttinger Professor Gauß zum Beispiel, der dann tatsächlich einen funktionstüchtigen elektrischen Telegraphen vorstellte. Aber alles wurde verschlafen, stattdessen die optische Linie gebaut und auch beibehalten, als die Franzosen mit der Umstellung auf einen allerdings mittlerweile veralteten elektrischen Telegraphen begannen. Seit Oktober letzten Jahres gibt es in Berlin nun eine Firma zur Entwicklung eines neuen Systems, nachdem uns die Amerikaner vorgemacht haben, wie es geht. Die Gespräche über die Verwirklichung des Projekts laufen. Das Einzige, was nicht geklärt ist, ist die Finanzierung. Wir haben hier in Köln einen rührigen Mann, der gern mitmischen will, Herrn Ringelhardt, ich glaube, der ist hier bekannt.«

Werner beobachtete ein allgemeines Nicken, nahm aber auch wahr, dass man ihn offenbar reden lassen wollte, um herauszufinden, wer er war. Er ließ sich davon nicht beirren und fuhr fort.

»Ihr müsst mir nun genauer sagen, wofür ihr euch interessiert. Geht es mehr um die Zukunft oder mehr um die Gegenwart? Wollt ihr wissen, wieso die optische Telegraphie überholt ist, oder wollt ihr wissen, welchen Stellenwert die optische Telegraphie im augenblicklichen Nachrichtenverkehr hat?«

Die Runde war über diese ebenso plötzlichen wie präzisen Fragen augenscheinlich überrascht, aber ein Teilnehmer fand sie offenbar willkommen: »Natürlich interessiert uns der Stellenwert, wie du sagst«, kam es aus einer Ecke, worauf beifälliges Nicken folgte.

»Also, der Stellenwert, wie ich vielleicht etwas unvorsichtig gesagt habe. Ich weiß natürlich nicht genau, was in den Köpfen der Beteiligten vorgeht, aber so viel kann ich sagen: Das Tempo der Nachrichten wird immer wichtiger. Je schneller eine Regierung weiß, was wo passiert, umso schneller kann sie handeln. Vor allem dann, wenn diese Verbindungen ein Monopol darstellen. Es gibt erste Versuche, die elektrische Telegraphie für die Wirtschaft zu nutzen. Bei der optischen war das von Anfang an definitiv ausgeschlossen worden, übrigens auch von Napoleon. Die Hamburger Börse will sich nun mit Cuxhaven elektrisch verbinden lassen. Eine Ersetzung der Linie Berlin-Köln-Koblenz steht wohl im Augenblick allein aus Kostengründen nicht zur Debatte. Falls sie wirklich gebaut wird, dürfte sie im

Übrigen ausschließlich staatlichen Zwecken dienen, jedenfalls wenn sich in Deutschland nichts grundsätzlich ändert.«

Es setzte ein Raunen ein, in dem Franz das Wort ergriff.

»Reden wir nicht lange um den heißen Brei herum – entschuldige, Werner –, diskutieren wir das, was uns wirklich interessiert! Kann man die Berliner nervös machen, wenn die Linie einmal unvorhergesehen unterbrochen wird?«

Endlich war das Thema erreicht, auf das Werner selbst gewartet hatte. Teils gab er das wieder, was er sich zurechtgelegt hatte, teils sagte er das, was ihm gerade einfiel.

»Man ist an solche Unterbrechungen eigentlich gewöhnt. Es gibt sozusagen ganz natürliche Unterbrechungen, zum Beispiel durch den Nebel. Im Augenblick herrscht ganz gutes Wetter, und der Telegraph kommt fast nicht zur Ruhe, wovon ich mich selbst kürzlich überzeugt habe. Aber gestern war in der Zeitung eine Nachricht abgedruckt, bei der offensichtlich eine Meldung fehlerhaft angekommen ist. Ein relativ harmloser Fall – der ›Verteidigungszustand‹ von Saarlouis wurde offenbar fälschlich mit einem ›Belagerungszustand‹ verwechselt. Ich glaube jedoch, dass man in Berlin allmählich immer weniger von diesen Depeschen hält und den Tag herbeisehnt, an dem man elektrisch telegraphieren kann. Nicht nur, dass alles einfach viel zu unzuverlässig, viel zu langsam, einfach unzeitgemäß ist. Sie wissen offenbar selbst genau, wie leicht man diesen Nachrichtenfluss stören kann.«

Es folgten Zwischenrufe, aber es meldete sich auch ein Teilnehmer, der offensichtlich etwas in Ruhe entwickeln wollte. Franz gab ihm ein Zeichen, worauf die Runde das Raunen abbrach und er, ein Bursche mit eingefallenen Wangen und auch sonst kränklichem Gesichtsausdruck, sprechen konnte:

»Du hältst also einen Anschlag für überholt?«

Werner war irritiert, weil er nicht erkannte, worauf er hinauswollte, und nickte, sodass dieser fortfuhr:

»Aber es könnte auch nichts schaden, sie wären nicht gerade erfreut?«

Werner war überrascht angesichts dieser Direktheit: »Natürlich nicht, wohl aber diejenigen, die auf diese Weise ein Argument haben, die elektrische Verbindung schneller zu bauen.«

»Wir sind seit gestern in einer neuen Situation, stehen mitten in einer Revolution. Uns interessiert jetzt das Morgen und Übermorgen, nicht das nächste Jahr. Deshalb noch einmal: Kommen sie in Berlin aus dem Konzept?«

In diesem Augenblick konnte ein anderer Teilnehmer, einer der Älteren, nicht an sich halten und sprang für Werner ein.

»Wieso soll Werner das beantworten können? Du hörst doch, Hans, dass es auch ohne Anschläge ständig Probleme gibt. Wenn wir einen Anschlag verüben, sagen wir, eine Station lahm legen, ist am nächsten Tag Militär zur Stelle, repariert alles, und am übernächsten Tag stehen von Berlin bis Koblenz Posten vor den Stationen.«

Darauf setzte zum ersten Mal ein wirklich unkontrolliertes Durcheinanderreden ein, das Franz abwartete. Die Runde löste sich vorübergehend in Zweier- oder Dreiergruppen auf, die jeweils für sich das Problem erörterten. Dann kehrte wieder Ruhe ein, und es zeigte sich, dass Franz doch wenigstens der Gesprächsleiter war, als er sagte:

»Jetzt der Reihe nach. Wer will etwas vorbringen? Kaspar, du zuerst.«

Ein langer Bursche mit knarrender Bassstimme begann zu sprechen:

»Ich weiß gar nicht, was ihr wollt. Immer ist von Berlin die Rede, aber hier regieren doch nicht die Berliner, sondern der Kölner Rat, ein von den Preußen eingesetzter Oberpräsident und ganz nebenbei ein preußischer General, wenn es darauf ankommt, für Ruhe zu sorgen. Was bringt schon eine Unterbrechung der Nachrichtenverbindung nach Berlin? Ihr seht doch, wie sie gestern Abend und heute Morgen reagiert haben – ich glaube kaum, unter Rückfrage in Berlin. Schlagen wir uns das Thema aus dem Kopf! Außerdem haben wir das doch letzten Herbst schon diskutiert. Hermann und Adolph waren doch in Flittard und haben sich den Telegraphen angesehen, nur um hinterher zu sagen, dass es ziemlich leicht wäre, den Nachrichtenfluss zu unterbrechen.«

»Und ziemlich zwecklos – er hat ganz Recht«, fügte der Nebenmann von Kaspar hinzu, während Werner in größter Aufregung herauszufinden versuchte, wer Hermann und Adolph waren.

Aber wieder herrschte Durcheinander, wieder wartete Franz ab, bis sich die Erregung gelegt hatte.

»Und du, Ernst, willst du etwas vorbringen?«

»Warum sollen wir sie nicht ärgern? Ich melde mich freiwillig hinzugehen. Kann man die hölzernen Arme nicht so festbinden, dass die Telegraphisten sie nicht ohne weiteres wieder in Gang bringen können? Wo ist denn dein Vater Telegraphist?«, fragte er mit einer Wendung zu Werner. »Es braucht ja nicht unbedingt auf dessen Station zu sein.«

Werner war heilfroh, dass alles lachte, behandelte die Frage mehr als Witz und versuchte, dem Gespräch eine Wende zu geben.

»Wenn ihr wollt, bin ich dabei. Ich bin übrigens nicht für Festbinden, sondern eher für Manipulieren. Wenn man unbeobachtet die Seilverbindungen von der Telegraphenstube zum Mast etwas verlängert oder verkürzt, kommen andere Winkel zustande, die in keinem Codebuch vorkommen. Dann fragen sie sich, ob sie selbst oder irgendein anderer verrückt geworden ist.«

»Und das wäre dann eine Art Karnevalsscherz!«, ergriff Franz das Wort. »Nein, ich bin dagegen, auch wenn Raveaux Politik und Karneval verbinden will.«

Werner hatte sich unterdessen an seinen Nebenmann gewandt und ihn nach Hermann und Adolph gefragt, worauf dieser mit dem Kopf in zwei Richtungen nickte, wo die entsprechenden Teilnehmer der Runde das Signal wahrnahmen.

»Können wir uns gleich kurz sprechen?«, rief Werner über den Tisch hinweg. Ein Nicken folgte als Antwort. Immerhin, das war geschafft. Die Diskussion aber war versandet, die Teilnehmer sahen offenbar keinen Sinn darin, das Thema weiter zu verfolgen. Es war zu klar, dass ein Anschlag nicht infrage kam, höchstens den falschen Leuten in die Hände spielen würde.

Franz erkannte die Situation und beendete das Gespräch, nicht ohne sich bei Werner für seine Worte zu bedanken.

»Ich glaube, wir bleiben trotzdem in Kontakt«, sagte er und wandte sich dann dem nächsten Punkt zu: der gemeinschaftlichen Selbsthilfe, die bislang von der preußischen Regierung genauso verboten war wie jede Art von politischer Versammlung.

Werner verfolgte die Diskussion nur unaufmerksam, weil er immer wieder zu Hermann und Adolph hinüberblickte, um an deren Mienen und dem sonstigen Gebaren abzulesen, ob sie zu einem Mord fähig wären. Wahrscheinlich schien es ihm nicht: Nichts Finsteres, nichts Furchteinflößendes ging von ihnen aus. Werner sehnte das Ende der Sitzung herbei, um die beiden persönlich sprechen zu können. Er musste lange warten, denn es folgte noch eine Diskussion über die Lohnsenkungen nach der Missernte vom letzten Jahr, für die sich jedoch nur wenige interessierten. Dann war urplötzlich die Sitzung zu Ende.

Alle standen von ihren Stühlen auf, zwei Teilnehmer gingen nach unten, um Bier zu holen, wozu sie eine Art Sammelbestellung aufnahmen. Werner ging zu Hermann und winkte auch Adolph hinzu, der ebenfalls schon bei einer anderen Gruppe stand. »Das mit Flittard interessiert mich. Könnt ihr mir etwas davon erzählen?«

Hermann, der Jüngere der beiden mit riesigen Händen, regelrechten Pranken, die auf harte körperliche Arbeit schließen ließen, fragte zunächst irritiert zurück:

»Und was interessiert dich genau daran?«

Es stieg heiß in Werner hoch, ehe er in der Kürze der Zeit eine Antwort fand: »Ich kenne den Obertelegraphisten von Sankt Pantaleon, der mir erzählt hat, ein Arbeiter hätte ihn nach dem Code ausgefragt. Wenn einer von euch das war ...«

Werner hätte den Satz nicht zu Ende bekommen, ohne ins Stottern zu geraten, und war erleichtert, als Adolph, ein langer, dürrer Bursche mit durchaus eleganten Bewegungen, in einer Sprache ohne jeden kölschen Einschlag sagte:

»So, so! Das spricht sich also rund. Da kann man einmal sehen, wie man aufpassen muss. Dann weißt du auch, dass er nichts gesagt hat.«

»Ja, natürlich«, Werner versuchte zu lachen, »sie dürfen nicht viel sagen, aber sie haben auch nicht viel zu sagen. Der Code ist das Heiligtum. Habt ihr es in Flittard auch versucht?«

Die beiden schauten sich an, ehe Hermann die Frage beantwortete:

»Nein, dort nicht. Adolph war auch nicht in oder auf Sankt Pantaleon. Er hat den Telegraphisten ganz bewusst nicht an seinem Arbeitsplatz angesprochen, sondern im Biergarten.«

»In Flittard haben wir uns nur die Anlage angesehen«, fügte Adolph hinzu.

Werner war klar, dass er jetzt alles auf eine Karte gesetzt hatte. Wenn herauskam, dass sein Vater dort ermordet wurde, war auch klar, dass er seinen neuen Freunden nicht traute. Damit wäre der Kontakt beendet. Sollte er im allerletzten Moment das Geheimnis preisgeben, sich entschuldigen und auf Verständnis hoffen? Werner spürte seinen Kopf fast zerspringen.

Da ergriff Hermann noch einmal das Wort: »Franz hat uns erzählt, dass du von Herrn Breuer angesprochen worden bist und wohl auch für ihn arbeiten willst. Du wirst dort Leo treffen, einen ehemaligen Studenten, der auch bei uns ein Ehemaliger ist. Der ist weiter gegangen als wir. Ich glaube, der hat wirklich einen Anschlag verübt, jedenfalls hat er das angekündigt. Ich würde mich vor ihm vorsehen, er ist ein Wirrkopf, der dich in irgendetwas hineinziehen könnte. Wir wundern uns hier, warum Herr Breuer ihn aufgenommen hat.«

»Dieser Breuer ist ein Phantast«, fuhr Adolph fort, »wenn auch ein harmloser. Aber dieser Leo ist alles andere als harmlos, da hat Hermann Recht. Wir waren froh, als er wegblieb. Andererseits hätte Franz dich wohl kaum hierher eingeladen ohne das dauernde Reden von Leo über Anschläge auf Telegraphenlinien. Wir haben eigentlich selbst nicht verstanden, was Franz eigentlich von dir wollte, wo alle heilfroh waren, dass sich das Thema erledigt hatte.«

Werner griff nach dem Krug Bier, der ihm in diesem Augenblick gereicht wurde, fragte nach den Kosten und bezahlte. Hermann und Adolph waren währenddessen zu einer Gruppe gegangen, in der offenbar private Erlebnisse ausgetauscht wurden. Werner stand etwas verloren daneben. Franz erkannte die Situation und trat zu ihm.

»Enttäuscht? Na ja, es ist nicht viel dabei herausgekommen, ich selbst bin schuld. Ich habe das Thema überschätzt. Oder die Ereignisse sind einfach darüber hinweggefegt. Wer weiß, vielleicht wird es doch noch einmal wichtig.«

Werner nickte. »Ja, vielleicht.«

»Wie gefällt es dir denn bei uns? Du kennst dich besser unter Studenten aus, mit Arbeitern hast du dich wohl noch nie unterhalten. Und wie findest du es?« Als Werner beschwörend die Hände hob, um sich gegen die scharfe Grenzziehung zu wehren, fuhr Franz fort: »Immerhin gibt es auch bei uns Studenten, wenn auch abgebrochene. Siehst du Wilhelm dort hinten, Wilhelm Dorn? Der ist ein solcher Abgebrochener und schreibt wie du gelegentlich für die Kölnische Zeitung, geht jedenfalls fast jeden Tag hin, um nach Aufträgen zu fragen. Kennst du ihn?«

»Es gibt so viele«, antwortete Werner, »nein, den nicht, aber stell mich doch vor, ich hätte etwas zu fragen.«

Franz holte Wilhelm und ließ die beiden dann allein. Wilhelm hob sich tatsächlich von den anderen deutlich ab: Seine Jacke war nicht geflickt wie die der meisten anderen, die ganze Erscheinung deutete auf ein Leben als Stubenhocker, selbst an den Haaren sah man, dass sie nicht Wind und Wetter gewohnt waren, schon gar nicht Qualm oder Schmutz, wie er in Fabriken oder Handwerksbetrieben herrschte.

Werner erzählte ihm von den Sorgen, die man sich im Anneke-Kreis um den Kurs der Kölnischen Zeitung mache, erwähnte auch Claras Besuch und Bitte. Wilhelm hörte interessiert zu, bestätigte immer wieder die Einschätzung von Werner. Dann nahm er selbst Stellung.

»Ich werde dich kaum enttäuschen, wenn ich dir sage, dass DuMont auf Dauer wohl kaum seine Linie gegen die Preußen einhalten kann. Man muss froh sein, wenn es nicht schlimmer kommt, solange die Pressefreiheit nicht rechtlich verankert ist. Und in diesem Punkt glaube ich nicht an ein Nachgeben der Preußen. Wir werden ja sehen, was jetzt in Baden passiert, wo sie die Pressefreiheit durchgesetzt haben.«

Es war unterdessen spät geworden, die ersten verabschiedeten sich. Auch Werner entschloss sich zu gehen und machte sich in einem kleinen Trupp auf den Weg ins Treppenhaus. Er lief durch die Kneipe, in der es mittlerweile leer geworden war, und stand dann auf der Straße. Als er schon ein paar Schritte weit gegangen war, hörte er eine Stimme nach ihm rufen, und er blieb stehen. Es war Wilhelm, der an ihn herantrat und ihm zuflüsterte:

»Über die Telegraphie müssen wir noch einmal allein sprechen. Wir sehen uns in der Redaktion.«

Schon war er in der Nacht verschwunden. Werner suchte sich nach einer Weile seinen merkwürdig vielsagenden Gesichtsausdruck in Erinnerung zu rufen, konnte sich aber keinen Reim darauf machen. In der Redaktion also, das war immerhin eindeutig und einfach. Dann ging er das Erlebte noch einmal durch und zog Resümee: Franz beziehungsweise seine Leute kamen nicht infrage, dafür war der Mann bei Herrn Breuer an die erste Stelle gerückt: Leo. Und Wilhelm eben? Gibt es doch noch eine neue Spur? Werner versuchte, das Kombinieren zu unterdrücken. Er musste jetzt Ruhe bewahren. Aber in der Nacht war das Gegenteil der Fall. Er wälzte sich von einer Seite auf die andere, woran die wenigen Störungen von der Straße her den geringsten Anteil hatten.

ZWANZIGSTES KAPITEL *In dem Werner in der Redaktion ein peinliches Bekenntnis abgibt und am Abend, beim Feiern mit den Bonner Freunden, mit einem Wesen konfrontiert wird, das ihn gehörig erschreckt*

Der Abend war lang geworden, dann durfte der Morgen auch lang werden, dachte sich Werner am Sonntag beim ersten Aufwachen und blieb im Bett liegen, bis es läutete. Zuerst hörte er die hellen Glocken von Sankt Kolumba, wusste, dass nun ein Geläute nach dem anderen einfallen würde, bis die Luft erfüllt war von wogenden Klängen. So wartete er auf die tiefen Töne der großen Glocken, die dem Konzert stets die rechte Basis verliehen, das Fundament all der Melodien, die sich auf rätselhafte Weise miteinander verbanden, selbst wenn sie entferntesten Tonarten entstammten. Wir haben den Anfang einer Revolution, dachte er dann, und die Glocken scheren sich nicht darum. Sie haben es schon bei all den anderen Gelegenheiten nicht getan, haben Tod und Krieg, Seuchen und Hungersnöte zugedeckt, wie es sonst nur noch die Vögel im Frühjahr fertig bringen, vor allem auf dem Lande, in Flittard zum Beispiel um das Telegraphenhaus. Stets hatte sich der Vater verärgert über diese Konkurrenz in den Lüften geäußert, die bei Dunkelheit und Nebel aus winzigen Kehlen ihre Botschaft über Wiesen und Felder höchstens noch lauter erschallen ließen. Oh, würde er noch leben, könnte er sich noch ein einziges Mal mit ihm über die Fortschritte der elektrischen Telegraphie unterhalten! Eine Firma zu deren Verbreitung existierte schon, gegründet beinahe an seinem Todestag und vielleicht sogar mit seinem Tod untergründig verbunden.

Werner schauderte, erhob sich fröstelnd aus seinem Bett, nahm den Morgenmantel und ging wie gewohnt zur Tür. Erst der Blick in die Zeitung brachte ihm zu Bewusstsein, dass es kein gewöhnlicher Morgen war. Es war Karnevalssonntag, in ein paar Stunden würde der Glockenklang ersetzt sein durch die Lieder der umherstreifenden Jecken.

Werner blätterte die Zeitung durch auf der Suche nach irgendetwas anderem als düsteren Nachrichten und blieb an der polizeilichen Bekanntmachung hängen, die das uralte Treiben an diesen Tagen in preußisch-akkurate Bahnen zu lenken hoffte. Maskentragen auf den Straßen also nur von Sonntag bis Dienstag erlaubt, bei Achtung der Religion und Wahrung der guten Sitten. Jeder Maskierte musste eine von der Armenverwaltung ausgegebene Karte bei sich tragen, deren Erlös der entsprechenden Versorgung von Hilfsbedürftigen zufloss – Werner hatte sich damit nicht versorgt, weil er ein Kostüm so kurz nach dem Tod des Vaters für pietätlos hielt. Schließlich gab es Anweisungen für besonders vorsichtiges Kutschieren und Reiten, Ausweichen immer nur nach rechts. In der Spalte gleich gegenüber hatte Polizeidirektor Müller in einer eigenen Rubrik jegliches Schießen mit Gewehren, darüber hinaus das Abbrennen von Feuerwerkskörpern, Schwärmern, Raketen und dergleichen auf öffentlichen Plätzen untersagt. Die Mahnung war direkt über eine Anzeige der Lengfeld'schen Buchhandlung eingerückt, in der fünfzig Original-Liebesbriefe für Verliebte und Verlobte als unerschöpfliche Quelle eleganter Wendungen, schöner Redensarten und überraschender Gedanken für elf Silbergroschen angeboten wurden – oh, warte nur, Lengfeld, das wirst du heute Abend büßen!, dachte Werner. Große politische Reden halten, vor den Gefahren der Aktiengesellschaften und was sonst noch warnen und dann schamlos die Nöte der kleinen Leute ausnutzen!

Werner war nun endgültig wach genug, um auch einen Blick auf ernstere Artikel zu werfen. Der Leitartikel handelte von der Darstellung der Pariser Revolution in der Allgemeinen Preußischen Zeitung, dem inoffiziellen Organ der preußischen Regierung. Und Werner traute seinen Augen nicht. Als wolle man sich für die Berichterstattung über die Ereignisse am 3. März entschuldigen, hagelte es Vorwürfe. Das Urteil dieser Zeitung sei »von einer solchen Oberflächlichkeit«, hieß es, »dass die Redaktion des unbedeutendsten rheinischen Wochenblättchens erröten würde, sie zur Schau zu tragen«. Keineswegs habe es sich um »Untreue und Gewalt« gehandelt, und »blutig«, gar eine »entfesselte Furie« sei die Revolution schon gar nicht gewesen. Und der Ton wurde schärfer und schärfer: »Aber auf welcher Seite war in Frankreich die tiefere Untreue? War es Treue, kraft dessen Ludwig Philipp 1830 den Thron bestieg? War es Treue und Hingebung an seine neue hohe Würde, kraft dessen ihm von allen Gesetzen stets die Dotationsgesetze am meisten am Herzen lagen? Wer ›Korruption‹ aussät, hat den Anspruch, ›Treue‹ ernten zu wollen?« Und dann der krönende Abschluss: Preußen solle nur ja nicht auf den Gedanken kommen, mit Frankreich ein »ernstes Wort« zu reden – man wolle von Frankreich nicht angegriffen werden, aber auch nicht selbst einen Krieg vom Zaun brechen. Na, Gott sei Dank, dachte Werner, sie hatten also doch Mut! Vielleicht waren die Ereignisse in Köln zu nah, zu plötzlich gekommen. Gegen die Berliner setzten sie sich jedenfalls zur Wehr.

Er wusch sich, frühstückte, blätterte beim Kauen des wieder reichlich trockenen Brotes zu den Anzeigen zurück, in denen die Einladungen zum Appell der kölnischen Funken und besonders zu den großen Bällen hervorstachen – bis zum Fischessen im Café Royal am Aschermittwoch. Dann machte er sich ausgehfertig, um in der Redaktion seinen neuen Bekannten zu treffen, wand sich ein paar Papierschlangen um den Hals, um nicht als Karnevalsmuffel zu gelten, und zog los.

Morgen in der Redaktion, hatte Wilhelm gesagt und angedeutet, dass er irgendetwas unter vier Augen besprechen wolle. Nur hatte er keine Zeit genannt, war sofort nach der Verabredung verschwunden. Und wieso eigentlich unter vier Augen? Gab es auch unter diesen Burschen Geheimnisse, traute einer dem anderen nicht, so wie er ihnen nicht traute?

Dann war er auf der Straße, wo erste Gruppen von Maskierten unterwegs waren und ihn mit großem Hallo begrüßten, obwohl er keinen einzigen kannte. In der Breite Straße, kurz vor der Redaktion, probte an einer Ecke eine Gruppe wohl ein neues Lied, wobei ein guter Sänger immer wieder eine etwas schwierige Passage vorsang und die anderen unter Gelächter dann doch den Ton nicht trafen.

In der Redaktion ging Werner zielstrebig ins Büro von Herrn Hampel, fand auf sein Klopfen Einlass und blieb auf der Schwelle wie angewurzelt stehen. Am Schreibtisch saß der Redakteur und ihm gegenüber Wilhelm.

»Da haben wir ja fast sämtliche Telegraphiespezialisten Kölns versammelt«, sagte Herr Hampel gut gelaunt. »Kommen Sie doch herein, Herr Schilling, das Thema wird Sie ohnehin interessieren.«

Werner nahm sich einen Stuhl und setzte sich neben Wilhelm vor den Schreibtisch von Herrn Hampel, der fortfuhr: »Herr Dorn hat mir gerade erzählt – ich glaube, er wollte es Ihnen auch sagen –, dass unser Oberpräsident mit dem Gedanken spielt, wichtige telegraphische Depeschen aus Berlin in der Kölnischen Zeitung zu veröffentlichen. Man will nach den Ereignissen der letzten Tage offenbar guten Willen demonstrieren.«

»Das ist das eine«, übernahm Wilhelm, an Werner gewandt, das Wort. »Das andere ist, dass man Anschläge auf den Telegraphen befürchtet und mit solchen Veröffentlichungen allen Gegnern gewissermaßen das Wasser abzugraben hofft. Wenn man so will, nach dem Motto: Wovon die Bürger einen Vorteil haben, das werden sie auch schützen oder jedenfalls Verständnis dafür haben, wenn es geschützt wird. Ich habe all das aus einer Quelle, die nicht genannt zu werden wünscht, aber ganz zuverlässig ist.«

Werner hatte sich nach und nach gefangen. »Gibt es denn Grund für diese Befürchtungen, ich meine: aktuellen Grund?«, fragte er.

»Aktuellen nicht«, antwortete Wilhelm, »aber es hat früher einen Anschlag gegeben, über den nie Genaueres bekannt wurde. Ich nehme an, er ist ganz in unserer Nähe verübt worden, wird auf jeden Fall mit Köln in Verbindung gebracht.«

Werner kämpfte mit sich auf eine Weise, die er kaum verbergen konnte. Er merkte, wie ihm das Blut ins Gesicht stieg, und entschied sich, diesmal nicht zu schweigen.

»Wenn ich mich darauf verlassen kann, dass das, was ich jetzt sage, unter uns bleibt, werde ich etwas sehr Wichtiges mitteilen.« Fragend schaute er Herrn Hampel und Wilhelm an, die beide überrascht, aber entschlossen nickten. »Der Anschlag ist mir genau bekannt. Er wurde am 27. September letzten Jahres in Flittard verübt. Es handelte sich um die Ermordung des dortigen Obertelegraphisten. Dieser Obertelegraphist« – hier stockte Werner ein, zwei Sekunden –, »dieser Obertelegraphist hieß Adam Schilling. Er war mein Vater.«

Seine Worte wirkten lähmend. Herr Hampel war ein erfahrener Mann, ein guter Menschenkenner, aber er konnte einen Augenblick lang nicht sprechen. Auch Wilhelm schwieg, selbst wenn seine Gedanken in eine völlig andere Richtung gehen mochten. Ins Schweigen hinein meldete sich Werner noch einmal.

»Ich suche die ganze Zeit den Mörder. Bei allen meinen Kontakten mit Telegraphieinteressierten geht es mir einzig darum, Spuren zu finden. Auch« – damit wandte er sich an Wilhelm – »bei euch. Allerdings bin ich mir mittlerweile sicher, dass bei euch niemand infrage kommt.«

»Du hast uns verdächtigt?«, fragte Wilhelm mit belegter Stimme, sodass Werner glaubte, der Kontakt sei nun wohl für immer zerrissen. »Wieso uns?«

Werner schluckte. »›Verdächtigt‹ ist nicht das richtige Wort. Ich habe gesucht. Ich habe eben überall gesucht. Franz hat auf die Annonce reagiert, deshalb bin ich bei euch gewesen. Ich habe mich aber nicht getraut, darüber zu reden – bis jetzt. Es könnte sein, dass ich demnächst von euch Hilfe brauche. Außerdem habt ihr mir bereits geholfen – ich meine, mit dem Hinweis auf Leo. Eine bessere Spur gibt es bislang nicht.«

»Und wer hat Sie noch angesprochen?«, fragte Herr Hampel, der die letzte, für Wilhelm bestimmte Formulierung überhörte.

»Ein Herr Breuer«, antwortete Werner. »Und noch jemand weiß von der Annonce beziehungsweise hat sich mit mir darüber unterhalten: ein Herr Ringelhardt.«

Herr Hampel zog geräuschvoll Luft durch die Nase. »Ringelhardt und Breuer also, na ja, die kommen auf gar keinen Fall in Betracht. Ich nehme an, das wissen Sie.«

»Ja, natürlich«, antwortete Werner, »das schon. Aber mindestens Herr Ringelhardt hat wieder Kontakte zu Leuten, die tatsächlich infrage kommen könnten. In der nächsten Woche wird sich auch das klären.«

Herr Hampel hatte Werners Bekenntnis hochinteressant gefunden, aber man merkte ihm an, dass dieses Interesse jetzt erschöpft war – er musste sich um anderes kümmern.

»Sie halten mich auf dem Laufenden«, sagte er zu Werner, und mit einem Blick auf Wilhelm Dorn: »Das gilt auch für den Kontakt mit dem Kölner Expeditionsbüro. Sie können sich ja beide darum kümmern, wenn daraus demnächst etwas werden sollte.«

Wilhelm und Werner standen auf, um das Büro zu verlassen. Auf dem Flur entspann sich eine Unterhaltung, in der Wilhelm sich erst nach und nach beruhigen konnte. Beim Abschied versprach er, sein Wissen für sich zu behalten. Auf der Straße gingen beide in verschiedene Richtungen auseinander. Wilhelm hatte Werner wie zum Zeichen der Versöhnung seine Adresse mitgeteilt.

*

Das Becken war eindeutig lauter als die Trommel. Aber es war etwas weiter entfernt, die Trommel wesentlich näher. Ob nun das Becken oder die Trommel ertönte, der Kreis der alten Bonner Studienfreunde am großen runden Tisch in einer Saalecke im Wirtshaus »Zum Bieresel« unterbrach jedes Mal seine Unterhaltung, bis das rüde begleitete Lied zu Ende war.

Die Truppe hatte sich also zusammengefunden, Paul war der Organisator gewesen, als Letzter war wie immer Lengfeld erschienen. Die Begrüßung jedes Ankömmlings fand stehend statt, wurde zuerst mit einer Musterung des Kostüms, dann mit einem tiefen Schluck Bier gefeiert. Aber die Stimmung war nicht wie sonst. Die Bonner Freunde ließen sich die Ereignisse der letzten Wochen erzählen, steuerten Reaktionen ihrer Professoren bei, die die Entwicklung insgesamt positiv gewertet, aber sich sehr vorsichtig geäußert hatten.

»Dahlmann schwärmt natürlich von der Möglichkeit der nationalen Einigung wie immer, Arndt auch, aber von Revolution will niemand etwas wissen«, berichtete Christian. Er trug ein Gewand, das über und über mit Glöckchen besetzt war.

»Arndts gute Tage sind vorbei, er wird konservativ wie alle Alten«, fügte Arnold hinzu und reckte sich in seinem Clownskostüm.

Einen Arbeiterverein gebe es nicht. Was Gottschalk, Anneke und Willich in Köln zustande brächten, sei schon erstaunlich, meinte der als Funke verkleidete Paul, der von seiner Schwester auf dem Laufenden gehalten worden war.

Dann wechselte das Thema zu Raveaux, zu den Streitereien zwischen den beiden Kölner Karnevalsgesellschaften, die sich in diesem Jahr wenigstens darauf geeinigt hatten, einen gemeinsamen Zug am Rosenmontag über den Neumarkt ziehen zu lassen. Der Karneval dominierte schließlich, ein Lied am Nachbartisch wurde dankbar aufgenommen und mitgesungen, woran sich der ganze Saal anschloss, auch Trommel und Becken.

Als es ruhiger wurde, lehnte sich Lengfeld mit riesiger Narrenkappe über den Tisch und fragte Werner, wie es ihm gehe, warum er sich nicht mehr gemeldet habe. Werner erzählte das Wichtigste, wobei er zeitweilig fast brüllen musste. Als die Verständigung immer schwieriger wurde, stand Lengfeld auf und zog Werner in eine Ecke, wo sie sich direkt ins Ohr sprechen konnten.

»Ich glaube, meine Vermutungen über Herrn Ringelhardt waren

doch zu waghalsig«, sagte er, »ich habe am Samstag gehört, dass er in Berlin ist und über den Bau des elektrischen Telegraphen verhandelt. Er dürfte sich die Zähne ausbeißen. Nach den Ereignissen der letzten Woche werden die Preußen das Monopol nicht aus der Hand geben. Da werden Argumentationen, die auf Anschlägen aufbauen, eher das Gegenteil bewirken.«

»Man will hier in Köln demnächst wichtige telegraphische Depeschen sogar veröffentlichen«, sagte Werner, »das habe ich heute Morgen in der Redaktion erfahren.«

»Das ist schlecht für dich«, antwortete Lengfeld, »dann werden die Spuren noch mehr verwischt. Am besten, du gibst auf. Es ist einfach vergeblich, es war wohl doch ein Verrückter, der längst über alle Berge ist.«

Werner drehte seinen Kopf und merkte in diesem Augenblick, dass ihn von links her eine maskierte Gestalt bedrängte. Ein langes weißes Skelett – die schwarzen Knochen auf ein weißes Hemd genäht – lehnte sich fast auf ihn, sodass Werner ärgerlich mit einem Körperstoß freikommen wollte. Dabei sah er für eine Sekunde funkelnde Augen aus einer Totenkopfmaske herausblinken, so funkelnd, wie er noch nie Augen funkeln gesehen hatte. Der Stoß hatte jedoch bewirkt, dass das Skelett leicht strauchelte, jedenfalls den Blick abwandte, ehe es sich voll vor Werner aufrichtete, die Arme erhob und ihn mit grässlichem Ton anfauchte. Werner war wie gelähmt, während Lengfeld die Ruhe bewahrte, auflachte und dem Körper erst eine Drehung verpasste und ihn dann in den Gang hineinbeförderte.

»Nett, dich kennen gelernt zu haben«, rief er ihm nach, ehe er sich wieder Werner zuwandte. »Du hast dich doch nicht etwa erschreckt? Werner! Du bist doch kein Kind mehr. Sieh doch nur, es war eine ziemlich primitive Maske.«

Aber als er nach dem Maskierten sehen wollte, war er nicht mehr da, wie vom Erdboden verschluckt. Lengfeld war verdutzt, sah sich genauer um, bückte sich, um auch unter den nächsten Tisch zu sehen, wurde von den dort sitzenden Frauen unter höhnischem Gelächter vertrieben und zog sich endlich zurück, nicht ohne Werner mitzunehmen.

»Hast du ihn noch einmal gesehen?«, fragte er.

»Nein.«

»Komisch, war er denn vorher schon in unserer Nähe?«

»Ist mir nicht aufgefallen.«

»Ach, komm, wir sind beide schon ganz verrückt«, sagte Lengfeld. Sie waren wieder in der Runde der Freunde untergetaucht, die sich mit Witzeleien nach ihrer Verschwörung erkundigten. Wenig später war die Situation fast vergessen. Nur Werner hielt zuweilen Ausschau nach dem Skelett, beruhigte sich schließlich, als es auch eine Stunde später nicht mehr aufgetaucht war.

Es war nach Mitternacht, als in der Kneipe der allgemeine Aufbruch einsetzte. Auch die alten Bonner Freunde trennten sich. Es gab vereinzelte Verabredungen für den nächsten Tag, um sich den Zug anzuschauen. Werner sagte nirgends zu. Dann war er auf der Straße.

In den letzten Tagen hatte er sich nicht mehr umgeschaut, ob er verfolgt wurde. Er beobachtete die Straße genau. Immer wieder traf er Passanten, alle kreuzten den Weg oder gingen in die Gegenrichtung. Niemand folgte ihm. Aber er wurde trotzdem das Gefühl nicht los, beobachtet zu werden. Ich drehe mich immer an den Ecken um, ging es ihm durch den Kopf. Wenn ich mir selbst folgen würde, wüsste ich genau, wann ich mich umdrehe. Also mache ich es jetzt anders. Dort hinten ist eine Laterne. Ich werde sie passieren und genau zehn Schritte weitergehen. Dann drehe ich mich um wie bei einer Pirouette. Es muss blitzschnell gehen, und der Blick muss die gesamte Straße erfassen, auch die Hauseingänge. Werner passierte gerade einen Hauseingang, schätzte die Tiefe ab und kam zum Ergebnis, dass man sich vollständig darin verbergen konnte. Deshalb ist eine Verfolgung so leicht, dachte er. Der Verfolger stellt sich jedes Mal, wenn ich eine Kreuzung erreiche, in einen Hausflur. Diesmal nicht. Werner hatte die Laterne passiert. Fünf Schritte, acht, die Kreuzung noch weit entfernt, zehn. Dann der Ruck mit dem Körper – im Dämmerlicht ein Streifen, der weghuschte. Der Streifen war weiß. Werner überlegte, ob er hinterhergehen sollte, aber die Angst schüttelte ihn. Er rannte die Straße hinunter bis zur nächsten Kreuzung, als ginge es um sein Leben.

EINUNDZWANZIGSTES KAPITEL *In dem ein misslungener Einbruchsversuch aufgedeckt wird und Werner zusammen mit Clara den Rosenmontagszug auf dem Neumarkt erlebt*

Am Morgen wurde Werner von einem gellenden Schrei geweckt – einem weiblichen Schrei aus dem Treppenhaus. Augenblicklich saß er aufrecht im Bett und lauschte. Da hörte er ein Schimpfen, das ihn beruhigte, weil er schon an einen Todes- oder zumindest Schmerzensschrei geglaubt hatte. Es kam unverkennbar von seiner Hauswirtin. Werner sprang aus dem Bett, zog sich den Morgenmantel über und stürzte die Treppe hinunter.

»Was ist passiert?«

»Einbrecher, verfluchtes Einbrecherpack!«

»Was ist denn gestohlen worden?«

»Nichts, sie sind nicht hereingekommen, weil mein Mann – Gott hab ihn selig – ein starkes Schloss eingebaut hat. Sehen Sie sich das an: alles verkratzt, meine schöne Haustür! Die Pest soll sie holen, dieses Pack!«

Werner sah vorsichtig nach dem Schloss außen auf der Tür, die Witwe Eichhoff leicht geöffnet hatte, und stellte fest, dass ihr Bericht zutraf. Es hatte wirklich jemand versucht, das Schloss zu knacken. Dann wurde ihm klar: kein Diebstahl, sondern viel schlimmer! Das Skelett von letzter Nacht war wirklich hinter ihm her, er hatte es richtig erkannt. Werner erschrak zutiefst, worin Witwe Eichhoff eine Bekundung seiner Teilnahme sah: »So schlimm ist es nun auch wieder nicht, die Bande hat nichts erreicht und wird so schnell nicht wiederkommen. Außerdem habe ich einen leichten Schlaf. Wenn Karneval erst vorbei ist, passiert es mir nicht noch einmal, dass ich etwas überhöre.«

Sie schloss die Tür, scheuchte Werner nach oben, damit er sich nicht wieder erkältete, und verschwand in ihrer Küche, nicht ohne letzte Verfluchungen der Einbrecher, die sie sich offenbar nur in Mehrzahl vorstellen konnte. Werner war froh, als er allein in seinem Zimmer war. Er setzte sich auf sein Bett und grübelte: Es wurde also ernst, jemand wollte etwas von ihm, trachtete ihm vielleicht nach dem Leben. Und warum? Weil er nach dem Mörder seines Vaters suchte? Das würde bedeuten, dass er ihm tatsächlich auf der Spur war. Wie hatte er davon geträumt! Nun drehte sich die Jagd um: Das Wild war er – wenn seine Überlegungen richtig waren. Ja, wenn …

Werner saß in völliger Dunkelheit, tastete sich zu einer Kerze, entzündete sie und blickte auf die Taschenuhr, die nachts immer neben seinem Bett lag: gerade sechs Uhr durch. Er ließ die Kerze brennen, zog den Morgenmantel aus und legte sich wieder nieder. An Einschlafen war indes nicht zu denken. Er musste seinem Verfolger eine Falle stellen. Gestern Abend war dieser auf die Finte hereingefallen. Er hatte nicht damit gerechnet, dass er sich umdrehte, und er hatte ihn gesehen. Doch wie sollte er den Mörder enttarnen? Andere Gedanken drängten sich vor: Flucht! Er konnte zu seiner Schwester nach Bergisch Gladbach gehen. Aber dort konnte er nur ein, zwei Wochen bleiben, dann würde das Problem wieder da sein. Franz nach einer Bleibe fragen? War wirklich ausgeschlossen, dass der Verfolger unter Franzens Leuten zu suchen war? Und bei den Freunden: bei Paul, bei Lengfeld, bei einem der anderen? In allen Fällen dasselbe Problem: Er würde nur für kurze Zeit Ruhe haben. Also sich wehren! Zum Glück schien er des Nachts in Sicherheit. An Witwe Eichhoff würde niemand so leicht vorbeikommen, selbst wenn er die Tür beim zweiten Anlauf knacken könnte. Außerdem war der Überraschungseffekt dahin.

Werner atmete durch, musste plötzlich an Clara denken, an das berauschende Klavierspiel, versuchte sich an Klänge, an Melodien zu erinnern, sah den sich wiegenden Körper vor sich. Er musste zu Clara, sie heute noch sehen, war sein letzter Gedanke, bevor er einnickte.

*

Dann war der Tag unabweisbar da: Rosenmontag. Als sich die Gewohnheit bemerkbar machte, Zeitung und Frühstück vor der Tür standen, die ersten Laute von der Straße heraufdrangen, kam Werner zur Ruhe. Vielleicht hatte er alles falsch eingeschätzt, vielleicht war es wirklich ein Einbruchsversuch gewesen, wie er alle Tage vorkam – kein Angriff auf ihn. Aber zum ersten Mal würdigte er die Zeitung keines Blickes, nippte nur an der Milch, aß vom frischen Brot trotz des köstlichen Dufts kaum die Hälfte. Das Waschen verlief noch kürzer als gewöhnlich, nur das Anziehen zog sich in die Länge, weil er sich nicht entscheiden konnte, wie er den Morgen verbringen sollte. Am Mittag ging der Karnevalszug, dann waren Freunde und Bekannte zu treffen. In die Redaktion wollte er auf keinen Fall, weil er nicht wusste, wie Herr Hampel den Bericht über seinen Vater verarbeitet hatte. Clara, sagte er sich immer wieder, ich muss es jemandem erzählen, der es ernst nimmt. Paul wird es nicht glauben, Lengfeld am Ende laut lachen über zu viel Phantasie ausgerechnet an Karneval.

Plötzlich war er ausgehfertig, ohne es recht bemerkt zu haben. Die Straße betrat er vorsichtig, blickte sich lange um, blieb alle paar Schritte stehen, wechselte die Richtung. Mit seinen Luftschlangen um den Hals machte er nicht die beste Figur, wurde angesprochen, musste sich Hänseleien gefallen lassen. Werner suchte ein Skelett, das weiße Laken mit den aufgemalten Rippen und dem Totenkopf aus Pappmaché, aus dessen Augenhöhlen es funkelte. Aber er sah nur andere Kostüme, bunte, phantasievolle, nichts Schreckenerregendes.

Gegen zehn Uhr hatte er sich nach Obenmarspforten zurücktreiben lassen, stand vor Claras Haus und klopfte nach einigem Zögern. Das Dienstmädchen öffnete in einem hübschen Kostüm mit bunten Bändern und einer altmodischen Haube, ließ ihn ein und rief nach Clara. Die erschien ganz unkarnevalistisch, zeigte sich erstaunt und zog Werner ins Musikzimmer.

»Ich habe in diesem Jahr jede Lust an Karneval verloren«, sagte sie noch im Stehen. »Ich war gestern Abend bei Mathilde Anneke, die sich natürlich um ihren Mann sorgt. Man hat ihr einen fairen Prozess versprochen, hinter vorgehaltener Hand versichert, dass man lediglich ein paar Wochen abwarten wolle, ehe sämtliche Gefangenen auf freien Fuß gesetzt würden. Alles geschehe nur mit Rücksicht auf Berlin, sie müsse das verstehen. Mathilde sagte natürlich, sie verstehe überhaupt nichts, werde sich überall beschweren, Aufmerksamkeit erregen. Aber sie ist skeptisch, mehr als skeptisch. Außerdem geht es ihr alles andere als gut – sie ist jetzt im vierten Monat schwanger.

Gestern Abend waren keine Männer bei ihr, sie hat sich einmal regelrecht ausgeweint bei mir. Mathilde ist auch eine Frau.«

Clara hatte den letzten Satz lächelnd gesprochen, dann Werner zum Setzen aufgefordert. »Du scheinst mir aber auch nicht ohne Sorgen hergekommen zu sein.«

Werner nickte dankbar und begann zu erzählen. Als er die Szene im »Bieresel« schilderte, das plötzliche Erscheinen des Skeletts, schrie Clara auf. Den Einbruchsversuch nahm sie gelassener hin.

»Und was willst du jetzt machen? Soll ich Paul benachrichtigen? Er ist bei Karl Peter Hagen und kann in ein paar Minuten hier sein.«

»Nein, nicht Paul«, winkte Werner ab. »Ich will niemanden hineinziehen. Außerdem mache ich mich lächerlich, wenn sich alles als falsch herausstellt.«

»Ja, so sind sie, die Männer«, antwortete Clara, »ihre größte Angst ist nicht der Tod, sondern die Blamage.«

Sie setzte sich ans Klavier und spielte sehr leise einige ruhige Takte.

»Vielleicht kannst du dabei besser nachdenken«, sagte sie, ohne das Spiel zu unterbrechen, »bei mir funktioniert das.«

Werner konnte nicht nachdenken, aber er sah ihr fasziniert zu, versank in Gedanken an die Vergangenheit, als Clara noch ein Kind war, verspürte Sehnsucht, wünschte sich ein Aufgehen in einer Welt gemeinsamen Lebens ohne Bedrohung, ohne Unbekannte, auch ohne Rachegedanken. Bis ihm seine Situation durch den Kopf schoss! Jemand war hinter ihm her, vielleicht sogar hinter seinem Leben, und er verliebte sich!

»Es ist Schumann«, hörte er Clara beim Spiel erläutern, »du kannst ja erraten, um was für ein Stück es sich handelt.«

Werner wollte nicht erraten, wollte weiterhören, als Clara abrupt aufstand. »Ich habe eine Idee. Wir gehen zusammen auf die Straße, in Kostümen. Und du bekommst eine Maske, die dich verbirgt. Wir *suchen* dein Skelett.«

Werner war verblüfft, wollte nach Claras Händen greifen, die das als bloße Ängstlichkeit missdeutete und fortfuhr: »Keine Widerrede, wir gehen.«

Sie lief zur Tür, rief das Dienstmädchen, gab ihm einige Anweisungen. Binnen Minuten brachte dieses einen ganzen Arm voll Kleidungsstücken und half Clara und Werner kichernd in allerlei Lumpen. Clara bekam ein warmes Unterkleid, über das ein Kleid aus

Großmutters Zeiten gestreift wurde, auf dem Kopf einen Hut mit weiter Krempe, an den das Dienstmädchen noch eine lange Straußenfeder steckte. Werner sollte seinen Mantel anziehen und wurde anschließend unter fröhlichem Gelächter als alte Dame verkleidet. Bei ihm war der krönende Abschluss ein weitkrempiger Hut, in den ein Schleier gesteckt wurde, der das Gesicht vollständig verbarg. Als alles fertig war, hakte sich Clara bei Werner ein und ging mit ihm einige Schritte noch schleppender, als dieser ohnehin ging, sodass es auf eine Alte passte, die am ganzen Körper von Gicht und sonstigen Gebrechen befallen war. Werner musste eine Weile mitmachen, ehe die beiden Frauen mit ihm zufrieden waren. Zu allerletzt bekam Werner eine Karte der Armenverwaltung zugesteckt, falls Kontrollen erfolgten. Am Mittag standen sie auf der Straße und wandten sich dem Neumarkt zu.

Ganz Köln schien unterwegs, Groß und Klein in Kostümen. Die Männer gingen vielfach als Funken, die an die ehemaligen Stadtsoldaten aus reichsstädtischer Vergangenheit erinnern und ganz nebenbei das preußische Militär verulken sollten. Die Frauen verkleideten sich gern als Marktweiber, griffen aber auch zu Phantasievollem aller Art, wozu die Kinder oft die passende Ergänzung bildeten.

Werner und Clara hatten den Neumarkt fast erreicht, als schon Musikkapellen hörbar wurden: Blechbläser und Piccoloflöten, Trommeln und Schellen in allen Varianten. Gerade war das Spektakel vorüber, bei dem ein zehn Meter großer Luftballon in den Revolutionsfarben Schwarz-Rot-Gold aufstieg und wieder eingeholt wurde. Währenddessen stellte sich der Große Maskenzug auf: Wagen, auf denen Gruppen tanzten, dazwischen Fußvolk wie die hilligen Knechte und Mägde, ein paar Trupps Reiter. Es war kein riesiger Zug, aber ein prächtiger, der sich schließlich auf dem großen Platz in Bewegung setzte. Raveaux hatte ganze Arbeit geleistet. Revolution und Karneval – eine Mischung, die es so wohl nirgends auf der Welt geben konnte. Werner spürte selig Clara in seinem Arm und führte sie langsamen Schrittes durch die Menschenmassen.

Gelegentlich blieben sie stehen, um sich umzuschauen, wurden dann bewundert und angesprochen, worauf nur Clara mit übertrieben heller Stimme antwortete. Den ganzen Neumarkt hatten sie so umkreist, eine Reihe Freunde gesehen, darunter Lengfeld mit seiner Familie, dem sie so nahe kamen, dass sie ihn hätten ansprechen können. Niemand erkannte sie, sie wurden immer sicherer. Aber nirgends war das Skelett.

»Und wenn er sich anders verkleidet hat?«, raunte Werner Clara zu, indem er sich noch dichter an sie drückte.

»Wir warten noch«, antwortete Clara und zog Werner weiter mit sich fort.

Zum Glück war das Wetter gut, trocken und nicht zu kalt wie sonst so oft an Karneval, ihre Unterkleidung unter den Kostümen wärmte sie – so konnten sie eine ganze Weile überstehen. Aber der Aufzug ging zu Ende, die letzte Aufstellung wurde umjubelt, die Besucher zogen sich allmählich zurück, gingen nach Hause oder verschwanden in den Kneipen rings um den Neumarkt. Die Musik war längst verstummt, mittlerweile hörte man den Gesang aus den Häusern, aus Wohnungen, in denen sich wohl Freunde zusammengefunden hatten, um den Tag zu feiern. Werner konzentrierte sich auf die letzten Gruppen, Clara schaute in die Fenster. Da hielt sie plötzlich inne. Sie presste Werners Arm derart an sich, dass dieser verstand.

»Jetzt keine übertriebene Bewegung«, sagte sie, »das Skelett ist da.«

Werner wollte an den Augen von Clara die Richtung ablesen, bekam aber zu hören: »Ich sagte doch, jetzt keine übertriebene Bewegung. Wir schauen uns jetzt diese Gruppe dort an.«

Clara machte einen kleinen Bogen, blieb vor einer Gruppe von Frauen stehen, die sich als Hühner verkleidet hatten, in einem entsprechenden Federkleid steckten und ohnehin von vielen Passanten bewundert wurden.

»Wenn du jetzt vorsichtig den Kopf hebst, genau geradeaus, ist es das Fenster im zweiten Stockwerk.«

Werner hob den Kopf und erkannte die Gestalt.

»Es ist das Skelett«, flüsterte er, »siehst du, er sucht.«

Tatsächlich lehnte sich die Gestalt weit aus dem Fenster über die Brüstung, sodass sie den gesamten Platz überblicken konnte.

»Eine ziemlich teure Wohngegend«, sagte Clara, »wir werden uns auf jeden Fall die Hausnummer ansehen.«

»Und dann den Spieß umdrehen«, fügte Werner hinzu. »Dann sehen wir ihn uns selbst an. Hältst du es noch aus?«

Clara drückte zur Antwort Werners Arm an sich und zog ihn gleichzeitig von der Mitte des Neumarkts weg in Richtung der Häuserzeile auf der Nordseite. Das Haus hatte die Nummer 18. Direkt unter dem Fenster waren sie von oben auf keinen Fall zu sehen. Vielleicht gab das Skelett die Suche auf und kam herunter auf die Straße. Werner und Clara patrouillierten langsam die Häuser entlang. Aber es tat sich nichts.

»Es gibt zu viele Möglichkeiten für ihn, uns unerkannt zu entwischen«, sagte Clara. »Wir machen es anders. Wir gehen jetzt nach Hause, und du schreibst einen Artikel für die Kölnische Zeitung – über Kostüme.« Als Werner protestieren wollte, fuhr sie fort: »Ich helfe dabei. Und am Ende sagst du: Alles habe dir gefallen, außer einem Skelett. So etwas sei schlicht mittelalterlich und gehöre nicht in den Karneval, jedenfalls nicht in den Kölner. Vielleicht liest er den Artikel, kombiniert, dass er von dir ist, falls er dich kennt, und registriert, dass du Bescheid weißt. Außerdem musst du langsam wieder etwas in der Redaktion abliefern.«

Werner akzeptierte den Vorschlag schnell beim Gedanken, auf diese Weise mit Clara zusammen sein zu können.

»Und deine Eltern, vor allem deine Mutter? Sagen die nichts bei diesem fortgesetzten Herrenbesuch?«

Clara lachte. »In dir sehen sie, glaube ich, immer noch ein harmloses Kind. Bist du das nicht auch irgendwie?« Sie lachte wieder. »Außerdem wäre ihnen nichts lieber als ein Freier. Sie fürchten, ich werde eine alte Jungfrau. Was sie zu einem armen Studenten sagen würden, der nicht einmal fleißig Artikel für die Zeitung schreibt, weiß ich allerdings nicht.«

Damit war das Thema beendet, das Haus in Obenmarspforten bald erreicht. Das Umziehen ging rasch vonstatten, und Werner setzte sich an den Tisch, um sich von Clara den Artikel soufflieren zu lassen. Ein paar spitze Bemerkungen über die roten Farben, die die blauen Preußen karikierten, trug Werner bei, die Beschreibung der Phantasiekostüme vor allem bei den Frauen war Claras Sache. Die fünfzehn Zeilen waren rasch beisammen.

»Bring es sofort in die Redaktion, dann kommt es vielleicht noch morgen. Eile kann nicht schaden«, sagte Clara. »Und nächste Woche kommst du den Tag über zu uns, wenn du nicht weißt, wohin. Ich gebe Ende der Woche mal wieder ein kleines Konzert bei den Mülhens in der Glockengasse – Schumann vor allem. Ich spiele dir vor, die Generalprobe sozusagen. Wir bekommen die Tage schon herum. Dann sehen wir weiter.«

»Morgen Mittag muss ich bei Herrn Breuer sein.«

»Wunderbar, dann bist du wieder von der Bildfläche verschwunden. Komm danach ruhig zu uns. Und jetzt sei vorsichtig. Wir stecken dich noch einmal in dieses Kostüm. Am Rosenmontag geht das, morgen auch noch. Ab Aschermittwoch musst du dann wieder gefährlicher leben.«

Clara half ihm beim Ankleiden und verabschiedete sich, wobei sie ihn an sich drückte. »Als alte Weiber passen wir gut zusammen«, sagte sie lachend, »wer weiß, was noch wird?« Werner ließ sich alles gefallen. Dann ging er.

In der Redaktion wurde er zuerst argwöhnisch betrachtet und schließlich prustend identifiziert. Herr Hampel fand die Idee mit dem Kostümartikel ausgezeichnet.

»Der muss allerdings zu meinem Kollegen von den Vermischten Nachrichten. Wenn die noch Platz haben, kommt der Artikel morgen. Ich bin übrigens froh, dass Sie sich bei all Ihren Sogen aufrappeln. Das Leben muss weitergehen.«

Werner bedankte sich und ging nach Hause. Er hielt angesichts seiner Verkleidung Vorsicht eigentlich für überflüssig, blickte sich trotzdem gelegentlich um und konnte nichts Verdächtiges feststellen. Wenn doch öfter Karneval wäre, dachte er. Sehr praktisch, ein derartiges Kostüm. Die Tür seines Hauses öffnete er erst, als er niemanden auf der Straße entdecken konnte. Im Treppenhaus brannten mehrere Kerzen, es war hell wie nie zuvor. Witwe Eichhoff kam ihm entgegen, wollte gerade ihrer Entrüstung Ausdruck verleihen über das Eindringen einer unbekannten Person, ließ sich jedoch noch rechtzeitig beschwichtigen. Mit einem tadelnden Blick verkündete sie, dass sie ihre Wohnung zu verteidigen gedenke. Neben der Tür erblickte Werner einen dicken Knüppel. Er nickte anerkennend und ging nach oben, um sich zunächst aus seinem Kostüm zu schälen. Obwohl es noch früh am Abend war, zog er sich nach kurzer Überlegung aus und legte sich zu Bett. Die Gedanken in seinem Kopf jagten sich. Clara siegte über das Skelett.

ZWEIUNDZWANZIGSTES KAPITEL *In dem Werner bei Herrn Breuer Neuigkeiten unterschiedlichster Art erfährt, dabei in größte Aufregung versetzt wird und sich anschließend mit Clara berät*

Aus aschgrauem Himmel fiel Nieselregen in feinen Fäden auf eine Stadt, die nur schwer erwachte nach den Karnevalstagen. Werner schaute an den Häuserwänden empor, wo die Fenster noch mit bunten Girlanden geschmückt waren, die sich in der Nässe langsam auflösten. Selbst um die frühe Mittagszeit war kaum jemand unterwegs, nur einzelne Karren rollten mit ihren eisenbeschlagenen Rädern schwer übers Pflaster, melodielos, nur einem monotonen Rhythmus folgend.

Was würde das Treffen bei Herrn Breuer bringen? Noch immer konnte sich Werner nicht vorstellen, wie er dem alten Herrn helfen sollte. Experimente, Forschungen – das hatte sich vielversprechend angehört. Aber war das in einem Privathaus möglich? In Berlin hatte Siemens eine Firma gegründet, arbeitete zweifellos mit einer ganzen Belegschaft, unterstützt von der Regierung. Und Herr Breuer? Wer würde hier die Belegschaft bilden? Und was war eigentlich das Ziel? Breuer wollte an der Entwicklung der Wissenschaft teilhaben, den Fortschritt befördern. Er war ein Enthusiast, besaß Geld, sehr viel Geld, geerbt offensichtlich von einem Vater, der es wer weiß wie gescheffelt hatte, sicherlich nicht mit eigener Hände Arbeit.

Werner schimpfte, weil er zu nah an eine Häuserwand geraten war und aus der Traufe einen kräftigen Guss abbekam. Er beugte sich nach vorn, um das Wasser aus dem Kragen zu schütteln. Beim Aufrichten erinnerte er sich an den gestrigen Tag und an all die vorangegangenen Tage der Verfolgung. Jäh blickte er sich um, beruhigte sich erst, als er außer zwei Frauen, die vom Einkauf zurückkamen, niemanden sah. Das Skelett! Wenn darin ein Verfolger gesteckt hatte – der wievielte eigentlich, oder war es immer derselbe, einmal von

Franz abgesehen? Würde er ihn wiedererkennen? Die Augen, die brennenden Augen! Vielleicht ließen sich diese Augen identifizieren.

Dann hatte Werner am Ende von Breite Straße und Ehrenstraße, dieser ewig langen Verbindung zum westlichen Stadtrand, die Ehrenpforte erreicht. Werner stand vor der Villa, war wieder überwältigt wie beim ersten Mal und suchte den Schlagring. Stattdessen fand er einen Knopf, über dem ein Schild angebracht war mit der Aufschrift »Bitte drücken«. Werner lächelte. Auch in so einfachen Dingen hatte also die elektrische Zukunft begonnen. Er bediente den Mechanismus und hörte innen ein Glöckchen bimmeln, solange er den Finger auf dem Knopf hielt. Der livrierte Diener öffnete und wies ihm den Weg nach oben.

Die Tür zum Arbeitszimmer war nur angelehnt, Werner konnte schon auf der Treppe eine angeregte Unterhaltung hören. Als er anklopfte, schallte ihm ein lautes »Herein!« entgegen. Werner betrat das Zimmer, in dem ihn Herr Breuer in wesentlich schlichterer Kleidung, dafür mit ausgebreiteten Armen begrüßte.

»Da wären wir wenigstens wieder zu dritt«, sagte er, ließ die Arme sinken und schüttelte Werner die Hand. »Werner Schilling«, sagte er zu seinem Mitarbeiter gewandt –, »ich hoffe, ich darf Werner sagen.« Während Werner nickte, stellte Herr Breuer den jungen Mann vor, der an der Sendestation des Morsetelegraphen saß, in studentisch schlichtem Äußeren grau in grau, ein schlanker Typ mit rotblonden, durchaus ungebändigten Haaren. Er stand auf, um den Neuankömmling ebenfalls zu begrüßen.

»August«, sagte er in einem eigenartig schnarrenden Tonfall und kam dabei Herrn Breuer zuvor, der die Vorstellung trotzdem wiederholte: »Dies ist August Ewald. Der vierte Mann hat uns schon vor einem Monat verlassen, und nun scheint der dritte ein Opfer des Karnevals geworden zu sein. Ich habe immer schon Bedenken gegen ein Fest gehabt, das der Ausschweifung gewidmet ist, sozusagen. Dabei neigte Leo überhaupt nicht zur Ausschweifung, eher zur Radikalität. Habe ich Ihnen erzählt, dass er den Mast auf Sankt Pantaleon absägen wollte? Aber setzen wir uns doch und halten wir Vollversammlung, sozusagen. Eine Rednerliste brauchen wir wohl nicht, im Augenblick auch kein Protokoll. August, wollen Sie unserem neuen Mitarbeiter nicht erklären, was wir gerade treiben?«

Der Student war nicht besonders überrascht, kannte seinen Auftraggeber und dessen spontane Einfälle offenbar gut und begann: »Du weißt, dass wir uns hier mit diesem Morsesystem beschäftigen. Wir haben einige Verbesserungen erfunden, zum Beispiel die Zeichen der deutschen Sprache angepasst. Inzwischen gibt es allerdings den Plan, die Zeichen wieder zu ändern, und zwar unter Zugrundelegung *aller* wichtigen europäischen Sprachen. Irgendwann dürfte das Morsen international werden, dann sollten Amerikaner und Franzosen, Italiener und Deutsche und so fort denselben Code benützen.«

Werner staunte, erinnerte sich daran, dass im Augenblick die Angst vor Revolution und Krieg durch die Zeitung geisterte, während all dies hier bereits der Vergangenheit anzugehören schien.

»Aber die neueste Idee von Herrn Breuer ist viel ehrgeiziger«, fuhr August fort. »Allein der Einfall ist tollkühn. Ich weigere mich, dazu in Anwesenheit des Meisters Ausführungen zu machen, und gebe das Wort an ihn selbst weiter.«

Herr Breuer lachte laut auf, schien sich geschmeichelt zu fühlen, ohne dass der Eindruck entstand, er habe mit seinem Geld auch die Schmeichelei gekauft: »Ja, wenn es nur klappen würde! Immerhin scheint Siemens noch nicht einmal davon zu träumen, das gibt uns Vorsprung, sozusagen. Also, ich packe es in eine Frage: Was ist das Unbefriedigende daran, dass der Empfänger die Botschaft in Form von Punkten und Strichen erhält?«

Werner war unfähig zu antworten.

»Nun denken Sie doch nach, Werner. Punkte und Striche – was wäre besser, einfacher, noch schneller?«

»Die Botschaft direkt in Worten.«

Herr Breuer jubelte: »Wir können Sie gebrauchen, Werner, die Prüfung ist bestanden. Eben: ›direkt in Worten‹, wie Sie ganz richtig sagen. Und wie macht man das?«

Werner lächelte gequält. »Es ist unmöglich, denke ich.«

Herr Breuer jubelte noch lauter. »Hoffentlich denkt das Herr Siemens auch, nein, ich bin mir ganz sicher: Jeder wird das denken, sozusagen. Aber ich nicht. Nun erklären Sie es ihm doch, August. Ich platze vor Neugier, es aus einem anderen als meinem Mund zu hören.«

»Na ja, der Trick ist eigentlich ganz einfach«, nahm August den Faden auf, wobei die schnarrende Sprache im Gegensatz zur durchaus flüssigen Ausdrucksweise stand. »Man muss ein Gerät entwickeln, das die Punkte und Striche gewissermaßen einliest und als Buchstaben wieder ausgibt. Theoretisch ist das wirklich furchtbar einfach, nur eben praktisch nicht. Wenn die Punkte und Striche zum Beispiel in Wachs gedrückt werden, könnte eine Nadel sie abtasten. Aber wie soll man ein Wachsband in solcher Länge herstellen? Wenn du uns das sagst, hast du nicht nur die Prüfung bestanden, sondern wirst mit dem Patent so reich wie Herr Breuer.«

Herr Breuer lachte nicht nur, sondern klatschte sich vor Vergnügen auf die Schenkel. »Ja, reicher als ich. Mich würde es übrigens nicht stören. Ich glaube, ich würde meinen Reichtum sogar abgeben, wenn mir die Erfindung gelänge.«

Er stand auf und entschuldigte sich: »Sie werden sich eine Weile allein unterhalten, August soll Ihnen in Ruhe erklären, was wir machen und wie es weitergehen soll. Ich muss mich ein wenig ausruhen, sozusagen. Zum Essen schicke ich Ihnen etwas herauf. Habe ich nicht einen guten Fang gemacht, August?«

Herr Breuer verließ das Zimmer. Als die jungen Männer allein waren, unterhielten sie sich über ihre Studentenzeit. August erzählte, dass er in Bonn Juristerei studiert habe, weil sein Vater es wollte. Das erklärte, dass man sich nicht über den Weg gelaufen war, weil Werner mit Philosophie beschäftigt war. Die beiden verstanden sich auf Anhieb. August erzählte, wie er Herrn Breuer gefunden hatte beziehungsweise dieser ihn, nämlich per Annonce in der Kölnischen Zeitung, weshalb Herr Breuer so erfreut gewesen war, Werners Annonce zu lesen.

»Es war auch höchste Zeit«, sagte August gerade. »Dieser Vorgänger, ein gewisser Gotthilf, hatte sich endgültig von Leo vertreiben lassen: Leo, der eigentlich hier sein sollte, aber wohl im Karneval versackt ist. Leo vertreibt so ziemlich jeden, ich hoffe, du bist da etwas robuster. Er ist eigentlich ein ganz ordentlicher Kerl, intelligent, fleißig, nur eben etwas übereifrig. Herr Breuer ist schon ein Enthusiast, wie er sich selbst immer bezeichnet, aber Leo ist einfach fanatisch. Er will den Fortschritt sofort, hasst alles, was diesen Fortschritt bremst. Er geht über Leichen.«

Werner zuckte zusammen, versuchte, sich die Erregung nicht ansehen zu lassen. »Hat er denn schon einmal irgendetwas angestellt?«

»Nein, das wohl kaum. Er redet nur viel, zum Beispiel diese ewige Drohung, die Masten abzusägen. Manchmal denke ich, er ist nicht fanatisch, sondern nur kindisch. Allerdings hat er damit deinem Vorgänger das Leben zur Hölle gemacht. Und das nur deshalb, weil der die optische Telegraphie als Vorreiter der elektrischen gelobt hat. Herr Breuer musste sich regelrecht zwischen die Streithähne stellen. Ich glaube, er wäre froh, wenn Leo gar nicht mehr zurückkäme. Ich wäre es auf jeden Fall.«

In diesem Moment klopfte der Diener an die Tür und brachte auf einem Tablett zwei Teller, auf denen sich kalte Schnitten häuften, die mit Wurst und Käse üppig belegt waren. Die jungen Männer brauchten einen Augenblick, bis sie unter all den Gerätschaften auf den Tischen Platz frei gemacht hatten zum Abstellen, und griffen dann herzhaft zu. Auch an große Gläser Wasser war gedacht.

»Du sagst, dieser Leo sei seit Karneval verschwunden«, nahm Werner den Faden wieder auf. »Hat er noch mitbekommen, dass ich zu euch stoße?«

»Ja, klar«, antwortete August. »Herr Breuer hat uns erzählt, wie er dich bei Napoleon gesucht und nicht gefunden hat – er fand das ausgesprochen originell.«

»Ich meine, noch später, als Herr Breuer mich aufgesucht hatte und meinen Namen kannte.«

August überlegte einen Augenblick. »Das war kurz vor Karneval, nicht wahr? Also, so genau erinnere ich mich nicht mehr. Aber es kann sein. Warum willst du das wissen?«

»Ach, ich frage mich nur, ob er mich kennt beziehungsweise ich ihn«, antwortete Werner und wunderte sich über seine Selbstbeherrschung.

»Auf keinen Fall«, meinte August, »das hätte ich mitbekommen. Ich glaube zwar, der Name ist wirklich gefallen. Aber ich bin mir noch sicherer, dass Leo nichts davon gesagt hat, dass er dich kennt. Solange du nicht von optischen Telegraphen schwärmst, lässt er dich bestimmt auch in Ruhe. Und wenn doch, würde ich mir ein schönes langes Messer zulegen wie dieses hier zum Brotschneiden«, versuchte August zu witzeln.

»Wie sieht er denn aus?«

»Leo? Eigentlich nicht so, wie er heißt, also kein Löwe. Er ist ein dünner Hecht. Dünn von Gestalt, dünne blonde Haare, irgendwie eine dünne Erscheinung. Ach, vielleicht noch eines.«

»Was?«

»Brennende Augen hat er, ja, brennende Augen, wie Fanatiker eben brennende Augen haben.«

*

Auf der Straße sog Werner tief die Luft ein – eine feuchte, trübe Luft an diesem feuchten, trüben Tag, aber trotzdem auch frische, lebensspendende Luft. Bei August hatte er bis zuletzt die Fassung gewahrt. Herr Breuer war nach einer Weile zurückgekehrt, hatte Werner Bücher und Schriftstücke, in einer Tasche verpackt, mitgegeben. Er solle sich in Ruhe einarbeiten, lieber zwei als eine Woche, wenn es nötig sei – aber wiederkommen. Jeden Dienstag sei er mit August und vermutlich dann auch wieder mit Leo im Arbeitszimmer, um zu experimentieren. Werner hatte beim Abschied zugesagt. Ja, er werde wiederkommen, er freue sich auf die Zusammenarbeit.

Aber was sollte er jetzt unternehmen? Die Lage schien ihm klar. Leo musste der Mörder seines Vaters sein. Der Mörder kannte den Namen seines Vaters, hatte ihn entweder vor dem Mord bei den notwendigen Erkundigungen in Flittard erfahren oder später, als er die Nachforschungen anstellte. Also konnte er ihn, Werner, einordnen, sobald der Name Schilling fiel. Vermutlich hatte er schon die Annonce durchschaut. Der Sohn sucht den Täter, wird er gedacht haben, ein schlauer Kerl, so ähnlich würde ich es selbst auch anstellen. Aber dieser schlaue Kerl war eine Gefahr, eine sehr große Gefahr. Ein Vierteljahr hatte Leo unverdächtigt überstanden, jetzt war ihm jemand auf der Spur. Dagegen half nur ein Mittel: noch ein Mord. So oder so ähnlich musste es im Kopf von Leo aussehen.

Vielleicht dachte er auch nicht gleich an Mord, sondern nur an Vertreibung. Vielleicht genügten schon Angst und Schrecken, den Sohn für immer loszuwerden. Vielleicht würde er Köln verlassen, wieder nach Bonn gehen und den Plan aufgeben, den Mörder zu entlarven. Möglich, aber es gab zweifellos noch andere Varianten. Vor allem diese: Ein Zufall narrte ihn, der Zufall brennender Augen. Augen können überhaupt nicht brennen, »brennen« ist eine Metapher, ein unwissenschaftliches, unpräzises Bild für etwas Unheimliches, was jeder anders deutet. August konnte unter brennenden Augen etwas ganz anderes gesehen beziehungsweise verstanden haben als er.

Und doch schloss sich erstmals ein Kreis. Bei Franzens Leuten gab es einen Hinweis, der so schnell zerstob, wie er aufgetaucht war. Bei Herrn Ringelhardt war noch weniger als ein Hinweis zustande gekommen, nur eine vage Vermutung, Lengfelds Vermutung. Bei Leo passte alles. Die Wut auf die optische Telegraphie, das Skelett, das lang und dürr gewesen war und in dessen Gesichtsmaske brennende Augen glommen.

Er musste sich umschauen, er vergaß es einfach zu oft. Die Stadt war nach der Mittagszeit belebter geworden, am Abend würde Auskehr gefeiert, die Kneipen würden sich wieder füllen, im Café Royal würde das große Fischessen stattfinden. Fischessen nach Revolutionsreden! So waren sie eben, die Kölner.

Als er an der Redaktion vorbeikam, überlegte er, ob er hineingehen sollte. Sein Artikel beziehungsweise der Gemeinschaftsartikel mit Clara war erschienen. Nein, lieber zu Clara selbst. Sie hatte es ihm angeboten. Ihr als Einziger konnte er erzählen, die volle Wahrheit, einfach alles. Endlich stand er vor dem Haus in Obenmarspforten und bediente den Klopfer. Sekunden später sprang ihm Clara in ihrem gestreiften Tageskleid aus brauner Seide auf der Treppe entgegen.

»Wie war es bei Herrn Breuer?«, war die erste Frage.

»Interessant«, antwortete Werner, »sehr interessant. Ich glaube, ich muss jetzt eine Entscheidung treffen.«

Dann saß er neben Clara am Teetisch und erzählte in allen Einzelheiten, sogar von der elektrischen Türklingel, aber dann besonders von Leo.

»Und was machst du jetzt?«, fragte Clara, als Werner geendigt hatte. »Willst du weg?«

»Wohin denn? Und wie lange weg?«, antwortete Werner. »Nein, ich will ein Ende, und ich will wissen, ob er der Mörder ist, den ich suche. Wenn er es ist, weiß ich zwar nicht, was ich tun soll, denn wer wird mir glauben? Und Rache liegt mir nicht nur moralisch fern – was sollte ich denn tun? Ich hoffe, es wird mir etwas Besseres einfallen. Kann ich noch eine Weile hier bleiben und nachdenken? Spiel doch noch einmal Schumann.«

Clara wollte widersprechen, setzte sich dann jedoch tatsächlich ans Klavier und spielte.

»Kreisleriana«, sagte sie, »Stücke über einen anderen als deinen

Wahnsinnigen, über einen wahnsinnigen Kapellmeister. Das Werk ist übrigens Chopin gewidmet.«

Dann setzten rauschende Passagen ein, unterbrochen von irrwitzigen Rhythmen, dann eine himmlisch besänftigende Melodie. Werner nahm all dies nur wie von ferne wahr – er hing seinen Gedanken nach, die ihm überirdisch schön untermalt erschienen, denen die Musik die Erdenschwere nahm, Trost spendete, Mut zuflüsterte. Lange hatte es gedauert, bis Clara wie immer nach vorn sank, die Hände in die Falten ihres Kleids legte und schweigend verharrte. Werner stand auf, trat hinter sie, legte ihr beide Hände auf die Schultern und zog sie an sich. Clara ließ es geschehen.

»Hast du dich entschieden?«, fragte sie urplötzlich, entzog sich dem sanften Griff und stand auf.

»Ja, schon«, antwortete Werner, »ich glaube, es gibt nicht viel zu entscheiden. Leo hat mehr zu entscheiden. Glaubst du eigentlich auch, dass es Leo ist?«

Clara nickte. »Und wenn du Franz informierst – oder soll ich Paul Bescheid sagen?«

Werner nickte bei jedem Namen, aber nicht, um zuzusagen, sondern nur, um zu bestätigen, dass er verstanden hatte. »Vielleicht später«, sagte er, »nicht gleich. Was jetzt nötig ist, ist ein Kontakt – ein Kontakt mit Leo.«

»Und wie stellst du dir das vor? Willst du nach seiner Wohnung fragen oder noch einmal zum Neumarkt gehen, in die Nummer 18?«

»Das habe ich mir auch schon überlegt«, antwortete Werner. »Aber ich glaube, es gibt einen einfacheren Weg. Ich brauche bloß durch Köln zu laufen. Es wird nicht lange dauern, bis ich ihn auf den Fersen habe.«

»Einen Mann, der dich umbringen will«, fiel Clara ein.

»Auf offener Straße? Nein, das glaube ich nicht. Aber es gibt einen Ort, an dem er vielleicht wirklich die Fassung verliert.«

»Etwa Flittard?«

»Ja, Flittard auch, aber wie soll ich ihn nach Flittard locken? Nein, ich denke, Sankt Pantaleon ist einfacher. Vielleicht entscheidet sich alles bei Sankt Pantaleon.«

DREIUNDZWANZIGSTES KAPITEL *In dem Werner auf seinen Verfolger wartet und die Dinge eine Wendung nehmen, mit der niemand gerechnet hat*

Werner wartete auf Leo. Am Dienstagnachmittag war er noch bei Lengfeld vorbeigegangen, um ihn kurz zu informieren. Lengfeld hatte immer wieder bedenklich den Kopf geschüttelt, keinen rechten Rat gegeben, außer dem, nichts zu überstürzen. Seit Mittwoch ging Werner täglich zur Redaktion, schlenderte jedes Mal so langsam und so auffällig wie möglich über die Straßen, was ihm nicht schwer fiel. Zuerst am späten Morgen hin und am frühen Mittag zurück, dann verlegte er die Gänge in die Nachmittags-, zuletzt in die Abendstunden. Zu keiner Zeit zeigte sich ein Verfolger. Werner war verzweifelt.

Zwischendurch versuchte er sich mit Zeitunglesen zu beruhigen, studierte die Politik der Kölnischen Zeitung und war erfreut, dass die Artikel immer mutiger wurden. Dann verlor er das Interesse an den großen Ereignissen, stürzte sich aufs Feuilleton. Artikel wie der über Sagen bei den Seneka-Indianern, in denen zweiköpfige Schlangen vorkommen sollten, lenkten ihn ab. Dann las er die Annoncen. Eine Frau hatte gemeldet, dass sie ab sofort in Gütertrennung von ihrem Mann lebe. Ein Chirurg hatte seine Tasche mit wertvollen Instrumenten verloren und versprach hohen Finderlohn. Ein Bruder richtete einen herzzerreißenden Aufruf an seine verschwundene Schwester, wieder nach Hause zu kommen, und lobte hundert Taler aus, wenn jemand sie lebend brächte, fünfzig für die Tote. Zwischendurch studierte Werner die Abrechnung der Prinz-Wilhelm-Eisenbahn, wo angegeben war, dass im Februar 6.069 Personen, 33 Hunde, 2 Stück Vieh, Güter im Umfang von 5.017 ⅓ Zentner und Baumaterial im Umfang von 60.190 Zentner transportiert worden waren. Weiter las er die Pläne der Rhein- und Moselschifffahrt, dass es ein Riesenangebot an Kabeljau und Schellfisch sowie an Messina-

Apfelsinen gab, dass Westfälischer Schinken und Kitzinger Bier angeboten wurden.

Eine Woche nach dem Besuch bei Herrn Breuer, wo das Phantom Leo alle Fragen zu beantworten schien, blieb keine Hoffnung mehr, dass sich die Erwartungen erfüllten. Clara registrierte die fast täglichen Misserfolgsberichte insgeheim mit Erleichterung, versuchte, ihren Freund mit Informationen über die politische Lage auf andere Gedanken zu bringen. Der Kölner Gemeinderat hatte beschlossen, eine Deputation zum König nach Berlin zu schicken, die die mittlerweile ausgehandelten Petitionen vorbringen sollte – ein großer Fortschritt nach dem Niederknüppeln der Versammlung zu Anfang des Monats. Am 18. März war in der Kölnischen Zeitung von »Gewitterwolken am deutschen Himmel« zu lesen, die sich »verdichteten«. In Schwaben und Franken wurde schon die Republik verlangt. Die Geschäfte stockten, Arbeiter standen entlassen auf der Straße. Da kam eine Nachricht, die Werner aufrüttelte: In der zweiten Ausgabe der Kölnischen Zeitung vom 18. März war zum ersten Mal eine telegraphische Depesche des Kölner Regierungspräsidenten von Raumer zur Veröffentlichung freigegeben worden. Der Text lautete: »An drei Abenden zog der Pöbel in Trupps durch die Straßen. Die Bürgerschaft wirkte beruhigend.« – »Beruhigend«? Es musste wohl »beruhigt« heißen! – »Seit gestern ist alles ruhig und kein Zeichen der Erneuerung vorhanden.« Als Eingangszeit war der 17. März, 6 ½ Uhr abends angegeben, abgegangen war die Depesche anderthalb Stunden zuvor. Werner triumphierte. Eine Revolution verband sich mit der anderen, und beide schienen sogar zusammenzuhängen! Die Nachrichten waren frei und das Volk auch, ja, die Freiheit des Volkes begann mit der Freiheit, überall sofort informiert zu werden.

Als Werner am nächsten Tag zu Clara ging, hörte er von ihr, dass die Morgenzeitung viel mehr Jubel ausgelöst hatte. In Wien war Metternich abgesetzt worden und geflohen, der reaktionäre Kanzler, der seit Jahren hinter allen Verboten und Verhaftungen steckte – Werner hatte es am Sonntagmorgen in der Vorfreude auf den Besuch völlig überlesen. Dabei hätte er es wenigstens nicht übersehen dürfen: Auf den Straßen versammelten sich die Menschen, diskutierten wie schon zu Beginn des Monats.

Am nächsten Tag sollte noch eine Steigerung folgen. Am Montag wurde bekannt, dass am 18. März in Berlin die Revolution ausgebrochen war. Zu genau der gleichen Stunde, als die Kölner Deputation vor dem König sprach, marschierten vor dem Schloss die Massen auf, es fielen Schüsse. Darauf herrschte für Stunden Chaos. In der Abendausgabe der Kölnischen Zeitung war zu lesen, dass der König die Petitionen angenommen hatte, dass ein Vereinigter Landtag einberufen, dass Pressefreiheit gewährt werden sollte. Am Dienstag gab es am Morgen in der Zeitung einen ausführlichen Bericht über den Empfang der Kölner Ratsmitglieder, in der zweiten Ausgabe am Nachmittag wurde die Schreckensnacht in Berlin geschildert, allerdings auch gemeldet, dass der König den Rückzug des Militärs befohlen und die Lage sich beruhigt habe. Zwischendurch hieß es, bei hellem Wetter würden telegraphische Nachrichten erwartet.

Bei hellem Wetter! Das musste man sich vorstellen: Weltpolitik gab es nur bei hellem Wetter! Werner war abends in der Redaktion, wollte das Thema ansprechen, fand aber keinen Gesprächspartner, der Zeit gehabt hätte. Er ging zu Clara, wo eine ganz andere Nachricht das Gespräch bestimmte: Fritz Anneke war aus dem Arrest entlassen worden, ebenso Willich und Gottschalk. Werner wagte nicht, vom Telegraphen und dem Wetter zu sprechen, schloss sich den allgemeinen Glückwünschen an und machte sich früh auf den Weg nach Hause.

Er war schon dabei, sich zu Bett zu legen, als er im Hausflur Stimmen hörte, aufgeregte weibliche Stimmen. Dann stand Clara in seinem Zimmer, gefolgt von seiner Zimmerwirtin, die ihr schimpfend auf den Fersen geblieben war und auch nicht wich. Clara schien dies nicht zu stören, sie wartete keinerlei Gruß oder Frage von Werner ab, sondern sagte mit tonloser Stimme:

»Ich weiß, wer der Mörder deines Vaters ist.«

Während Witwe Eichhoff erstarrte, schnellte Werner von seinem Stuhl in die Höhe, dass dieser nach hinten umstürzte.

»Nicht Leo?«

»Nein, nicht Leo!«, antwortete Clara.

»Woher weißt du denn …?«

»Fritz hat es erzählt, Fritz Anneke. Er hat es im Arrest erfahren. Es hat sich jemand damit gebrüstet, dass er schon einmal die Linie Berlin-Köln unterbrochen hat – bei Flittard!«

»Wer ist es, wie heißt er?«, fragte Werner keuchend.

»Hör erst zu. Ich weiß den Namen nicht. Ich weiß nur, dass weitere Anschläge geplant sind. Es sind Fanatiker. Gottschalk war außer sich, als Fritz es ihm berichtete. Du weißt doch, wie sehr er Gewalt ablehnt. Man muss es verhindern. Du weißt am ehesten, was sie vorhaben. Sie haben von Sankt Pantaleon gesprochen. Es sind zwei.«

Clara hatte die kurzen Sätze in rasender Eile gesprochen, blickte sich nach Witwe Eichhoff um, die fassungslos hinter ihr wie angewurzelt stehen geblieben war und nun ganz allmählich wortlos den Rückzug antrat.

»Ich komme übrigens direkt von den Annekes, wo natürlich die Rückkehr von Fritz gefeiert wurde. Fritz hat es mir gesagt, weil er sich ganz von ferne erinnerte, dass du wegen Telegraphiesachen im Haus warst – Mathilde muss es ihm erzählt haben. Keiner weiß allerdings, dass du der Sohn des ermordeten Telegraphisten bist. Ich hätte es dir vielleicht nicht gesagt, wenn es jetzt nicht auch um die Telegraphisten von Sankt Pantaleon ginge. Du musst sie warnen.«

Werner setzte sich auf die Bettkante und nickte immerfort statt einer Antwort. Clara ängstigte das Schweigen: »Du denkst doch jetzt nicht etwas Falsches?«

Werner nickte immer noch, sodass Clara ihn schärfer anredete: »Werner, du denkst doch jetzt nicht etwas Falsches?«

»Nein, beruhige dich«, antwortete Werner, »ich kann es nur nicht fassen. Wie lange habe ich auf diesen Moment gewartet? Und nun kommt er so plötzlich und ganz anders als erwartet. Also doch Politische! Aus welcher Ecke nur?«

»Es sind keine wirklich Politischen, es sind Wirrköpfe, die glauben, sie seien politisch. Du kannst dir die Enttäuschung von Fritz und Gottschalk nicht vorstellen. Diese Radikalen kämpfen gegen die Preußen, aber sie desavouieren diejenigen, die dies aus ganz anderen Motiven tun. Heute sind sie alle entlassen worden, schon morgen kann etwas passieren. Deshalb bin ich sofort gekommen.«

»Warum haben Anneke und die anderen denn nichts dem Polizeioffizier gesagt?«

»Weil es ihnen peinlich ist. Sie fürchten, wenn sie schon mit diesen Leuten zusammen im Arrest gesessen haben, werden sie auch sonst mit ihnen in einen Topf geworfen. Sie wollen nicht, dass ihr politischer Kampf mit Gewalt in Verbindung gebracht wird, jedenfalls nicht mit dieser Form von Gewalt. Sie wissen, dass ich jetzt hier bin. Sie setzen auf dich.«

Werner nickte wieder, was Clara zusehends irritierte: »Nun nick doch nicht immerzu, sag doch etwas!«

»Warnen! Ja, ich kann sie warnen«, sagte Werner mehr zu sich selbst. »Sie können sich schützen. Es muss noch vor Sonnenaufgang sein. Falls die Kölner etwas nach Berlin melden wollen, werden sie es kurz nach Sonnenaufgang versuchen.« Dann wandte er sich wieder an Clara: »Es war doch klarer Himmel heute Abend?«

Clara bejahte es.

»Also, beruhige dich, ich weiß, was ich mache – und meinen Dank, dass du hierher gekommen bist. Bei Witwe Eichhoff war es wohl nicht ganz einfach.« Werner versuchte, trotz allem einen scherzhaften Ton anzuschlagen.

»Warnen, ja, warnen und *nur* warnen!«, wiederholte Clara in deutlicher Betonung. »Du hast doch verstanden, was ich gesagt habe?«

»Natürlich«, antwortete Werner, »und nun mach dich auf den Heimweg, damit wir nicht doch noch Verwicklungen erzeugen.«

Er ging mit Clara durchs Treppenhaus, verabschiedete sie an der Tür, wo sie von einem Begleiter erwartet wurde, der sie offenbar mitten in der Nacht zu Werners Wohnung gebracht hatte. Werner suchte Witwe Eichhoff auf, die ihn in ihrer Küche mit großen Augen anschaute.

»Sie haben das nicht mitbekommen, nicht wahr?«, sprach Werner seine Zimmerwirtin so bestimmt an, dass diese noch verängstigter wurde. »Ich erkläre Ihnen alles später, jetzt muss ich mich hinlegen. Ich muss allerdings sehr früh aus dem Haus, schon vor sechs. Können Sie mich gegen fünf Uhr wecken? Sie haben doch einen leichten Schlaf und hören oft die ganze Nacht die Glocke von Sankt Mauritius die Stunden schlagen.«

Witwe Eichhoff versprach es in so überzeugendem Ton, dass Werner sich verabschiedete. »Einfach an die Tür klopfen, Sie kennen das ja«, fügte er zuletzt noch hinzu.

VIERUNDZWANZIGSTES KAPITEL *In dem sich am frühen Morgen auf dem Turm von Sankt Pantaleon dramatische Szenen abspielen*

Die Kölner Straßen lagen am frühen Morgen in schier undurchdringlicher Finsternis. Die nächtliche Gasbeleuchtung, die ohnehin nur das Zentrum der Stadt erhellte, war längst erloschen. Der Himmel hatte sich geschlossen, kein Stern, noch weniger der Mond drang durch die Wolkendecke. Es tröpfelte leicht, ein böiger Wind machte die sonst vielleicht erträglichen Temperaturen unangenehm kalt. Welch ein Sauwetter, dachte Werner, als er vermummt mit einem Handlicht auf die Straße trat. An Telegraphieren war nicht zu denken, nicht optisch, aber die Telegraphisten versahen trotzdem ihren Dienst. Und beim letzten Mal, bei seinem Vater, war der Mörder bei Nebel gekommen. Noch war nichts wahrzunehmen. Aber sein Handlicht zeigte es ihm deutlich: Die Sicht war wirklich schlecht, mehr als schlecht, der Schein der Kerze vor ihrem Hohlspiegel drang nur wenige Meter weit und verlor sich dann in einem milchigen Dunst – es *herrschte* Nebel.

Die ersten Straßen ließen sich einigermaßen glatt passieren, vor allem über den Alter Markt und den Heumarkt kam Werner gut voran, lief nur selten auf irgendeinen Wagen auf oder sonst etwas, was im Weg stand oder lag. Aber dann wurde es schwieriger. Über den Bächen lag eine Luft wie Suppe, es stank fürchterlich, Werner war nahe daran, sich zu erbrechen. Mühlenbach, Blaubach, Rotgerberbach – der Gestank nahm zu, so wie der Nebel zunahm. Mehrfach verlor Werner die Orientierung, wusste schlicht nicht mehr, wo er sich befand, drehte sich im Kreis, ehe wieder irgendeine Hauswand sichtbar wurde, ein Geräusch hörbar, das sich nach einem Fuhrwerk anhörte und wieder für einen Augenblick die Richtung wies. Werner überlegte ernsthaft, ob er beten solle, beten, dass er den Weg nach Sankt Pantaleon fände, um unschuldige Menschen vor einem Mörder zu warnen, der vielleicht jetzt unterwegs war wie er selbst, dem das Straucheln aber zum Vergnügen wurde, zur Vorfreude auf die Tat, die bei diesem Wetter leichter auszuführen war, als er es sich hatte träumen lassen. Werner betete jedoch nicht, er fluchte, fluchte über diesen Hund, der seinen Vater auf dem Gewissen hatte. Mühsam kam er weiter, bejubelte jedes erleuchtete Fenster, das mit einem schmalen Lichtstreifen den Weg etwas erhellte, auch wenn es manchmal nur der Weg in ein grauweißes Nichts war.

Endlich hatte er den Abzweig zum Weidenbach gefunden, als sich von Osten her der beginnende Tag abzeichnete. Über den freien Feldern um Sankt Pantaleon konnte man es deutlich sehen: ein erster zarter Schein, der den Nebel statt grauweiß nun rosarot färbte. Werner beeilte sich. Er wusste, dass die ersten Depeschen mit dem ersten Licht abgingen – in dieser Jahreszeit durchaus gegen sechs Uhr. Und wenn kein Licht herrschte, dann warteten sie eben darauf. Jederzeit konnte der Himmel aufreißen. Er hatte es offenbar geschafft. Ein massiger Bau wuchs nicht weit vor ihm in den Himmel, dann zeigte sich im Schein seines Handlichts der Torbogen, der nur zu Sankt Pantaleon gehören konnte. Es wurde minütlich heller. Schließlich stand er vor dem Hauptportal, konnte mittlerweile zum Turm hinaufsehen, wo nur der Telegraph auf dem Dach noch im Nebel verschwand, und zog die Glocke – vielleicht waren sie schon oben.

»Wer da?«, hörte er in diesem Moment hinter sich rufen.

Werner erschrak, fragte sich, ob er antworten oder lieber davonlaufen sollte. Er entschloss sich zu antworteten: »Werner Schilling.«

»Ach, du, Werner! Du hast uns aber einen Schreck eingejagt. Das ist hier noch nie vorgekommen, dass einer vor uns da ist. Und schon gar nicht bei diesem Wetter.«

Herr Lindenborn, der Obertelegraphist, und sein Untertelelegraphist, Herr Disch, traten aus dem Dämmer hervor. »Hat das etwas zu bedeuten?«, fuhr Herr Lindenborn fort.

»Ja, hat es«, antwortete Werner. »Ich muss Sie sehr dringend sprechen, Sie beide. Können wir rasch hinauf?«

Herr Lindenborn nickte verwundert und schloss im Schein der mittlerweile drei Lampen die Tür auf. Als Werner bat, hinter ihnen die Tür gut zu verschließen, blickte Herr Lindenborn seinen Besucher irritiert an, schloss aber deutlich hörbar ab. Dann ging es rasch die Stufen herauf. Im Turmzimmer traten die Beamten routinemäßig an die beiden Fenster, um festzustellen, dass weder von Flittard noch von Niederzündorf die geringste Spur zu sehen war. Dann begann Werner mit seinem Bericht.

Er erzählte zuerst allgemein von politisch motivierten Vorhaben, die Telegraphenlinie zu stören, erzählte davon, wie er auf all diese Dinge gekommen war, und erzählte zuletzt, was Gottschalk im Arrest mitbekommen hatte. Die Mienen der beiden Telegraphisten waren bei alldem ernster und ernster geworden. Nur allmählich begriffen sie. Als ein erster heller Schein ins Turmzimmer einfiel wie ein Blitz und die Gesichtszüge aller Anwesenden klar hervortreten ließ, bemerkte Werner, wie versteinert seine Zuhörer seine Informationen aufgenommen hatten.

»Und es sind dieselben, die deinen Vater angegriffen haben?«, fragte Herr Lindenborn.

»Das ist sicher«, antwortete Werner. »Er muss sich irgendwie gewehrt haben, Genaueres weiß ich nicht. Es ging ihnen wohl um Störung, auch um Zerstörung, wahrscheinlich nicht um Mord. Nur wehrte sich mein Vater vermutlich. Und wohl jeder Telegraphist wird sich wehren.«

Es war klar, was damit angesprochen war, und Herr Lindenborn schaute seinen Untertelegraphisten fest an.

»Ich denke, wir bereiten uns vor.« Dann sagte er zu Werner: »Das bin ich deinem Vater schuldig.«

Herr Lindenborn warf einen Blick aus dem Fenster, von dem aus er das Expeditionsbüro sehen konnte, schaute dann durch das andere Fenster, von dem aus man die Straßen zur Stadt hin vor Augen hatte, und wandte sich an seinen Untertelegraphisten.

»Im Augenblick können wir nichts tun. Unten gibt es Waffen, Gewehre. Sag nur, wir wollten uns hier oben absichern. Schieb es auf die gegenwärtigen Ereignisse. Sie brauchen keine Einzelheiten zu wissen. Am Ende verderben sie alles, wenn sie Militär anfordern oder etwas Ähnliches. Wir kommen schon allein zurecht. Und frag nach, ob sie etwas für uns haben, das bei aufklarendem Himmel wegsoll.«

»Ob die Verbrecher es hier mitten in Köln wagen werden?«, meinte Werner, als Herr Disch im Flur verschwunden war. Er trat dabei ans Fenster und sah zum Platz vor Sankt Pantaleon hinunter, wo man immer noch kaum etwas sehen konnte.

»Möglich ist es. Wir liegen hier ziemlich einsam und öffnen jedem, der unten den Klingelzug bedient. An so etwas hat hier niemand gedacht. Du weißt ja, dass man das mit deinem Vater nie wirklich untersuchen wollte. Es hieß, es seien Landstreicher gewesen.«

»Hatten Sie es immer schon geahnt?«

Herr Lindenborn nickte bedächtig. »Im Grunde ja. Ich wollte es nur nicht zugeben. Irgendwie waren wir ja alle bedroht.«

»Wann könnten sie hier sein? Wann würden *Sie* kommen, wenn Sie einen Anschlag vorhätten?«

»Ich würde es in jedem Fall sofort versuchen, wenn ich sähe, dass Nebel herrscht. Dann bewegt sich hier nichts. Wir selbst warten nur, und im Expeditionsbüro ist dann nur noch ein einziger Mann, um gegebenenfalls etwas aus Köln anzunehmen.«

Werner sah vom Fenster aus den Untertelegraphisten aus dem Expeditionsbüro zurückkommen, konnte erkennen, dass er unter dem Mantel etwas an sich drückte. Herr Disch blickte sich nach allen Seiten um, ehe er für Werner unsichtbar im Eingang verschwand. Kurze Zeit später hörte man die Schritte auf der Treppe, dann stand er mit den Waffen im Zimmer. Herr Lindenborn sah sich die beiden Gewehre an, prüfte, ob sie geladen waren, und blickte sich nach einem geeigneten Platz um. Er entschied sich für die Wand direkt neben der Tür, an die er beide Gewehre aufrecht anlehnte, nachdem er die Hähne gespannt hatte. Vor die Gewehre stellte er einen der beiden Stühle, damit niemand zufällig die Waffen umstoßen und einen Schuss auslösen konnte.

»Jetzt dürfen sie kommen«, sagte Herr Lindenborn. »Einer von uns behält ab sofort den Platz vor Sankt Pantaleon im Blick, denn eine andere Richtung scheidet aus – sie müssten sonst mitten über die Felder.«

Da angesichts des Nebels keine Nachrichten ankommen konnten, blickte Herr Lindenborn nicht durchs Fernrohr, sondern beobachtete durchs Fenster das Expeditionsbüro.

»Es geht gleich los, sie haben etwas für uns, es muss sicher noch verschlüsselt werden.«

Ein Bote zu Pferd war unten angekommen, hatte etwas abgeliefert. Jetzt hing es von der Länge des Textes ab, bis die Glocke gezogen würde. Es dauerte eine ganze Weile, während Werner sich auf den Stuhl neben der Tür niederließ, direkt vor den beiden Gewehren. Er dachte an Herrn Breuer, an den Morsetelegraphen und an die Bemühungen, den Code so zeitsparend wie möglich auszutüfteln. Sogar ein internationales Alphabet sollte helfen, auch die letzte Sekunde einzusparen. Und gar die Aussicht, die Punkte und Striche *direkt* in Schrift zu verwandeln, wovon Herr Breuer träumte! Was geträumt wird, wird in solchen Fällen auch wahr – es ist nur eine Frage der Zeit, dachte Werner, während die Minuten verrannen. Er schaute Herrn Lindenborn an, der eine stoische Geduld an den Tag legte, die er sich in jahrelanger Ausübung seines Berufes angeeignet hatte. Der hatte Zeit, dachte Werner, der führte einfach aus – nein, von diesen Beamten konnte die Erneuerung nicht ausgehen. Dazu brauchte man einen Mann wie Herrn Breuer, der Ehrgeiz hatte, oder auch wie Herrn Ringelhardt, der nur reich werden wollte. Die treibenden Kräfte saßen in Villen oder sonst wo in Experimentierstuben und entwickelten ihre Ideen. Hier oben wurde ausgeführt, penibel ausgeführt. Und sogar das Leben dafür riskiert. Sein Vater hatte dies unter Beweis gestellt, und der Obertelegraphist von Sankt Pantaleon würde es genauso riskieren.

»Es scheint ausführlich zu werden«, meinte Herr Lindenborn mit einem Blick auf seine Taschenuhr. »Oder sie lassen sich Zeit, weil sie wissen, dass wir ohnehin nicht senden können. Ach, da kommt er doch. Er hat wirklich etwas in der Hand.«

Eine kurze Zeit verging, dann hörte man im Treppenhaus das Geräusch von Schritten. Herr Lindenborn warf noch einen Blick durchs Fernrohr Richtung Flittard, das immer noch im Nebel lag, bat seinen Untertelegraphisten, dasselbe beim anderen Fernrohr zu tun. Währenddessen ging die Tür auf, der Bote trat ein. Werner war der Erste, der es durch den Spalt hindurch sah, der sich zwischen Türblatt und Zarge bildete: Der Bote kam nicht allein. Direkt hinter ihm war ein weiterer Mann mitgekommen, ein kräftiger Kerl, der seinen linken Arm um den Hals des Boten gelegt hatte und den rechten hinter dessen Rücken verbarg. Werner war sofort klar, was sich abspielte.

»Der ist als Erster tot, wenn ihr euch regt«, sagte jemand, den Werner noch nicht erkennen konnte, weil er sich noch im Flur befand. Im nächsten Augenblick wurde auch diese Gestalt sichtbar. »Mach keinen Unsinn wie dein Kollege in Flittard, dann passiert hier nichts. Wir wollen nur etwas stören, den Betrieb stören, verstehst du? Es genügt, wenn die Station für ein paar Tage ausfällt. Der da« – er wies auf seinen stumm gebliebenen Kumpan – »versteht keinen

Spaß. Er hat vor allem keine Hemmungen, weil er auch sonst nicht viel nachdenkt – in Flittard hat er ebenfalls nicht lange gefackelt.«

Die beiden Telegraphisten standen immer noch an ihren Fernrohren, an den entgegengesetzten Seiten des Turmzimmers. Die offen stehende Tür verbarg Werner, die Eindringlinge konnten ihn nicht sehen – solange sie nicht weiter ins Zimmer eintraten, was sie jeden Augenblick sicher tun würden.

Da löste Herr Lindenborn seinen Gürtel, legte ihn mit dem Säbel vor seine Füße, befahl mit einem Blick seinem Untertelegraphisten, das Gleiche zu tun, und schritt mit demonstrativ geöffneten Handflächen langsam auf die Eindringlinge zu. Er schneidet ihnen den Weg zu mir ab, dachte Werner und blieb reglos sitzen. Sie sollen mich nicht sehen – und nicht die Gewehre. Er hörte Herr Lindenborn mit fester Stimme sagen:

»Stören heißt zerstören, denke ich. Und was macht ihr mit uns?«

Dabei ging er weiter auf den Wortführer der beiden zu, der noch immer in der Tür stand, aber nun langsam zurückwich.

»Wir werden euch hier im Treppenhaus fesseln und so festbinden, dass ihr nicht eher loskommt, bis wir hier einiges abmontiert haben«, sagte er.

Der Wortführer griff nach dem Arm von Herrn Lindenborn. Der ließ sich abführen, winkte dem Untertelegraphisten zu folgen, während der andere Eindringling den Boten in den Flur zog. Werner blieb auf seinem Stuhl unbemerkt, erhaschte einen Blick von Herrn Lindenborn, der wohl besagte, dass er jetzt handeln müsse. Aber wie? Die Gewehre lehnten in Griffweite an der Wand, ihre Hähne waren gespannt, nur hatte Werner noch nie geschossen. Er wusste, dass er in dem Augenblick, in dem er nach einem Gewehr greifen würde, das Leben von vier Menschen in seiner Hand hielt. Falls er sich wehrte, würde dieser ungeschlachte Kerl wohl genauso reagieren wie damals bei seinem Vater. Nur verfügte sein Vater über einen Säbel, er über Gewehre.

Der Gedanke gab ihm Kraft. Er drehte sich so vorsichtig wie möglich nach hinten, fasste eines der Gewehre am Schaft, nahm es an sich, bis er den Finger am Abzug hatte. Dann stand er vorsichtig auf. Die Eindringlinge waren damit beschäftigt, die Telegraphisten samt dem Boten zu fesseln. Es herrschte Schweigen, Geräusche waren bis auf das Rascheln von Kleidung nicht zu hören. Er musste sie überraschen, ja, sie schockieren, und zwar ehe die drei so gefesselt waren, dass sie nicht mehr eingreifen konnten. Also jetzt handeln, sofort. Werner bog um die Tür. Herr Lindenborn sah ihn als Erster, die Kerle kehrten ihm im Augenblick den Rücken zu. Es war nicht zu sehen, ob sie noch Messer in den Händen hielten. Da nickte Herr Lindenborn mit dem Kopf, sehr vorsichtig, aber doch so, dass es dem Anführer auffiel. Er drehte sich um und schaute direkt in die Mündung des Gewehrs. Das gab Werner weitere Kraft. Hass stieg in ihm hoch, für einen Moment war er bereit abzudrücken.

Der Eindringling musste diesen Blick gesehen, die Entschlossenheit gespürt haben. Er gab einen Laut des Entsetzens von sich, hob beide Arme. Ehe der andere überhaupt verstanden hatte, was geschah, sprang Herr Lindenborn auf ihn zu und schlug ihm die schon gefesselten Fäuste in den Unterleib, sodass er augenblicklich zusammensackte. Plötzlich erhob sich wildes Geschrei. Kommandos von Herrn Lindenborn, Wutausbrüche des Untertelegraphisten und des Boten vermischten sich mit flehentlichen Rufen des offenbar geistig verwirrten Eindringlings, während der Anführer sich in sein Schicksal ergab. Die Situation hatte sich völlig gewendet. In Sekundenschnelle hatten sich die nur halb Gefesselten befreit und ihre Angreifer überwältigt. Werner stand mit dem Gewehr auf das Knäuel gerichtet und beobachtete reglos das Geschehen. Herr Lindenborn drückte schließlich vorsichtig den Lauf nach unten, nahm das Gewehr an sich und entspannte den Hahn. Dann schrie er den Anführer an, wies auf seine verdreckten Schuhe, verhöhnte ihn, dass ihm der Weg über die Felder nichts genutzt habe, wollte ihn weiter ausfragen, was er eigentlich vorhatte, als der Bote einen Zettel aus der Tasche zog und ihn Herrn Lindenborn hinhielt: »Sie warten unten darauf, es ist wichtig, wurde mir gesagt.«

Niemand hatte während der turbulenten Situation gemerkt, dass der Himmel aufklarte. Herr Lindenborn lief zum Fernrohr Richtung Flittard und rief seinem Untertelegraphisten zu:

»Frei! Wie steht es mit Niederzündorf?«

Als der meldete, dass die Sicht dorthin ebenfalls frei sei, es keine Anzeichen für eine von Koblenz einlaufende Depesche gebe, befahl Herr Lindenborn: »Wir senden.«

Der Zettel wurde auf den Tisch gelegt, Herr Lindenborn las die Zahlen ab, der Untertelegraphist stellte an den sechs Kurbeln den jeweiligen Winkel ein. Dann schaute Herr Lindenborn auf die Uhr und rief nach einer Zeit: »Nächste Einstellung«, worauf der Untertelegraphist die Kurbeln nach Anweisung bediente.

Zehn Minuten vergingen so, zehn Signalstellungen wechselten sich ab, während die beiden Gefangenen gefesselt und auf ihren Bauch gedreht am Boden lagen. Werner sah fassungslos den Abläufen zu. Eine Sendung, die um ein Haar verhindert worden wäre, ging über alle Dächer, über den Rhein, wurde in Flittard angenommen, bestätigt – auch wenn er es nicht sehen konnte, weil Herr Lindenborn am Fernrohr stand, aber er kannte es von seinem Vater. Und dessen Mörder vor seinen Füßen! Werners Gefühle waren immer noch im Aufruhr, aber die Rachegedanken wichen allmählich der Erleichterung, sogar Mitleid mischte sich hinein – ein Schwachsinniger hatte seinen Vater umgebracht, schuldig war nur dieser andere, der allerdings genau wusste, was er tat. Aber *warum* hatte er es getan?

»Zu seiner Verurteilung wird genügen, was er eben herausposaunt hat«, sagte Werner, als Herr Lindenborn vom Fernrohr zurücktrat, weil die Sendung abgeschlossen war. »Ich frage mich nur, wer hier eigentlich schuld ist, der Täter oder der, der ihn kommandierte.«

»Das wird das Gericht entscheiden«, antwortete Herr Lindenborn, »wir werden jede Silbe bezeugen. Und dann gnade ihnen Gott.«

»Niederzündorf meldet sich«, fiel der Untertelegraphist ein, »es kommt etwas von Koblenz – wahrscheinlich Neues aus Paris.«

Dann las Herr Lindenborn die Winkel ab und notierte sie, in Zahlen umgewandelt, auf einem Schreibblatt. Als von Niederzündorf das Ende signalisiert wurde, diktierte Herr Lindenborn seinem Untertelegraphisten wieder die Winkeleinstellungen, die es auf Richtigkeit zu beobachten galt.

»Jetzt darf nichts entgegenkommen«, sagte er, als hätte er die Gefangenen vergessen, »wir hatten letzte Woche einen ziemlichen Salat. Hinterher hieß es, wir hätten nicht genug aufgepasst. So ist das eben. Aber jetzt« – dabei blickte er auf die beiden Gefangenen – »wird man uns wohl keine Vorwürfe machen.«

Er gab dem Boten die Anweisung, im Expeditionsbüro Bescheid zu geben, was sich im Turm abgespielt hatte. Man solle Gendarmen schicken, um die Verbrecher abzuführen.

»Du kannst dich jetzt erholen«, sagte Herr Lindenborn zu Werner gewandt. »Wir arbeiten hier weiter, es braucht niemand etwas zu merken. Und gut gemacht eben! Ich dachte schon, du schießt, was nicht ganz ungefährlich geworden wäre – ich meine: für uns.«

Dabei lachte er und drückte Werner durch die Tür ins Treppenhaus. Werner verabschiedete sich, blickte noch einmal auf die Gefesselten und verließ die Turmstube.

Auf der Straße wunderte er sich über das helle Licht, über die zahlreichen Passanten, je weiter er in die Stadt kam, über alles, was um ihn vorging. Er konnte es nicht fassen, dass seine Suche zu Ende gegangen, dass das Ziel erreicht war. Er fühlte sich in einer anderen Welt, in der er wieder sicher leben mochte und dennoch etwas vermisste.

Endlich stand er vor der Redaktion, trat ein. Man war mit einer zweiten Ausgabe für den Nachmittag beschäftigt, es herrschte die übliche Hektik. Da lief ihm Wilhelm über den Weg, der mit einem Korrekturbogen in der Hand weiterwollte, aber stehen blieb und Werner fröhlich begrüßte.

»Du kommst wie gerufen. Kannst du mir das hier abnehmen? Ich werde mich revanchieren. Es geht um eine Beschwerde der Unternehmer der Pferdebespannung gegen die neuen Schleppschiffe mit Dampfmotor. Das muss gegengelesen werden. Vielleicht kannst du dich auch mit diesen Annoncen hier abgeben, du bist doch ein Meister der Annonce. Heute sind Haarfärbemittel angepriesen, die auch Haarwuchsmittel sein sollen. Es gibt jemanden, der alte Strohhüte wäscht und so fort. Aber pass auf die Adressen auf. Hier dies mache ich selbst, ich habe schon angefangen. Morgen steht in der Zeitung, dass die Allgemeine Preußische Zeitung eine telegraphische Nachricht aus Köln wohl absichtlich ungenau wiedergegeben hat. Der richtige Wortlaut war: ›Hier herrscht Freude. Dringend bitte ich um schleunige und tägliche Nachrichten über die Berliner Unruhen, da das für Köln höchst wichtig ist.‹ Ich weiß nicht, was sie in Berlin daraus gemacht haben, aber es wird wohl mindestens die Wichtigkeit unter den Tisch gefallen sein.«

»Vielleicht lag es auch nur am Telegraphen – es können sich Nachrichten gekreuzt haben, dann geht immer etwas schief«, antwortete Werner.

Wilhelm sah Werner forschend ins Gesicht, weil ihm die Antwort merkwürdig vorkam.

»Ist dir nicht wohl?«, fragte er.

»Ach, doch«, antwortete Werner, »eigentlich schon. Der Mörder meines Vaters ist gefasst.«

EPILOG

Im Wirtshaus »Zum Bieresel« herrschte schon am Morgen reger Betrieb. In der Ecke am runden Tisch waren sieben junge Leute versammelt, von denen jeder Eintretende geräuschvoller als sein Vorgänger begrüßt worden war. Als sich die schweren Vorhänge wieder öffneten und Lengfeld erschien, war der Jubel so laut, dass sich am Nachbartisch Leute beschwerten, dass Dreikönigstag sei und nicht Karneval. Das Gespräch war von Punkt zu Punkt gesprungen, fand nun bei Werner einen festen Halt. Er sollte schon früher erzählen, wie es bei ihm weitergegangen war nach der Verhaftung der Banditen, aber er wollte Lengfeld abwarten.

»Sie haben beide erschossen, den Anführer und seinen Kumpan, der meinen Vater ermordet hat und wahrscheinlich wieder gemordet hätte«, begann er. »Die Aussagen der beiden Telegraphisten von Sankt Pantaleon genügten. Und ein Telegraphist gilt so viel wie ein Soldat, Mord unterliegt entsprechend dem Standrecht. Der Prozess war kurz, als er mit Verspätung wegen all der anderen Ereignisse in diesem Jahr begann. Der Mörder selbst war zwar offenkundig geistig kaum zurechnungsfähig, aber er hat es eben getan. Und der Anführer hat zwar nicht selbst Hand angelegt, es aber zu verantworten gehabt. Das war es dann.«

»Erzähl noch einmal die Szene mit dem Gewehr«, verlangte Arnold.

»Aber die kennt ihr doch, ihr habt doch von Paul alles erfahren.«

»Hast du dir wirklich nicht in die Hosen gemacht?«, fragte Christian nach. »Du kannst doch überhaupt nicht schießen.«

Lengfeld mischte sich dazwischen. »Lasst doch diesen Unfug. Aber eines will ich noch wissen: Wie hast du dich gefühlt, als ständig ein neuer Verdacht aufkam? Ich hatte doch selbst diesen Herrn Ringelhardt ins Spiel gebracht, weil mir jemand etwas erzählt hat, was eigentlich gut passte. Und dann war da noch dieser Franz, zuletzt Leo. Und alles letztlich falsche Fährten.«

»Ja, diese falschen Fährten. Vor allem die Verfolgungen. Ich hatte dauernd den Verdacht, dass jemand hinter mir her war. Aber entweder waren meine Verfolger harmlos wie Franz, oder es ging um ganz andere Dinge als um Telegraphie wie bei diesem Polizeispitzel, der mich wegen meiner Besuche bei den Annekes im Auge behalten sollte. Am schlimmsten war es mit dem Skelett, hinter dem ich diesen Leo vermutete, der im Kreis um Herrn Breuer seinen Hass auf den optischen Telegraphen herumposaunte. Ich habe ihn übrigens nie kennen gelernt – ich bin ja bei Herrn Breuer sofort ausgestiegen. Ich könnte jedenfalls heute noch schwören, dass etwas Weißes in den Hausflur gesprungen ist, als ich mich nach unserem Treffen an Karneval nach ihm umdrehte.«

»Und letztlich bist du ja wohl auch deshalb von Unter Goldschmied weggezogen, um eine Art neues Leben zu beginnen«, fügte Paul hinzu, »was übrigens nicht von jedem begrüßt wurde.«

»Man sieht eben wirklich Gespenster, wenn man aufgeregt ist«, sagte Werner, ohne die Anspielung verstanden zu haben, und fuhr fort: »Letztlich war es jemand, auf den ich nie gekommen wäre. Ich hatte eine Art Liste gemacht: War es ein Landstreicher oder jemand, dem es um die Telegraphie ging? Wenn Letzteres zutraf: War Politik das Motiv oder Geld? Und so fort. Und dann war es jemand, der die Preußen hasste und von seiner Wohnung in Deutz aus immer den Telegraphen vor Augen hatte, mit dem er alle Formen von Unterdrückung verband. Das hat er jedenfalls im Prozess zu Protokoll gegeben. Also weder ein Landstreicher noch ein an der Telegraphie Interessierter, sondern ein Fanatiker, dem die Telegraphie ganz zufällig zum Symbol der preußischen Unterdrückung geworden war. Das Gericht hat die Hintergründe nicht wirklich aufgedeckt, wollte alles schnell und ohne Aufsehen über die Bühne bringen. Wenn es nicht der Mörder meines Vaters gewesen wäre –«

»Jetzt mach dir bloß keine Gedanken«, fiel ihm Lengfeld ins Wort. »Du hast genug mitgemacht, und Mord ist Mord. Wirst du denn das Studium in Bonn irgendwann wieder fortsetzen?«

Werner berichtete, dass er schon im Wintersemester wieder habe anfangen wollen, sich aber von Herrn Hampel überreden ließ, bei der Kölnischen Zeitung als fester Mitarbeiter einzusteigen, weil man beim Expandieren Leute brauchte. Er könne auch ohne Examen Redakteur werden, wenn er sich weiter so bewähre, was auch Herr Brüggemann ausdrücklich bestätigt habe.

Dann sprang das Gespräch wieder zu anderen Gegenständen, erfasste die politischen Ereignisse des letzten Jahres.

»Weißt du eigentlich, dass an jenem Dienstag, dem 21. März, an dem sich die Ereignisse auf dem Turm von Sankt Pantaleon abgespielt haben, auf dem Dom, ganz oben auf dem Kran, die riesige schwarzrotgoldene Fahne der Revolution wehte?«, sagte Christian. »Wir dachten damals alle, jetzt gebe es kein Zurück mehr, jetzt würde die Revolution siegen. Es war sicher der Höhepunkt der ganzen Entwicklung.«

»Ja, und dann ging es bergab«, ergänzte Karl Peter.

»Nicht sofort«, widersprach Gustav, »am Ende des Monats fand noch die große Gedenkmesse im Dom für die Gefallenen in Berlin statt, bei der sie Mozarts Requiem gesungen haben. Dann wurden Camphausen und Hansemann ins Berliner Ministerium berufen, zwei Kölner in der preußischen Metropole und unser Camphausen als Ministerpräsident.«

»Und am 1. April hat Franz Stollwerck noch voller Stolz sein Café Royal, in dem so viele Kundgebungen stattgefunden hatten, in Deutsches Kaffeehaus umbenannt«, ergänzte Arnold. »Auch das Dombaufest im August stand noch im Zeichen von Aufbruch und Hoffnung.«

»Aber sofort danach hat sich das Blatt wirklich gewendet«, fuhr Friedrich fort. »Überall erstarkte die Reaktion. Zwar tagte in Frankfurt am Main die Nationalversammlung, zu der auch Kölner Abgeordnete gewählt worden waren, aber das Scheitern zeichnete sich bald ab. Schon der Bau des elektrischen Telegraphen von Berlin nach Frankfurt am Main diente allzu deutlich der Kontrolle dessen, was sich in der Paulskirche abspielte.«

Friedrich hatte Werner angesehen, der beifällig nickte. »Ja, ich weiß: worauf ich so sehnlich gewartet hatte! Ich glaubte immer, die eine Revolution werde die andere nach sich ziehen, sie würden sich gegenseitig verstärken. Und dann half die technische Revolution, die politische zu beenden. Übrigens hat sich Herr Ringelhardt damals völlig verspekuliert. Die elektrische Linie ist ja Staatsbesitz geworden, ja, sie haben sogar die Eisenbahnen den Aktionären wieder entzogen, wie ich neulich hörte.«

»Der Tiefpunkt kam mit dem Schicksal der Annekes«, berichtete Paul, der direkt neben Werner saß. »Meiner Schwester hat es fast das

Herz gebrochen. Erst die Wiedergründung der Rheinischen Zeitung als Neue Rheinische Zeitung, in der Mathilde völlig aufging, bis dann Ende September bereits das brutale Verbot kam. Und dann die erneute Verhaftung von Fritz, den sie letzten Monat wieder herausgelassen haben. Er ist allerdings ausdrücklich vom Verdacht freigesprochen worden, zum Aufruhr ermuntert zu haben.«

»Und Clara?«, fragte Werner. »Wie geht es ihr? Bereitet sie sich immer noch auf eine Karriere als Pianistin vor?«

»Im Augenblick wieder«, antwortete Paul, »nachdem sie lange wie gelähmt war, als es im Anneke-Kreis jeden Tag neue Turbulenzen gab. Aber ob es etwas mit ihrer Karriere wird? Sie würde sich sehr freuen, wenn du wieder bei ihr vorbeischaust, auch ohne Hilfe zu suchen oder Mördern davonzulaufen. Ich glaube, sie wartet schon lange auf dich.«

»Bist du sicher?«

»Kann man unsicher sein, wenn es klar gesagt wird?«

»Klar gesagt?«

»Mein Gott, Werner, irgendwann musst doch auch du einmal etwas sofort und nicht erst im letzten Augenblick verstehen.«

NACHWORT

Mit diesem dritten historischen Roman ist der Wunsch in Erfüllung gegangen, Material aus meinem Buch »Geschichte der Stimme« (München 1998, 2. Aufl. 2004) in Krimis zu verwandeln.

Ich habe also auf Literatur zurückgegriffen, auf mir bereits bekannte, aber auch auf neue, auf Köln zugeschnittene. Die Geschichte der Telegraphie, der optischen wie der elektrischen, ist in einem zweibändigen Standardwerk von Volker Aschoff, einem Ingenieurwissenschaftler, aufgearbeitet: »Geschichte der Nachrichtentechnik. I: Beiträge zur Geschichte der Nachrichtentechnik von ihren Anfängen bis zum Ende des 18. Jahrhunderts«, Berlin u.a., 2. Aufl., 1989; »Geschichte der Nachrichtentechnik. II: Nachrichtentechnische Entwicklungen in der ersten Hälfte des 19. Jahrhunderts«, Berlin u.a. 1987. Speziell für die Kölner Verhältnisse existiert eine wunderschöne Schrift, die 1973 vom Rheinisch-Westfälischen Wirtschaftsarchiv zu Köln im Selbstverlag herausgebracht worden ist. In ihr hat Hermann Kellenbenz die Geschichte der Telegraphenstation in Flittard bearbeitet, die jetzt als Museum dient, während Hans Pieper die größeren Zusammenhänge darstellt – eine reich bebilderte Broschüre von achtzig Seiten (im Museum erhältlich).

Für die Ereignisse vom Januar bis März 1848, die dem Roman zugrunde liegen, gibt es natürlich eine reichhaltige Literatur zur Achtundvierziger Revolution, aus der ich zwei Werke hervorheben möchte, die die Kölner Ereignisse in den Vordergrund rücken, aber mit den Ereignissen in ganz Deutschland verbinden: Jürgen Herres: »1848/49. Revolution in Köln«, Köln 1998, und Ingeborg Schnelling-Reinicke: »Petitionen und Barrikaden. Rheinische Revolutionen 1848/49«, Münster 1998. Besonders hervorzuheben sind drei Schriften des ehemaligen Studentenpfarrers der Kölner Universität, Klaus Schmidt, der die wichtigsten Kölner Persönlichkeiten der damaligen Zeit porträtiert hat: »Andreas Gottschalk. Armenarzt und Pionier der Arbeiterbewegung, Jude und Protestant«, Köln 2002; »Franz Raveaux. Karnevalist und Pionier des demokratischen Aufbruchs in Deutschland«, Köln 2001; »Mathilde Franziska und Fritz Anneke. Aus der Pionierzeit von Demokratie und Frauenbewegung«, Köln 1999. Zu Mathilde Franziska Anneke gibt es weitere Darstellungen, die ich ebenfalls benutzt habe. Maria Wagner: »Mathilde Franziska Anneke in Selbstzeugnissen und Dokumenten«, Frankfurt/M. 1980; Martin Henkel und Rolf Taubert: »Das Weib im Conflict mit den socialen Verhältnissen. mathilde franziska anneke und die erste deutsche frauenzeitung«, Bochum 1976; Manfred Gebhardt: »Mathilde Franziska Anneke. Madame, Soldat und Suffragette. Biografie«, Berlin 1988; Renate Möhrmann: »Frauenemanzipation im deutschen Vormärz. Texte und Dokumente«, Stuttgart 1978 (darin der sonst schwer zugängliche Text von Mathilde Franziska Anneke: »Das Weib im Conflict mit den socialen Verhältnissen«).

Einen weiteren Schwerpunkt der kleinen Romanwelt bildet die Kölnische Zeitung, die damals von Joseph DuMont geleitet wurde. Die Einzelheiten habe ich drei Büchern entnommen: Kurt Weinhold: »Das Haus M. DuMont Schauberg. Geschichte in Bildern«, Köln 1962; Karl Buchheim: »Die Geschichte der Kölnischen Zeitung, ihrer Besitzer und Mitarbeiter«. 2. Band, Köln 1930; Kurt Weinhold: »Die Geschichte eines Zeitungshauses 1620–1945«, Köln 1969. Die täglichen Ausgaben der »Kölnischen Zeitung« selbst, aus denen ausgiebig berichtet wird, musste ich leider als Mikrofilm lesen, weil der Zustand der Originale inzwischen eine Ausleihe nicht mehr möglich macht. Wie unangenehm dies angesichts des Zeitungsformats bei Geräten ist, die auf DIN-A-4 ausgelegt sind, weiß wohl jeder, der es einmal ausprobiert hat. Deshalb hier die vorsichtige Bitte: Kann denn der heutige Verlag DuMont-Schauberg nicht für eine Faksimilierung sorgen, die man wieder ausleihen kann – wenigstens der wichtigsten Jahrgänge?

Nebenbei spielten Dinge eine Rolle, die es ebenfalls nötig machten, sich zu informieren. Ich nenne darunter die Bücher von Joseph Klersch: »Die kölnische Fastnacht von ihren Anfängen bis zur Gegenwart«, Köln 1961, und Ernst Weyden: »Köln am Rhein vor fünfzig Jahren«, Köln 1862. Was die Kleidung der Personen betrifft, hat mir besonders John Peacock geholfen, und zwar mit seinem Buch: »Kostüm und Mode – das Bildhandbuch«, Bern u.a. 1991. Daneben spielte immer noch der Modenalmanach aus Zigarettenbildchen vom Kölner Haus Neuerburg eine Rolle, den meine Mutter vor siebzig

Jahren zusammengeklebt haben muss und in dem ich seit Kindertagen stöbere. Stadtpläne findet man heute bequem in »Der Historische Atlas Köln. 2000 Jahre Stadtgeschichte in Karten und Bildern«, Emons Verlag, Köln 2003, wo es eine Karte gibt, die bei den Straßen den Schätzwert der Häuser angibt und damit reiche und arme Gegenden zu unterscheiden hilft.

Wo der Emons Verlag genannt ist, geht zuletzt mein Dank an die beste Redaktion, die ich kenne. Frau Dr. Steinmetz hat das Unternehmen von Anfang an unterstützt, Frau Dr. Heister und Frau Dr. Topalovic haben mit sicherem Blick für alle Arten von »Wacklern« Korrektur gelesen.

HISTORISCHER KRIMINALROMAN

Karl-Heinz Göttert
DIE STIMME DES MÖRDERS
Historischer Kriminalroman
Broschur, 208 Seiten
ISBN 3-89705-280-6

»Gut recherchiert, atmosphärisch, überzeugend, sprachlich das Zeitkolorit treffend. Mehr als nur regional interessant.«
ekz-Informationsdienst

www.emons-verlag.de

HISTORISCHER KRIMINALROMA

Karl-Heinz Göttert
DAS OHR DES TEUFELS
Historischer Kriminalroman
Broschur, 224 Seiten
ISBN 3-89705-314-4

»Ein feines Gespinst aus historischem Roman, fantastischen Ideen und kriminellen Fäden.«
Rheinische Post

www.emons-verlag.de